최유혜 장편소설

작가의 말

지붕에서 까악~

오늘은 합창도 아닌 어린 것의 외마디 소리다

뜰에 빵조각 내다 놓으니 입에 물고 황급히 나른다

새벽이면 무리지어 와치던 소리

세상은 그 맛이라고 지지베배베 웃는웃는웃는 줄 알았다

오늘은 그 소리

사람소리 시끄러워 어미가 울부짖는다

차례

…And all your money won't another minute buy.
Dust in the wind.
All we are is dust in the wind.

– Kansas, 'Dust in the wind' 중에서

Chapter 1

한 여인이 넘칠 듯 찰랑거리는 야외수영장에서 파란하늘을 올려다보며 배영하고 있었다. 그때, 양옆으로 헤엄치며 지나는 사내들로 인해 거센 물거품이 그녀의 얼굴 위로 쏟아져 내렸다. 여인이 수경을 쓰지 않은 눈을 수차례 감았다 뜨는 순간 거대한 산과 주변 배들까지 삼키려드는 역동적인 파도 그림이 떠올랐으나, 태평양 연안에 그보다 끔찍한 지진해일이 일어난다 해도 이곳만큼은 안전할 거라며 태평스레 물살을 즐기고 있었다.

제프는 12층 테라스에서 멍하니 주변을 내려다보다가 하얀 비키니를 입고 배영하는 여인을 발견한 순간 코펜하겐의 인어공주 조각상이 머리에서 번쩍였다. 제프는 다급한 목소리로 뒤에 서 있던 경호원을 불렀다.

"저 아래 봐! 하얀 비키니에 연보라색 수모를 쓰고 배영하고 있는 동양여자! 꽃이 떠다니는 것 같군! 저 여자 누군지 알아보고, 아니, 무조건 모셔와!"

지시는 계속 이어졌다.

"얼굴 보이지 말고."

경호원은 문 가까이 서 있는 동료를 손짓으로 불렀다. 이곳 카지노호텔의 회장인 제프의 경호원들은 체격은 기본이고 유독 인물 좋은 사내들이 많았다. 그중 하나가 감염자라는 것을 누군가 투서했지만 확인된 뒤에도 그를 내치지 않았다. 약점조차 고려한다는 사업방침 때문인지 카지노 사업은 빠르게 번창했다.

그 사이, 여자는 반대방향으로 배영하고 있었다. 경호원은 제프가 손짓한 여자의 전신을 향해 폰의 카메라를 눌렀다. 옆에 서 있던 동료에게 자신의 폰에 찍힌 사진을 보여주는 동시에 둘은 빠른 걸음으로 옥탑 스위트룸을 빠져나갔다.

수영장 가까이 진입한 경호원은 그녀가 수영을 끝내고 나오는 것은 얼굴도 카메라에 담았다. 한 사람은 여자를 놓치지 않기 위해 먼발치에서 감시했고, 핸드폰에 사진을 저장한 경호원은 사무실을 향해 조용히 뛰었다.

사무실에 도착한 경호원은 직원에게 여자의 사진을 보여주며 말했다.

"이 여자 방 번호와 이름, 연락처 그리고 투숙한 날짜, 일행이 누군지, 뭐든 알아내!"

경호원은 맡은 일이 일사천리로 해결되리라고 믿었다. 방 번호는 쉽게 찾아냈다. 하지만 보름전의 투숙객으로 서명된 이름은 이상도라는 남자였다. 국적은 대한민국. 일 년에 보름 정도씩 서너 번 이상 오는 고객으로 카지노에서 흔히 쓰는 도박액수를 빌리지 않을뿐더러 게임할 때 배팅액수도 크지 않다는 것도 알아냈다. 10만 달러 이상의 크레디트를 쓰는 VIP 명단에는 없었으므로 무료로 제공하는 스위트룸도 이용한 일이 없었다.

불과 30분 후, 여러 장의 복사본과 함께 보고 받은 제프는 어딘가에 전화를 걸었다.

사워를 끝낸 그녀는 드라이기로 말린 긴 머리 위에 선글라스를 착용하고는 1층에 위치한 일식당으로 내려갔다. 식사 후 카지노에서 정확히 한 시간 가량 스트레스 없이 게임을 했다.

호텔 내에서 쓰는 경비 일체는 LA 지사로 돌아간 이상도의 카드로 결제되고 있었다.

방으로 들어가려던 그녀는 객실 문 앞에 붙어 있는 작은 봉투를 발견했다. 방안의 불을 환히 켜고는 선 채로 봉투를 뜯었다. 안에는 호텔 로고가 찍힌 초대장이 들어 있었다. 옥탑 테라스에서 VIP 고객을 위한 가든파티가 있으니 참석해달라는 정중한 문구였다.

설마 이 사장이 카지노에서 이렇게까지 많은 액수를 긁었나, 하는 생각을 하며 마지막 줄을 읽었다. 밑줄엔 참석 유무를 알려달라는 전화번호가 적혀 있었다. 라스베이거스에서 특별한 이벤트가 없었던 그녀는 마다하고 싶지 않았다. 어차피 주말까지만 묵다가 다시 LA로 돌아가야 했다. 그녀의 스케줄은 먼저 LA로 떠난 이상도의 일정표이기도 했다.

비행기 탑승 흔적조차 남기지 않으려고 택시로 LA에 도착한 이상도는 서울에서 들여온 사업 자금을 라스베이거스 카지노에서 탕진한 것으로 조작해야 했다. LA에 거주하는 대학동창과 유령회사를 설립하고는 세탁한 돈으로 번화한 거리에 빌딩을 매입하는 등 미로 같은 작업을 실행 중이었다. 이상도는 라스베이거스를 떠났지만 호텔 프런트 데스크에서는 여전히 그의 회사명의 카드가 제시카의 씀씀이만큼 결제되고 있는 이유였다.

그녀는 의자에 앉아 잠시 망설이다가, 들고 있던 초대장을 다시 읽었다. 그리고는 기대와 설렘으로 전화를 걸었다. 전화를 받은 사람은 회장의 비서인 캐서린이라고 했다. 호텔 서비스에 불만은 없느냐는 등의 질문이 끝나고 참석여부를 확인한 비서는 "아침 11시 50분경 방으로 모시러 가겠습니다." 라고 말했다.

경호원으로부터 이미 보고 받은바 있었지만, 비서로부터 그녀의 영어 소통능력에 대해 재확인한 제프는 매우 흡족했다. 통역 없이 귓속말을 할 수 있다는 것에 부담을 한층 덜어준 셈이었다.

제프는 얼마 전, 대형금고에 금괴를 가득 채우는 목적이 달성되자 시선을 밖으로 돌리기 시작했다. 호텔을 확장하고 싶었으나 가운데 박힌 부지여서 증축할 수 있는 상황이 아니라는 난관에 부딪혔던 것이다. 헬리콥터까지 동원해 시가지를 내려다보자 대형호텔들의 부지에 한껏 기가 꺾였다. 자신의 호텔 주변을 내려다보는 순간 옥탑에서 보이는 H호텔이 새삼스레 눈에 들어왔다. 바로 옆인 것이 적격이었으나 시세를 다 주고 싶지 않았으며, 무엇보다 매각 의사가 있는지도 알 수 없었다. 그 후, 마카오도 다녀왔다. 그곳에 카지노호텔을 지어서 지역적인 분산투자를 해 볼까도 했지만 보이는 곳이라야 관리가 쉽고 피도 덜 볼 것 같았다. 라스베이거스로 돌아온 즉시 투자 전문가와 상담도 염두에 두었지만 도박 테이블처럼 여러 장의 카드로는 쉽게 큰돈을 벌 수 없다는 결론에 이르렀던 것이다. 그러자니 한동안 궁리에 여념이 없던 터였다.

무거운 머리가 꽉 막힌 채, 멍하니 수영장을 내려다보다가 그녀를 발견한 순간 두, 세 개의 그림이 한꺼번에 연결되는 것이 절호의 기회가 온 것 같았다.

다음날, 그녀는 아침도 거른 채 치장을 서둘고 있었다. 작년 봄, 이 사장이 갬블에서 이기던 날 사준 시계를 찼다. 백금에 다이아몬드를 장식한 시계는 포인트 역할을 하기에 충분했다. 유명 브랜드의 한정판으로 오늘 같은 날이 제격이라고 생각했다. 7월의 라스베이거스, 거기다 옥탑의 가든파티라고 생각한 그녀의 복장은 한여름답게 짧은 원피스 차림이었다. 마지막 치장으로 평상시와는 다르게 향수를 곳곳에 과하도록 뿌려 댔다. 평소 단화를 즐겼으나 오늘은 외국인들 파티인 만큼 가져 온 신발 중 하이힐을 선택했다. 파스텔톤의 파란 핸드백을 침대 위에 얌전히 얹어두고는 막 뽑은 커피를 마시고 있을 때, 정확히 정오를 10분 남겨 놓고 문 밖에서 노크 소리가 들렸다. 곧이어 비서는 목소리를 냈다.

"마드모아젤(Mademoiselle)!"

방문을 열자 금발의 미인이 서 있었다. 그녀가 자신 이름이 제시카라고 하자 비서는 캐서린이라고 말하는 동시에 파리에서 태어난 이민자라며 친밀감을 느끼게 했다. 이어서, 아직은 질투를 느낄 줄 아는 사십대 중반이라는 농담까지 곁들이자 두 사람은 초면에 조심스럽게 웃기까지 했다.

잠시 후, 비서와 그녀는 특수층만 왕래하는 엘리베이터로 옥탑에 이르렀다. 엘리베이터의 문이 열리자 아래층보다는 3분의 1정도 작은 사이즈의 수영장이 내다보였다. 조경까지 잘 되어 있어 경관이 시원하다 생각하면서 비서의 안내로 넓은 스위트룸의 거실로 들어섰다. 파티라기엔 너무나 한적했다. 유니폼을 입은 직원 외엔 아무도 보이지 않는 게 이상했지만 아직 시간이 이른가보다고 생각했다. 비서를 따라 거실의 정가운데를 가로질러 안내하는 곳으로 들어갔다. 문이 열리자 시야에 제일 먼저 들어 온 건 탁자 한가운데 탐스럽게 핀 백송이 정도의 흑장미들이었다. 그 뒤로 창가 테이블 쪽에 한 사내가 앉아 있었다. 그때가 정오였다.

"회장님이십니다!"

비서는 밖으로 나가면서 조용히 문을 닫았다. 건장해 보이는 금발의 회장은 해석이 힘든 특유의 미소를 지으며 자리에서 일어섰다.

회장은 오른손을 내밀며 말했다.

"내가 만나보고 싶어 했습니다. 제프라고 불러 주세요."

악수가 끝나자 회장은 준비한 명함을 내밀었다.

그녀는 명함을 받은 답례로 자신을 소개했다.

"제시카입니다."

회장인 제프는 짐짓 아무 것도 모르는 양 반가운 내색을 했지만 어젯밤 자정 전에 그녀에 대해 어느 정도 보고 받은 바 있었다. 905호 투숙객이었던 이상도에 대해 알아내는 데는 서울의 거래처인 카지노에서 도움을 주었다. 이상도의 여권 카피 한 장과 제시카의 사진 하나로 불과 몇 시간 만에 많은 정보를 손에 넣은 뒤였다. 그에게는 세상이 그리 넓지도, 두렵지도 않아서인지 능청스러운 분위기로 말했다.

"어제 우연히 아래를 내려 보다가 귀한 분을 발견했습니다. 낮에는 수영을 저녁에는 카지노를 취미 정도로만 즐기시더군요. 두 가지 다 선수가 아니신 게 참 다행입니다."

서먹한 분위기를 깨기 위해 회장 제프는 그렇게 운을 뗀 뒤, 전혀 모르는 척 말을 이었다.

"여행이 끝나시면 한국으로 돌아가시나요?"

그녀가 대답했다.

"아닙니다. 거주지가 LA입니다."

"그럼 제가 제안을 하나 해도 될까요?"

가든파티가 아니라는 것을 눈치 챈 그녀가 살짝 긴장하기 시작했다.

"뭘 말입니까?"

"이곳 스위트룸에 묵으시면서 테라스에서 혼자만의 수영을 즐기시면서 저의 모델이 되어 주시면 어떨까요?"

"저는 미인도 아니거니와 모델엔 경험도 없습니다."

"그런 오해는 마십시오. 제가 바라는 모델은 화보에서 볼 수 있는 화려한 미인이 아닙니다. 어제 수영장을 내려다보다가 문득 이런 생각을 한 거죠. 덴마크의 코펜하겐에 가보셨습니까?"

"아니요."

그녀는 예상 밖이라는 생각에 마음이 복잡했다.

"그럼, 어렸을 때 안데르센의 동화는 읽으셨는지요?"

"성냥팔이 소녀, 엄지공주, 인어공주, 그리고……"

그녀는 유독 공주 이야기들을 좋아했다. 예쁜 그림책들을 여러 번 읽었던 어린 시절을 떠올리며 긴장이 풀리고 있었다. 백설공주도 생각났으나 누가 썼는지는 알지 못했으므로 말을 멈춘 상태였다.

잠시 기다리던 제프가 말을 이었다.

"저와 코드가 잘 맞는군요. 배영하시는 모습을 보다가 코펜하겐의 해안 바위에 설치된 인어공주가 생각난 겁니다. 거의 100년 전 여인의 자태와 배영을 하는 당신의 조각상을 비교하며 상상해 봤습니다. 시간만 내 주신다면 사례는 충분히 하겠습니다. 하시던 일을 포기하셔도 좋을 만큼."

그녀가 의구심을 가질 겨를도 없이 제프가 자리에서 일어났다. 창문 끝자락의 두터운 커튼을 제끼자 벽면이 나왔고, 잠금 장치에 지문을 대자 도르래식 문이 열리면서 대형금고가 드러났다. 지문을 인식한 금고가 철컹! 하고 열리자 제프가 말했다.

"보십시오!"

당황한 그녀를 향해 제프가 말했다.

"조각이 완성되면 카지노 호텔이라는 성격상 그 위에 순금으로 도금을 할 겁니다. 많이, 얼.마.나 사용될지는 모르나 금동상에 쓰이고 남은 나.머.지.를 반으로 나눕시다. 황금 조각상이 우리 호텔의 품격을 한층 높여 줄 것을 확신하기 때문이죠. 오래전부터 조각상을 하나 세우고 싶었는데 이런 영감을 주신 것에 대한 답례로 이해 해주시면 쉬울 것 같군요."

때로 말을 늦추면서 자신이 여러 갈래로 계획한 바가 드러나지 않도록 적당한 제스처로 포장하고 있었다.

그녀로선 전혀 예상 밖의 일이었다. 금괴를 나누자는 말에 심정이 꽂혀 다른 말은 자세히 듣지 못하고 있었다.

"철커덩!"

금고가 잠기고 벽장문을 닫고 커튼을 원위치로 돌리는 동안, 그녀는 머릿속으로 금괴의 숫자를 가늠하고 있었다. 백 개, 천 개, 아니 톤으로 계산해야겠지, 하는 사이 제프가 자리로 돌아와 앉으며 말했다.

"동의하는 걸로 알고 조각가를 섭외하는 동안 이곳에서 편히 쉬도록 짐을 옮기라고 시키겠소. 귀중품도 염려하지 마십시오."

그녀는 여전히 아무런 대답도 하지 않았다. 재벌들의 거래란 이런 건가 하기엔 종잡을 수 없이 너무 성급하고 스케일조차 엄청나서 공중에 뜬 기분이었다. 1분 쯤 후, 흰 가운에 흰 모자를 쓴 조리사가 두 잔의 핑크빛 칵테일을 들고 나타났다. 잔을 받아 든 제프가 말했다.

"치어 업!"

그녀가 천천히 잔을 맞대자,

"동의하신 겁니다!" 하고 제프가 웃으며 말했으나, 그녀는 미심쩍은 미소를 지으며 속으로 OPM!(Other People's Money) 이라는 건배사를 떠올렸다. '남의 돈으로 건배'를 너무 쉽게 접하는 불안한 기분에 잠시 잔이 흔들렸다.

주방 쪽의 넓은 식탁 쪽으로 자리를 권한 제프는 한 층 부드럽게 대했다.

"나는 여기서 살지 않습니다. 집무실은 3층에 있어요. 여기는 개인적인 업무로만 쓰고 있지요. 내가 자주 올라오는 건 아니니까 편안하고 자유롭게 사용하십시오. 짐을 옮기고는 비서와 함께 뮤지컬이나 보러 다니는 것 외엔 거의 외출이 필요 없을 겁니다. 호텔 조리사들이 세계요리 뭐든 원하시는 대로 만들어 드릴 겁니다."

식탁에 앉은 채 계획의 반을 이끌어낸 제프는 분위기에 도취 된 듯 계속 말을 이어갔다.

"인어공주의 실제 모델은 둘이라는 것 아시지요? 얼굴은 당시 유명한 발레리나였고 나체 모델은 거절해서 조각가의 부인이 했답니다. 우리는 얼굴이나 몸을 하나로 갑시다. 추후 그 보답으로 세계 각지에서 모여든 관광객들의 발길이 코펜하겐의 인어공주 조각상보다도 오랜 동안 멈추도록 그 영광을 드리겠습니다. 천년 후까지 당신의 영예를 약속하겠습니다. 제가 금괴를 제안한 것은 이 호텔을 떠난 뒤에도 조각상을 생각해서 우아하게 사실 수 있는 배려차원이니 오해는 마십시오. 인어공주 조각상의 모델들 이야기를 지금도 우리가 하고 있듯이, 황금 조각상의 모델인 당신의 이야기를 할 때가 있을 것이니 당신은 영원히 죽지 않을 겁니다."

제프의 예술적 안목이라고 생각한 그녀는 빠져 들기 시작했다.

요리사가 쟁반을 들고 가까이오자 제프는 화제를 돌렸다.

"우리는 알라스카나 대서양을 낀 동부 쪽에서만 직송하니까 안심하고 드세요."

그녀가 맛을 음미하는 척, 처한 상황을 다 각도로 생각하면서 두 시간에 걸쳐 나오는 코스요리를 먹고 있을 때 잠시 들른 비서의 귀 가까이 제프가 무언가를 말했다. 비서가 나가고, 디저트와 차를 다 마시도록 제프는 말을 이어갔지만 그녀는 어리둥절할 뿐이었다.

식사가 끝나자 비서의 안내를 받아 옆방으로 자리를 옮겼다. 905호의 짐들은 이미 모두 옮겨져 있었다. 외출복이 벽장에 가지런히 걸려 있어 방이 낯설지 않았다. 화려한 장식의 화장대에는 그녀의 소지품들이 가지런히 정리를 마친 상태였다. 장미꽃 다발이 여기 탁자 위에도 있었다.

옆에 서있던 비서가 말했다.

"필요한 것 있으면 어디라도 다녀올 테니 호출 하십시오. 방금 전 주방장이 서울의 거래처 호텔에 김치를 주문했습니다. 불편하신 것 없도록 하라는 회장님의 지시입니다."

그녀는 연거푸 놀랐다.

정중히 인사를 마친 비서는 조용히 방문을 닫고 나갔다.

그녀는 옮겨진 짐 가방에서 제일 먼저 이상도로부터 받은 두툼한 봉투를 확인했다. 식사 전에 잠깐 보았던 금괴들이 눈앞에 어른거리자 손에 쥐고 있는 봉투가 단지 종이 다발로 여겨졌다. 혼자 남은 그녀는 급작스러운 변화에 대해 곰곰이 되짚어봤다. LA를 다녀와야 할 것 같았다. 제프의 일을 추진하는 방식이야 워낙 재벌들이란 그럴 수도 있겠다 싶기도 했지만 관광객들이 보게 될 조각상의 모델이 된다는 건 신중해야 할 것 같았다. 아직 LA지사에 있을 이상도를 만나 이참에 관계를 정리하는 것이 백번 바람직하기도 하고 앞으로의 삶이나마 숨죽이며 살고 싶지 않았다. 묵던 LA의 콘도에서 짐도 가져와야 하는 건지, 여러 가지가 몹시 혼란스러웠다. 그런 와중에도 제프가 보여 주었던 대형금고는 머릿속을 떠나지 않고 있었다. 엄청난 양의 금괴로는 이해가 안 된 나머지 드디어는 영화에서 본 탄약고의 탄알들을 떠올렸다.

그녀는 속으로 중얼거렸다.

'탄알이 이럴 때 비유였어! 그 중의 일부일지라도, 두둑한 탄알이 생기면 문제는 다 풀리는 거다. 지질한 생활비 정도의 송금이 아니라 아빠가 다시 일어설 수 있는 거야!'

마침내 그녀는 LA에 체류 중인 이상도에게 전화를 걸었다. 상황을 이야기하자 당황한 이상도의 첫마디가 이랬다.

"호텔에서 당장 나와!"

"구슬은 이미 다른 곳으로 굴러 갔어요."

그녀는 갑작스레 변해 있었다. 이미 성공해버린 사람처럼 감히 말로나마 복수를 한 셈이었다. 듣고 있는 이상도로서는 불과 1주일 전 그녀의 모습에서 이런 말투는 상상조차 되지 않았다. 당황한 이상도가 말했다.

"간이 부을 대로 부었군. 누구 때문에 시민권까지 받았나?"

"한국으로 돌아가려는 걸 막은 건 누구시죠?"

"너, 이러면 내 스케줄이 다 어긋나. 항공편으로 당장 LA로 돌아와!"

이상도의 말투는 이제 거의 애원조에 가까웠다. 청순했던 입사 초기부터의 그녀의 모습에다 잠시 아내가 겹쳐졌다. 아내에게 위자료로 재산의 일부를 나누어 준다는 것도 못할 짓인데다, 무엇보다 경제 사범 전과자이며 상당한 수완가로서 사위인 자신에게 매월 넉넉한 생활비를 드러내고 받아갈 만큼, 모든 걸 꽤 차고 있는 장인이 두려웠다. 여기까지 생각이 미치자 그는 터질 듯이 머리가 아파왔다.

지난 세월을 떠올리던 그녀가 차분하게 말했다.

"이제 끝내지요."

해석이 다른 이상도가 말했다.

"시작도 하지 않은 일이야!"

"입사하던 때 생각나세요? 저도 다 망가진 제가 싫어요. 죽고 싶었지만 못 죽었어요. 덕분에 아빠가 쓰러지셨잖아요. 저희 집안을 원상복구 해놓으시던지 포기하세요. 사장님 크레디트 카드는 더 이상 쓸 일이 없으니 조각조각 잘라서 버리겠습니다."

이상도는 끝내 미안하다, 원상복구 하겠다, 라는 말은 하지 않았다. 그녀의 말투가 이미 근접할 수 없이 변했다는 것을 알아챈 그는 심한 두통으로 먼저 전화를 끊어야 했다.

며칠 째 아무런 소식이 없던 제프가 열흘이 지나서야 얼굴이 그을린 필리핀계 남성을 대동하고 스위트룸의 거실에 나타났다. 그녀와 함께 있던 비서는 제프의 눈짓으로 자리를 피했다.

"내가 말한, 모델이 되어 줄 제시카입니다. 이쪽은 유명한 조각가 에릭 소리아노, 내가 모셔왔소!"

조각가라는 사내는 긴 머리를 묶고 있었다.

제시카가 먼저 손을 내밀었다.

"만나서 영광입니다."

에릭이 가녀린 손을 잡으며 인사했다.

"반갑습니다."

세 사람이 자리에 앉자, 제프가 조각가인 에릭에게 물었다.

"제시카를 가장 그녀답게 표현될 수 있는 재질로 무엇을 선택하실 건가요?"

에릭이 고민하는 기색도 없이 단번에 이태리의 까라라 대리석을 추천하자, 제프는 즉각 흠이 없는 가장 완벽한 돌을 주문하라며 그에게 힘을 실어 주었다. 그러나 완성 된 뒤에 도금한다는 계획을 일절 감춘 이유로는 조각가가 작품을 만들어 내는데 끝까지 소홀함이 없게 하기 위해서였다. 거기까지 대화는 순조로웠다. 그러나 에릭이 모델을 그대로 재현하는 작품보다 단순화 된 구조를 표현하고 싶다고 하자 제프가 고개를 절레절레 흔들면서 말했다.

"나는 한 번 머릿속에 입력 된 것은 지우거나 고치지 못해요. 제시카를 처음 보던 날의 그 이미지를 보여 드리면 당신도 이해가 될 겁니다. 제시카! 작지만 여기 수영장에서 배영하는 모습을 보여 주겠소? 아주 유연하게, 우리만 보는 거니까 모델의 자세로 수영복을 걸치지 않는 게 좋겠소."

그녀는 제프가 여전히 성급하다고 생각하면서도 잠시 머뭇거렸다. 옥탑에는 단 하나의 스위트룸이 있어, 다른 층과는 분위기가 확연히 달랐고, 엘리베이터조차 전용이어서 낯선 사람과 마주칠 일조차 없었다. 평소와 다르지 않게 오늘도 스위트룸에는 인원이 단출했으므로 프로처럼 용기 있게 자리에서 일어섰다.

그녀가 움직인다 싶으니까 반색을 한 제프가 비서인 캐서린을 불렀다. 잠시 후, 수영 후에 걸칠 가운을 준비한 캐서린이 나타나자 모두는 수영장 쪽으로 자리를 옮겼다.

그녀가 벗어내는 겉옷들을 하나 둘, 옆에 서있던 비서인 캐서린이 챙기는 순간 조용하던 물살은 이미 겹겹이 춤을 추고 있는 듯 했다. 나신으로 배영하는 그녀의 모습은 붉은 반점들이 있는 하얀 비단잉어가 탐스럽게 노니는 것처럼 착각될 정도였다.

긴장 속에 수영장을 바라보던 에릭은 제프의 주문에 더 이상 토를 달지 않았다.

다음 날, 장비들이 즉시 옥탑으로 옮겨져 왔다. 나무로 제작중한 튼튼한 작업대가 완성되고, 남은 일은 주문한 돌을 기다리는 것이었다. 돌이 도착 할 때까지 에릭은 그녀의 전신을 스케치하기 시작했다. 황금비율 때문에 포즈를 교정하느라 그녀의 맨살에 그의 손이 여러 번 닿기도 했다. 좌우 앞뒤 여러 장의 스케치는 신체 크기와 1mm도 다르지 않을 정도였다.

2주 쯤 후, 주문한 직사각형의 하얀 대리석이 작업대 위에 앉혀졌다. 육중해 보이는 관모양의 차디찬 돌덩어리를 바라보던 그녀는 과연 어떤 모양이 나올지 전혀 감이 잡히지 않았다. 조각가는 설계도면 같던 종이 스케치를 보강해 가면서 나신의 윤곽을 돌 위에 직접 옮겨 그렸다.

본격적인 작업이 시작 되었다. 화씨 100도가 훨씬 넘는 날씨가 이어졌다. 조용하던 옥탑에서는 조각 끌과 망치가 힘을 합쳐 돌 깨내는 소리가 날마다 이어졌다. 돌덩어리를 무수히 내리쳤다. 굵은 돌들이 뚝뚝 떨어져나가는 걸 보면서 그녀는 자신의 한을 푸는 듯 대리만족을 느끼기까지 했다.

날이 갈수록 형체를 드러내는 완성도만큼이나 그녀의 자아존중감도 부풀어 갔다. 주변 분위기도 그랬다. 모델과 조각가 사이라면 같은 식탁에서 식사할 수 있으련만, 제시카는 스위트룸에 속한 다이닝룸에서 캐서린과 식사를 했고, 조각가 에릭은 지하 식당의 뷔페 식사권을 이용하곤 했다. 마치 내실에는 남자 손님을 들여 놓을 수 없는 조선의 법도라도 알고 있다는 듯 제프는 모든 것에 거리를 두도록 비서에게 지시했던 것이다. 더구나 서울의 유명 호텔에서 공수해 온 보쌈김치를 먹던 날, 제시카는 제프의 세심한 배려에 눈물을 감출만큼 감동했다. 메뉴에 따라 각종 김치 중 한 가지씩이 선별되어 식탁에 올려 졌고, 제철이 아닌 과일은 물론 심지어 제주도의 한라봉도 먹을 수 있었다. 제프는 몸 세포 속에 깊숙이 박힌 유전자를 이용해 사람을 안심시키는 방법을 이용할 줄 알았던 것이다. 비서와 요리사와 청소부가 있는 옥탑의 스위트룸 전부가 그녀를 위한 작은 궁전 같았다. 제프는 그녀에게 직접 접근하지 않는 대신 모든 것을 비서라는 쿠션을 통해 부드러운 방법으로 감시하고 있었다.

쇼핑을 위해 외출하는 것은 천박해 보인다며 유럽 최고의 화장품과 유명 디자이너의 의상은 물론 마사지사와 미용사까지 불러들여 그녀가 더 이상 아쉬운 것이 없도록, 그리고 공상할 시간조차 없을 정도로 일정을 짜 맞추게 했다. 시간과 공간마다의 세세한 것 하나 놓치지 않았다. 티타임에는 각종 차와 케익이 번갈아 나왔고 숙면을 위한 듯 저녁메뉴에는 각기 특색 있는 칵테일들이 따라 나왔다. 벨라지오를 비롯해 그 주변 호텔에 들어오는 각종 쇼도 놓치지 않았다. 브로드웨이 팀의 오페라 〈춘희〉와 유럽 발레단의 〈백조의 호수〉를 비롯해 〈맘마

미아〉 등 수 많은 뮤지컬과 연주회, 매직쇼와 무희들의 쇼까지 비서는 좋은 좌석을 예약하느라 미리미리 애쓰며 완벽하게 직무를 수행하고 있었다.

그녀가 상류사회에 푹 빠져있는 동안, 작업을 위해 날마다 출퇴근하는 조각가의 모습은 나날이 초췌해져갔다. 돌 작업 때문만은 아니었다는 걸 제프는 눈치 채고 있었다.

에릭은 호텔로부터 받은 선금으로 퇴근시마다 3층 카지노에 머물렀던 것이다. 돌의 형체는 점점 그녀를 닮아 갔지만 빈털터리가 되어가는 에릭의 정신과 건강은 피폐해져 갔던 것이다. 힘든 작업 때문이라고 생각한 그녀는 행여 집중에 방해가 될까 말조차 걸지 않았다. 강약을 조절하고, 미세한 곳을 수정하고, 붓으로 털고 긁어내고, 에릭이 모자를 쓰지 않은 날은 하얀 가루를 뒤집어 쓸 만큼 돌가루는 공중으로 바닥으로 흩날리기 시작했다.

깎이고, 패이고, 긁어내기를 수십 번 반복하는 작업이 마치 차갑던 돌에 온기를 넣는 것처럼 보였다. 단지 돌이었던 것이 예술가의 정성을 통해 실체 같이 변해가는 것을 바라보는 그녀의 마음은 뿌듯함을 넘어 전신에 전율을 느낄 때가 자주 있었다.

자신의 나신과 똑 닮은 조각의 끝마무리 즈음에서 돌가루가 먼지처럼 미세하게 날리는 것을 보면서 그녀가 언뜻 기억해 낸 것은, 학창시절 가사가 좋기도 하고 곡도 무난해서 따라 불렀던 캔자스의 노래 '바람 속의 먼지(Dust in the wind)!'였다.

그녀는 잠시 눈을 감고 기타 소리를 듣는 듯 가사를 음미했다.

'눈 깜짝할 사이 먼지처럼 지나가는 인생. 모두가 바람 속의 먼지라는 걸…….'

갑자기 눈에 눈물이 맺혀 그녀는 황급히 돌아서야 했다.

다음날은 에릭이 출근하자마자 기계 소리가 들렸다. 마무리 작업인지 기계를 이용해 돌을 곱게 갈아내자 사람의 살결보다 매끈해 보였다. 그녀가 작업대 가까이 다가가자 에릭이 마침 부르려 했다며, 모델의 자세로 눈을 고정시키고 의자에 앉기를 권했다.

눈동자 부분에 꼼꼼히 잔손질을 하는 모습은 마치 혼을 불어넣는 듯 했다.

에릭은 여러 가지 복잡해져가는 생활여건 중에도 완성되어 가는 자신의 작품과 모델인 제시카를 보는 것이 유일한 위로였다. 돌의 정직성과 그녀의 매력에 빠져 그 시간만큼은 혼신을 다 했다. 옆을 지나다 땀방울을 뚝뚝 흘리다 못해 푹 젖은 셔츠를 보면서 그녀는 그 정성이 가히 열 달을 채우는 산모 이상이라고 생각했다.

완성된 조각을 본 제프는 나머지 계획들을 잊고 있을 만큼 세상에 하나뿐인 작품을 소유한데 대해 감격한 나머지 "원더플!"을 연발했다, 조각의 진행을 거의 매일 지켜보았던 그녀는 행운은 이런 거라며 자부심으로 가득한 채 모든 걸 잊고 있었다. 한편 비서인 캐서린은 왠지 로뎅의 애인이고 제자였던 까미유 끌로델이 떠올랐다. 옥탑식구인 주방장은 푸른 물 위에 배영하는 조각상을 닮은 케익을 구워서는 떠나는 에릭에게 선물했다.

그 누구도, 하루도 빠지지 않고 작업하던 에릭을 그날 이후로는 만날 수 없었다.

그녀는 대리석 조각상이 완성되고도 스위트룸에 계속 머물러야 했다. 제프는 조각상 주변에 먼지하나 없이 청소가 끝나던 날부터, 기술이 특출 난 금세공사 두 사람을 호텔에 상주시키며 가져온 장비로 대리석조각 위에 도금을 하게 했다. 금세공사들이 작업하는 동안은 작업자 외에는 출입을 금하도록 작업대 주변에 가리개를 설치한 것이 전과 달라진 점이었다. 그것은 제프의 계략이기도 했다. 금덩어리가 기계 속에 들어가 금박지 정도로 얇게 제작되어 나오는 과정과 그런 두께로 도금 된다는 사실을 누구에게도 보여주고 싶지 않았던 것이다. 어마어마한 양의 순금이 녹아든 것처럼, 그래서 대리석의 부피가 금덩어리로 착각하도록 입소문을 내고 싶었고, 무엇보다 제시카에게 눈속임수를 쓰는 것이 일차 목적이기도 했다.

하루빨리 금고가 다시 열리기를 기다리는 그녀의 안달을 눈치 채면서도 제프는 공백시간이 없도록 비서를 종용했다. 그 덕에 그녀는 캐서린이 짜놓은 계획표와 함께 호텔의 공금으로 결제되는 모든 것을 여전히 넉넉하게 즐기고 있었다.

제프는 대리석 작업 때와는 다르게 옥탑을 자주 드나들었다. 도금 과정 중에 바닥으로 떨어지는 1g의 허실도 용납 하지 않았다. 순금 1g을 두드려 길게 펴면 3Km 길이가 된다는 것이 금과 돌의 영원불변의 차이라는 것을 재확인하자 금에 대한 믿음이 더욱 확고해졌다.

수영을 하고나서 무심코 가리개 사이로 반 이상 진행 된 도금작업을 보게 된 제시카는 자신의 몸무게가 50kg이 넘고, 또한 호텔의 규모로 볼 때 여신이 된 모델료로 최소 50kg 이상의 금괴를 받게 되리라는 계산을 하고 있었다. 그녀가 작업의 진행상황을 궁금해 하는 동안, 전기기구들이 사용된 세밀

한 작업도 조각가의 작품에 전혀 손상을 입히지 않을 정도로 매끄럽고 섬세하게 도금되어 갔다.

촘촘하고 미세한 머리카락과 음모 부분들이 마무리 될 즈음, 오랜만에 세 사람이 식사를 하게 된 자리에서 제프는 조각상이 안치 될 수영장 리모델링이 거의 끝나간다고 말했다. 준공식 파티에서 제시카가 주인공이 될 거라고 추켜세우기까지 했다. 그 말의 의미를 알아차린 캐서린은 그날부터 제시카의 머리 위에 책을 얹고 걷는 연습을 시키기 시작했다.

대형 천막으로 가려진 야외 수영장 공사가 막바지에 들어서자 직접 진두지휘하던 제프가 인부들 중 눈여겨 두었던 가장 건장해 보이는 한 사람을 조용히 불렀다.

"일을 곧잘 하던데, 이름이 뭔가?"

"곤잘레스입니다."

칭찬을 들은 곤잘레스는 기분이 좋았다.

"다들 간 뒤에 아무도 모르게 나 좀 보게!"

"네!"

잠시 후, 인부들이 모두 퇴근하자 화장실에 갔던 곤잘레스가 나타났다.

제프는 스페니쉬를 섞어 손으로 일일이 지적해가며 참을성 있게 설명하기 시작했다.

"저 바닥 가운데가 조각대가 놓일 곳이야. 지진에도 흔들리지 않게 장비 동원해서 빠른 시간 안에 깊이 파게. 내일 페인트 전에 바닥 청소부터 해야 하니까, 저녁식사하고 오면서 클로락스 가장 큰 통 하나 사다가 한 쪽에 놓아두게. 오늘밤 늦게까지 일 할 수고비는 먼저 받게."

곤잘레스는 한마디 빼지 않고 정확하게 알아들었다.

건네받은 봉투를 손에 쥔 곤잘레스는 하루 종일 노동에 시달렸음에도 힘이 솟았다. 곤잘레스는 클로락스를 사러 가는 길에 저녁식사로 콜라와 햄버거를 주문 해놓고 아내에게 전화했다. 두 배로 벌어다 줄 테니 기다리지 말고 아이들과 먼저 자, 하고 끊으려는 순간 네 아이들의 장난치는 소리가 왁자지껄하게 들려왔다. 그는 가족을 열심히 부양한 가장만이 누릴 수 있는 뿌듯한 미소를 머금은 채 전화를 끊었다.

제프가 지시한 넓이의 콘크리트가 잘려나가자 플라스틱 커버들이 드러나 보였다. 그것을 뜯어내자 철근들이 얼기설기 엮어진 콘크리트가 일의 진척을 가로막고 있었다. 회장은 전기톱에 의해 철근들이 절단되는 과정을 하나하나 지켜보고 있었다. 육중한 철근콘크리트를 걷어내고 흙을 파내는 등 혼자서는 벅찬 일이었으나 곤잘레스는 땀을 흘려가며 허점을 보이지 않으려 최선을 다 하고 있었다.

제프가 보기에도 흡족할 만큼 일이 빠르게 진전되고 있었다. 6피트 이상의 깊이로 뚫린 넉넉한 구덩이를 내려다보는 제프의 눈빛이 반짝였다. 퍼 올린 시멘트 덩어리들과 흙들이 반은 대형쓰레기통이 있는 외부로 운반 되었다. 회장이 특별히 주문했던 빠르게 건조 되는 시멘트 80파운드짜리 이십 포대를 뜯어 물을 섞는 작업이 끝나자, 회장은 하던 작업을 중단케 하고는 곤잘레스와 함께 옥탑에 올라갔다. 비서와 제시카는 자주 그랬듯이 미리 예약한 뮤지컬을 보기위해 외출 중이었다. 그 사이 스위트룸 금고에 있던 금괴의 반을 옮기기 위한 작업을 끝내야 했다. 금괴 반을 작은 금고에 미리 옮겨 두었던 것이다. 철제 금고를 밑창이 뚫린 커다란 종이박스로 덮어 놓았던 제프는 짐수레를 이용해 금고를 수영장까지 이동하도록 지시했다. 금고를 옮기는 일은 유럽에서 온 대형무대의 뮤지컬이 끝나기 전에 일사천리로 진행되고 있었다.

옥탑의 금고가 천막을 치고 파 놓은 수영장바닥 가까이 이동했을 때였다. 곤잘레스가 끌고 내려 온 금고 위로 푹 쓰러졌다. 소리 나지 않는 총알이 심장 뒤쪽에 관통한 곤잘레스는 제프의 발차기 한 번으로 자신이 파놓은 구덩이 밑으로 굴러 떨어져 내렸다. 아내에게 가져다주려던 열지 않은 봉투와 아이들의 추억이 담긴 핸드폰이 함께 쓸려 내려갔다.

애초 하얀 면장갑을 끼고 있던 회장은 한 쪽에 놓여있던 클로락스를 시신 위에 흡족하도록 뿌리고 남은 빈 통은 시신 옆으로 던져 넣었다. 더 독한 화학세제를 알고 있었으나 매입한 근거가 남을까 이 정도로 준비했던 것이다. 클로락스 냄새가 얼굴 가까이 올라오자 서둘러 시신 위로 흙을 덮기 시작했다. 바닥에 흘린 피의 흔적이 말끔히 없어지자 짐수레 위에 실려 있던 철재금고를 힘껏 밀어 넣었다. 금고가 시신을 덮은 흙 위로 쿵 소리를 내며 굴러 떨어졌다. 주변에 쌓여 있던 나머지 흙으로 그 위를 덮었다. 흙을 전부 메우고는 손에 든 삽으로 시멘트 작업을 진행했다. 현장을 눈여겨보아 온 회장의 익숙한 솜씨로 바닥은 수평이 되어가고 있었다. 낮에 인부들이 타일작업을 하면서 쓰던 쇠흙손을 찾아 콘크리트 표면의 마감 작업까지 깔끔하게 마무리했다. 곧바로 대형 환풍기를 돌렸다. 급격하게 응결이 되면서 생기는 균열을 위해 힘든 것도, 잠도 잊은 채 틈틈이 물까지 뿌렸다. 며칠 후면 도금이 완성된 옥탑의 황금상이 내려와 이곳에 안착될 것이고, 그리고 예전처럼 물이 차오르면 더더욱 감쪽같을 것이라는 생각에 회장의 얼굴에는 흐뭇한 미소가 떠나지 않고 있었다.

제프는 평소 금괴를 안전하게 보관하기 위해 여분의 금고

하나를 사 놓고는 장소를 물색하던 중에 여러모로 아이디어의 기초가 되어준 배영을 하던 제시카에게 고맙게 생각했다. 한편, 제프는 밤사이 건조되어가는 콘크리트 바닥을 내려다보면서, 죄책감을 가지지 않으려고 성경의 최초 가르침이 카인이 아벨을 죽여서 묻었다는 것으로 위안 삼고 있었다. 성경의 시작이 그랬듯이 이득을 위한 인간의 잔인함은 이런 거라고, 노동과 함께 밤샘으로 인한 피곤함 정도는 까맣게 잊고 있었다.

제프는 어제 아침 일찍 경호원들을 타지로의 외근과 퇴근까지 한 번에 지시를 내렸었다. 동시에 그들이 어디에 뿌려도 근거가 남지 않을 넉넉한 현찰 다발을 집어 주었던 것이다.

"바로 옆에 카지노가 들어오면 골치 아픈 이유가 한둘이 아니야! 결과보고는 필요 없으니 알아서들 해. 단, 손재주는 아까우니까 하반신만 건드리도록!"

이런 암시를 받고 험한 작업을 마친 경호원들은 외곽에서 밤샘을 즐기고 있었지만 제프는 잠도 잊은 채 바짝바짝 마르고 있는 시멘트 위에 태연스레 물을 뿌리고 있었다.

일찍 출근한 동료인부들에 의해 곤잘레스가 전화 연락이 되지 않아 부인이 찾아다닌다는 사실을 팀장으로부터 보고받은 호텔 매니저는 난감한 표정으로 말했다.

"그 남자가 집에 안 들어 간 것까지 우리가 어떻게 하라는 겁니까? 기다려보라고 하세요."

걱정들도 잠시, 인부들은 수영장 마무리 공사에 열을 다해 참여하고 있었다. 수영장 전체 바닥과 벽부분에 에폭시 페인트가 칠해지자 시멘트 바닥의 이음새가 말끔히 사라지고 없었다. 수영장 전체가 파란색으로 깔끔하게 마무리 되고 인부들이 붓을 씻자 사방에 설치된 10대의 대형 환풍기가 다시 돌아가기 시작했다. 그 덕에 아침에 시작한 페인트 역시 빨리 굳어가고 있었다.

집무실에서 밀린 잠을 자고 있던 제프는 유리로 제작된 조각대가 도착했다는 보고를 받고는 급히 현장으로 내려왔다. 그리고는 조각대가 놓일 곳으로 어젯밤 곤잘레스와 금고를 묻은 수영장의 정 가운데를 지목했다. 위치에서부터 각도까지 모든 걸 직접 진두지휘했으므로 사람들은 조각에 대한 그의 애착이 유별나 보여 모두들 감탄했다.

옥탑에서 내려온 황금상이 투명 조각대 위에 안착하자 제프는 그제야 천막을 벗겨내도록 지시했다. 곧이어, 수영장의 물이 오랜만에 시원스레 차오르고 있었다.

저녁 무렵 조명등까지 동원되자 반쯤 물에 잠긴 황금빛 조각상이 주변 호텔들의 그 어느 것과도 견줄 수 없다는 확신에 제프는 만면에 웃음을 지우지 못하고 있었다.

조각이 드디어 제 자리를 찾은, 이 광경을 바라보는 그녀 또한 감회가 남달랐다. 그 동안의 수모가, 이곳까지 오게 한 이사장이 용서 될 정도였고, 모든 아픈 기억이 아문 듯 들뜬 마음인 채로 수영장 안의 황금빛 조각상에서 잠시도 눈을 떼지 못하고 있었다.

곤잘레스의 아내는 여기저기 연락을 취하던 끝에 24시간이 지나서야 실종신고 접수를 할 수 있었다. 영어를 몇 마디 밖에 하지 못하는 곤잘레스의 아내는 스페니쉬를 하는 경찰관에게 마지막 통화내용을 상세히 말할 수 있었다.

경찰은 주변 조사를 시작했고, 친구들 중 그를 마지막 본 사람이 있었으나 클로락스를 사들고 가던 모습을 봤다는 진술이 전부였다. 경찰은 즉시 호텔 공사장 주변에서 클로락스통을 찾아봤지만 헛수고였다. 경찰 조서에는 아내의 진술로 봐서 돈과 관련 있는 마약 등으로 연류 돼 국경을 넘어갔거나 장기 미제사건으로 넘겨졌던 케이스들과 같은 비중을 두고 있었다.

반 년 이상 걸쳐 준비를 끝낸 제프는 비서 캐서린을 불렀다.

이번 준공식에 초대된 명단 중에 특별히 수영장과 마주보이는 H호텔 사장의 부부동반 참석여부에 대해서 재차 확인하라는 지시를 했다. 비서는 명단 중에 조각가 에릭이 없다는 것을 서운하게 여기던 차였다.

작업 과정을 직접 보아왔던 지난 몇 개월 동안은 이민 전에 파리 시내에 사는 동안 정원이 한적하다는 이유로 자주 들르던 로댕 미술관 정원에 있던 조각들을 떠올리느라 행복했었다. 업무가 일처럼 느껴지지 않을 정도였다. 그런 정서를 선물해준 조각가는 빠져있는데 유독 박 사장에게만 신경을 쓰는 회장의 처신에 뭔가 균형이 맞지 않다는 생각을 잠시 했다. 애초, 회장이 조각가를 직접 섭외한 탓에 비서인 자신에게 연락처를 주지 않은 것에도 서운함을 느꼈던 것이다. 비서는 사적인 생각을 끊고 박 사장 부부의 참석여부를 재차 확인하기 위해 H호텔 프런트 데스크에 전화를 했다. 답변을 들은 비서는, 부인이 서울 체류기간이 연장 돼서 박 사장 혼자만 참석한다는 것을 회장 제프에게 곧바로 알렸다.

제프는 순조롭게 진행되어가는 모든 일을 제시카가 가져다준 행운이라고 흡족해 했다. 주말에 있을 파티에서 조각상을 행운의 여신이라고 소개하는데 주저하지 않기로 했다.

초저녁이었으나 야외 수영장 주변의 특수한 조명 탓에 수면 위는 비단결 같은 고운 색들이 몇 겹으로 화려하게 물결치고 있었다. 초대 손님들은 라스베이거스에서 호텔을 운영하는 유지들과 시의원들과 각 계층의 인사들이 대부분이었다. 속속 모여드는 200여명이 넘는 초청된 이들은 사회자를 비롯해 연주자들이 있는 수영장 주변에 빙 둘러서고 있었다. 남자들은 나비넥타이는 기본이고 여성들은 저마다 독특한 드레스 차림이었다. 흰색 유니폼을 입은 두세 명의 웨이터들은 스캘럽 구운 것과 숙성시킨 연어와 치즈 등 갖가지 에피타이저를 쟁반에 들고 다니며 파티손님들에게 권하고 있었다. 쟁반은 척척 비워졌다.

정각 6시가 되자 사회자의 소개와 함께 회장인 제프가 인사말을 했다.

"오늘 공개하는 이 황금상은 라스베이거스를 방문해 주시는 전 세계 관광객들의 특별한 기억을 위한 숙원사업이었습니다. 마음의 준비가 되셨으면 행운의 여신을 보여드리겠습니다."

제프의 이 말과 동시에 낙하산처럼 매단 하얀 천이 걷히는 순간 강렬하게 빛을 내며 황금 조각상이 나타났다. 모두들 크게 환호했다. 주변의 대형호텔 오너들조차 황금덩어리에 놀랐다. 누가 먼저였는지 행운의 여신을 향해 동전을 던져 넣기 시작했다. 잠깐 사이 조각대 주변의 수영장의 바닥이 동전으로 가려질 정도였다.

잠시 후, 조각상의 모델이 코리아에서 온 아리따운 여성이라는 사회자의 소개가 이어졌다. 사람들의 눈동자가 일제히 사회자의 손이 가리키는 엘리베이터 쪽을 주시했다.

엘리베이터가 열리기 시작하자 모두들 긴장했다. 매끈하게 흘러내리는 은빛 드레스에 긴 머리의 끄트머리에 약간의 굵은 웨이브를 넣은 단아한 모습의 그녀가 우아한 걸음걸이로 걸어 나오자 참석자들 전부가 크게 환호했다. 스포트라이트를 받는 것은 당연했으며 사람들은 아름답다는 찬사로는 부족하다고 생각할 정도였다. 은빛 불꽃보다 화려한 그녀를 맞이한 건 제프였다. 얇고 하얀 새 면장갑을 낀 제프의 손이 그녀를 사람들 앞으로 이끌었다. 참석자들의 환호는 끝날 줄 몰랐다. 똑똑하고 세련돼 보이는 남성들의 파트너로 따라 온, 한껏 치장을 한 여성들은 자신과 견줄 수 없다는 것에 일찌감치 포기를 한 대신 파트너 단속에 신경을 쓰느라 여념이 없었다. 사람들이 몰려오자 제프는 양보한다는 뜻으로 자리를 이동했다. 그녀는 단번에 유명인사가 되어버렸고 손색 또한 없어 보였다. 제프는 오늘 이 자리가 어색하지 않을 만큼의 내공을 위해 안목 있는 비서를 시켜, 많은 시간 그녀에게 공을 쏟았던 것이다.

연주가 막 시작되는 순간, 사회자는 연주자들을 방해하지 않으려는 듯 간략하게 말했다.

"지금 연주 되고 있는 곡은 세계에서 가장 아름다운 곡, 아리랑입니다."

수영장 주변 한쪽에서는 하프와 플롯, 오보에, 바이올린 등 10여 명의 연주자들이 물 위의 황금 조각상을 향해 연주하는 듯 열정적인 모습이 물위에 그대로 반사되고 있었다.

타국에서 오랜만에 듣는 아리랑에 제시카가 울컥 했고 또 한 사람의 한국인이 감동하고 있었다. 연주자들이 있는 반대편에서 샴페인을 터트리는 소리가 들렸고 많은 참석자들은 이동식 주방을 갖춘 부스 쪽으로 옮겨갔다. 첫 번째 부스는 빨간 나비넥타이를 한 바텐더가 갖가지 술병을 갖추고 주문받는 칵테일을 노련한 솜씨로 만들기도 했다.

하얀 유니폼을 입은 이십 여 명의 요리사들이 동원된 파티는 초일류였다. 색감이 뛰어난 갖가지 야채들을 작은 유리컵에 담고는 취향대로 드레싱을 넣어주는 부스 옆으로는 빛깔좋은 생선을 얹은 초밥을 즉석에서 만들기도 했다. 새우튀김을 하고 있는 부스 등 총 10여 곳이 넘었다. 스테이크와 버섯

등을 나이프 없이 먹을 수 있게 꼬치에 끼어 숯불에 굽고 있는 부스에서는 냄새와 연기가 유독 진하게 피어오르고 있었다. 각종 육류와 해물과 야채를 한편에 놓고 철판요리를 시작한 요리사는 묘기까지 보여주는 등 가든파티는 한층 무르익어가고 있었다. 한쪽 끝으로 파인애플 등을 꽃처럼 장식한 생과일 부스에서는 과일주스까지도 주문 받았다. 조금 떨어진 곳에는 냉동고가 동원 된 아이스크림 부스도 있었다. 즉석에서 취향대로 고른 아이스크림에 손잡이 막대를 낀 다음, 묽은 초콜릿 통에 적셔 주는 묘미 때문인지 순서를 기다리는 사람들 중에는 관광객도 제법 끼어 있었다. 달콤한 것을 지나치기 쉽지 않을 거라는 인간의 보편성을 잘 알고 있는 제프는 초콜릿과 다양한 종류의 아이스크림을 특별히 많이 준비토록 지시했었다. 먹거리 축제로 변한 듯, 음식부스들은 사람들의 후각과 시선을 강탈하기에 충분했다. 서서히 모델에 대한 관심도 줄어들고 있었다.

지휘자는 보이지 않았지만 웅장한 오케스트라의 연주 같은 아리랑은 다양한 버전으로 이어지고 있었다. 웨이터 중 한 사람이 그녀에게 다가와 작고 흰 냅킨을 주며 음식을 권했으나 그녀는 한 손을 살짝 흔들어 보이며 사양했다. 그녀는 손님들의 짧은 인사를 받는 틈에도 눈으로 한사람을 찾고 있었다. 나비넥타이를 하고 왔을 조각가를 만나면, 영광을 위한 노고에 감사한다는 때늦은 인사를 하기 위해서였다. 캐서린 역시 행여나 사회자가 조각가를 소개하는 순서가 있지는 않을까, 하고 파티를 제대로 즐기지도 못한 채 무대로 눈을 고정시키고 있었다. 조각가는 아직도 보이지 않았다.

그때 유독 제시카의 주변을 맴돌던 한국인이 틈을 기다렸다는 듯 가까이 다가가 명함을 내밀었다.

"바로 옆 건물이 제가 운영하는 호텔입니다. 당신 같은 분이 라스베이거스에 계셨다는 것을 저는 왜 진작 몰랐을까요. 무척 아쉽지만 이제라도 뵈어서 영광입니다."

"감사합니다."

그녀는 오랜만에 모국어로 인사를 나누느라 긴장이 풀리고 있었다. 받은 명함을 흘끗 보자 H호텔 사장으로 이름이 윌리엄 박이었다. 옥탑에서 내려다보이던 H호텔 사장이었던 것이다. 그녀 역시 반가움에 각별히 긴 이야기를 나누고 있었다. 먼발치서 손님을 접대 중인 제프는 이 장면을 놓치지 않았다.

'준비한 카드 한 장이 저런 모습이로군.' 하고 제프가 군침을 삼켰다.

어느 틈에 제프가 그들 가까이 다가왔다. 박 사장과는 구면인 듯 악수를 청했고 와줘서 고맙다는 짧은 인사치레를 했다.

박 사장 역시 귀한 날에 잊지 않고 불러주어서 고맙다는 인사를 했다. 제프와의 인사가 끝난 박 사장은 눈치껏 자리를 피했다. 그러자 제프가 그녀의 귀 가까이 무언가를 말했다.

"가장 고운 모습으로 저 사람을 현혹하시오. 알고 있는 못된 것은 가면으로 가리고 승리하는 게 인생이오."

그리고는 더 가까이 다가와 신중하게 속삭이듯 귓속말을 덧붙였다.

"미스터 박을 파티가 끝날 때 까지만 옥탑에서 책임져 주시오. 이것으로 당신 임무도 끝이야."

자존심을 최대한 긁어내리듯 제프의 험악한 진면목을 보게 된 그녀는 당혹스럽고 씁쓸했다. 오늘을 마지막으로 금고를 여는 일이 더 이상 지연 되지 않기를 바랄뿐이었다. 행사만 끝나면 남은 금괴 반으로 자유로워지게 될 거라는 생각만으로 그 몇 시간이라는 부탁을 들어주기로 했다.

박 사장의 시선은 물 위의 조각상에 있었으나 마음은 실체인 그녀에게 있다는 것을 몇 발짝 떨어져 있어도 알아챌 수 있었다. 뒤통수에도 눈이 있는 것처럼, 제프가 그녀 곁을 떠나자 잠시 생각할 겨를도 없이 박 사장이 이내 다가왔다.

"제프와는 친밀한 관계신가요? 부럽습니다."

"조각을 위한 모델 일을 했을 뿐이에요. 그 덕에 옥탑 전체를 쓰고 있어요. 제가 올라가서 따로 한 잔 대접해도 될까요?"

단지 한국 사람이라는 것 때문에 호의를 베푸는 거라고 착각한 박 사장이 말했다.

"언제라도 좋습니다."

"지금, 어떠세요?"

"이런 행운을 저 혼자 누려도 되는 겁니까?"

"제가 여기에 있으면 조각상에게 가야할 시선이 둘로 나누어져서요."

"하하, 생각을 잘하신 것 같군요. 일부러 자리를 피하시는데 에스코트하는 거라면 저야 영광이지요."

다행히도 그들 주변에는 한국 사람은 단 한 명도 없었다. 두 사람이 엘리베이터로 걸어가는 것을 멀리서 지켜 본 제프는 다른 주방장들과 합류해 있는 스위트룸의 주방장에게로 다가갔다.

"지금 올라가는 친구 발렌타인 30년산을 좋아 해. 특별히 신경 써!"

그들이 이야기를 하며 천천히 옥탑에 오르자 어느새 왔는지 주방장이 안주를 내왔다. 박 사장은 퓨전 요리가 예사롭지 않다며 흡족해했다. 과일과 꽃으로 잔에 멋을 낸 진한 술 맛이 입안에 그윽했다.

벌써 두 번째 잔이었다. 박 사장은 그녀가 누리고 있는 상황을 짐작하고도 남았다. 이런 여자 정도면 무엇을 주어도 아깝지 않을 것 같다는 생각을 숨기고 박 사장이 말했다.

"수영하는 모습을 직접 보고 싶은데요."

그녀는 대답대신 앞서 자리를 이동했다. 몇 시간을 채우기엔 수영이나 하면서 물속을 드나드는 것이 나을 거라는 생각이 든 것이다. 술잔을 든 채 박 사장이 그녀의 뒤를 따랐다.

별빛 아래서 은빛 드레스를 벗어 내린 그녀의 몸매는 아직까지 보아온 라스베이거스의 무희들과는 비교될 수 없는 절제된 우아함이 느껴졌다. 그는 취기어린 눈으로 이 모든 진행과정을 황홀하게 바라보고 있었다. 드레스를 위해 착용했던 끈 없는 은빛 브래지어와 은빛 팬티를 입은 그대로, 잘 손질되었던 긴 머리인 채로 물속으로 풍덩, 들어갔다. 들어가자마자 천천히 돌아서 조각상이 보여준 것처럼 배영을 시작했다. 박 사장은 술기운 탓인지 정원수가 잘 가꾸어진 공간이 왠지 밀실 같다고 느끼는 동시에 그녀의 배영하는 모습이 자신을 위한 퍼포먼스 처럼 보였다. 조각상을 먼저 본 탓인지 처음으로 직접 만나 본 예술가 같다는 감격에 배영하는 그녀를 향해 눈 한 번 떼지 않고 있었다.

그때 주방장이 칵테일을 넉 잔째 가져왔다. 박 사장은 취기가 도는지 썬베드에 반쯤 누운 채 칵테일을 마시며 물속의 그녀를 흥에 겨워 바라봤다. 박 사장의 흐트러지는 자세를 확인한 그녀는 순간 제프의 귓속말이 떠올랐다. 어떻게 남은 시간을 책임질 것인가. 이유가 뭘까. 밝은 달과 선명한 별빛들을 보며 배영하던 그녀는 피로가 느껴져 물 밖으로 나왔다. 박 사장이 기대 누운 옆 자리의 썬베드에 그녀가 앉으려는 순간 박 사장이 기습적으로 다가와 열렬히 키스를 퍼부었다. 그녀는 가까스로 일어나 여러 빛깔의 조명이 비치는 물속으로 도망치듯 뛰어 들었다. 이번엔 넓적다리가 튼튼한 개구리처럼 헤엄을 치다가 한참 만에 물 위로 얼굴을 내밀었다. 주변은 어두웠고 바삐 움직이는 그림자들이 순식간에 사라지는 것을 보았다. 착시현상이 아닌가하고 젖은 손으로 두 눈을 비볐다. 썬베드엔 박 사장이 없었다. 섬뜩했다. 수영장을 밝히던 조명등이 전부 꺼져 있었지만 주변 호텔들의 네온사인의 열기로 옥탑주변의 구조는 알아볼 수 있었다. 박 사장이 누웠던 썬베드를 다시 확인했지만 바닥에 유리잔만 희미하게 반짝일 뿐이었다. 그녀는 긴 머리카락과 전신에서 물이 흘러내렸지만 빛을 잃은 은색 드레스로 몸을 감싸고는 황급히 스위트룸 쪽으로 달려갔다. 침실로 뛰어 들어간 그녀는 즉시 방문을 잠그고는 커튼 사이로 바깥을 내려다보았다. 번쩍거리는 네온사인 아래로 북적이는 인파 때문인지 비로소 맥박이 안정을 찾고 있었다. 그때 방문을 노크하는 캐서린의 목소리가 들려왔다.

"제시카!"

자신의 이름이 낯설게 들려왔다. 왜 나는 이곳에 있으며, 부모님이 지어준 이름은 어디에 있는지…….

다음날 아침, 그녀는 TV 뉴스를 보는 순간 충격에 빠졌다. 박 사장이 자기 소유의 H호텔 주차장 차안에서 시신으로 발견 되었다는 참혹한 현장사진을 함께한 보도였다. 그녀의 안색이 순식간에 창백해졌다. 발걸음이 반사적으로 테라스 쪽으로 향해 어제 준공식을 한 수영장을 내려다보았다. 이 날부터는 일반 관광객과 투숙객들을 위해 수영장이 아닌, 조각상을 위한 전시장으로 개장되고 있었다. 비록 물속에 들어가는 것은 허용하지 않았지만 수영장 주변에는 이전보다 사람들이 더 모여들고 있었다.

그녀는 수개월 전, 자신이 배영하는 모습을 바라보고 있었을 회장 제프의 입장이 되어 황금조각상을 오래도록 내려다보고 있었다. 왜 하필 자신이었는지, 그녀는 해답을 찾지 못한 채 서서히 몸에 열이 솟기 시작했다.

몹시 피곤한 그날 오후, 제보 때문인지 경찰이 옥탑까지 올라왔으나 비서인 캐서린은 한마디로 모든 것을 대변했다. 옥탑은 외부인 출입이 불가한 곳이라고.

호텔 내에서도 아무런 단서를 찾지 못했다. 호텔의 카메라가 부분적으로 오작동 되고 있었고 담당직원이 휴가 중이었다는 것으로 증인조사를 한정했을 뿐이었다. 최근에 카지노 허가를 받으려고 추진 중이었다는 직원의 증언 외에는 별다른 신고자나 목격자가 없었다. FBI에서는 권총에 지문이 전혀 없다는 것과 운전석이 열려있어 상체가 밖으로 쏟아져 있었다는 것을 문제 삼고 주변 조사를 확대했으나 허사였다. 경찰수사는 시신 바로 옆에 소리 나지 않는 권총이 있었다는 것을 구실 삼아 자살로 종결지었다. 취재 기자들은 그걸 반박이라도 하듯 자신의 호텔에 카지노를 들여 놓으려는 작업 중에 타살 된 것으로 추정 된다는 보도를 연이어 했다. 그 기사는 신문과 TV로 며칠 째 이어지다가 흐지부지 사라지고 말았다.

며칠이 지난 뒤, 파티에 참석한 한국인이 죽었기 때문에 그녀가 침울한 거라고 생각한 비서가 방에 들어와 위로했다.

"제시카! 죽은 미스터 박은 생전에 음주를 즐긴 탓인지 간염 ,A, B, C 모두 보균자였고 간경화까지 앓고 있었데. 그 사람이 자살한 이유가 지병 때문이었던 것 같다고 회장이 직원들과의 오랜만의 티타임에서 말했어. 그 말을 하는 회장도 침울 하더라."

다행히도 그녀는 어려서 맞은 예방접종으로 A와 B는 항체가 있었으나 C에 대해서는 들어본 적도 없었기에 심각성에 대해서도 전혀 모르는 상태였다.

제시카가 에둘러 말했다.

"유서도 없이… 과연 자살일까?"

캐서린은 그 말뜻을 알아듣지 못했기에 평안했다.

제프는 다음 계획을 진행하느라 바빴고, 제시카는 극도로 불안을 느끼고 있었다. 제프의 정체를 어렴풋이 알아차리게 되면서 방에서 두문불출하며 캐서린을 통한 제프의 통보를 기다리는 수밖에 없었다.

사건 며칠 후, 제프는 경호원으로부터 박 사장의 장례가 끝났다는 보고를 받았다. 행여 사망사건에 의심을 받게 될까 호텔 매입의사를 먼저 제시할 수는 없다는 생각에, 이제부터는 당황하고 있을 부인을 예의주시하라고 지시했다.

서울서 급히 돌아와 장례를 치룬 박 사장 부인은 경황 중에도 남편이 타던 차를 헐값에라도 처분할 것을 직원에게 지시했다. 그리고는 며칠 후, 호텔을 매물로 내놓기 위해 6년 전 매입 당시의 부동산업자에게 전화를 걸었다.

제프는 H호텔이 급매물로 나왔다는 보고를 받았다. 남편 시신의 검붉은 피가 지하주차장까지 홍건이 흘러내린 건물을 끝까지 지키기가 쉽지 않을 거란 계산은 했지만 부인의 혼이 빠진 짓에 제프는 싸늘한 웃음을 머금었다.

제프는 즉시 자기 편 사람을 보냈다. 액수를 감춘 조건은 다음과 같았다.

'노후 된 건물의 하자와 상관하지 않고, 계약과 동시에 은행 융자 없이 일주일 안에 잔금을 치룰 것이며, 제안한 금액에 합의하는 조건으로 매도자가 부담해야할 최하 5%의 브로커 비용도 매수자가 부담함.'

제프가 비용까지 써 넣은 이유는 상대방 브로커가 끼어들지 못하게 하기 위함이었고, 비용절감이라는 얕은 수에 넘어갈 확률 때문이었다.

호텔 로비에 그림 정도 사다 건 것 외엔 호텔경영엔 참여한 일이 없는 박 사장 부인은 뒷생각을 못한 채 이런 조건을 마다하지 않고 정리를 서둘렀다. 첫 번째 오퍼에 매도자와 매수자, 양쪽 모두 별다른 조건 없이 순조롭게 매각이 진행되었다.

금괴가 또 한 차례 스위트룸 밖으로 운반되고 있었다. 자금세탁이 목적이었다. 수년 전보다 몇 배의 이익금을 남긴 금괴를 매각한 돈이 세금 한 푼 없이 은행에 입금되기까지는 불과 두 시간 만이었다. 대형 금고는 비워졌지만 허탈하지 않았다. 반은 관광객들이 지켜주는 수영장 바닥에 있고, 반은 은행예금과 합세해 바로 옆 건물이 헐값에 자신의 호텔 명의로 흡수되고 있기 때문이었다. 더구나 박 사장이 진행 중이던 카지노 허가까지 받게 되면 카지노에서 하는 돈놀이로 전국에 흩어져있는 주택들도 현재보다 몇 배 빠른 속도로 늘어날 거라는 계산에 제프의 얼굴에는 화색이 만연했다. 한편, 자신의 방에서 두문불출 중인 제시카는 아무런 낌새를 차리지 못하고 있었다.

그녀는 첫날에 그랬듯이 캐서린의 안내를 받으며 그 방에 들어섰다. 위엄을 보이며 회장 제프가 다시 열어 보인 금고는 텅 비워있다시피 했고, 밑바닥 부분에 20여 개 정도가 남아있었다.

"당신을 돋보이게 하기 위해서 도금하느라 전부 쏟아 부었지. 이걸 반씩 나눌 마음은 없으니 다 가져가시오. 그리고 언제든 현찰이 필요해서 금을 매도하고 싶을 때는 내가 사겠소."

제프는 이어서 무슨 말인가를 했지만, 그녀에게는 박 사장의 수수께끼 같은 죽음 이상으로 충격적인 것은 텅 빈 금고였다. 그 많던 금괴가 도금으로 전부 사용되었으리라고는 물론 믿지 않았다. 대리석 조각일 때나 도금 된 후에도 조각의 체형이 전혀 변하지 않았다는 것을 그녀의 시각 정도로도 충분히 알 수 있었다. 그러나 그녀와 마주친 회장 제프의 눈빛은 너무나 서늘해서 말 한마디 붙일 수가 없었다. 잠시 후 스위트룸에는 제프의 경호원 두 사람이 나타났다.

"잘 모셔다 드려! 조각은 내가 잘 보살필 테니 부디 조용히 살기 바라오. 기대에 미치지 못하는 대신 콘도는 평생 사용해도 좋소. 워낙 가구가 포함 된 곳이고, 사용하는 전기, 인터넷 등도 호텔계좌에서 자동 이체가 될 거요. 굳이 이사를 해야 할 경우엔 호텔 쪽으로 미리 통보해 주기 바라오."

이 한 마디가 끝이었다. 제프의 표정도 그리 밝지는 않았다. 계획이 몇 차례 뒤바뀌면서 그녀를 살려서 내보낸다는 결론을 내렸던 것이다. 에이즈 보균자인 경호원을 이용해서 그녀를 치욕적으로 만든 다음 박 사장에게 에이즈를 전염시켜 줄 수도 있었지만, 조각을 낳은 여인이 요양원에서 인생을 마무리하는 상상은 너무 처절했던 것이다. 그리고 그건 장기전이기도 했다. 제프는 그녀를 발견한 순간부터를 회고하고 있었다. 조금은 미안하고 고맙기도 했다. 그녀가 옮겨가는 콘도는 카지노의 도박 빚 대신 차압한 근방의 물건 중 가장 럭셔리해서 그 정도면 충분한 대접이라고 생각하고 있었다.

스위트룸을 떠나던 시각, 그녀의 친구이기도 했던 캐서린이 다가와 어깨를 오랫동안 안아주었다. 낯선 남자들과 엘리베이터를 타야 했으나 캐서린의 따스한 눈빛이 안심하게 했다.

그녀가 스위트룸을 떠나고 한 달 후, 제프는 자신이 운영하던 기존의 12층 호텔과 헐값에 사들인 7층 호텔을 하나로 엮는 작업에 착수했다. 원활한 시공을 위해 시청 건축과와 로비가 잘 되는 업체를 찾아내고, 한 달 반이 지나자 도면이 완성되고, 얼마 후 허가가 떨어지고 공사가 시작되었다. 카지노에서 매일 입금 되는 돈은 그렇게 요긴하고 신속하게 제 구실을 하고 있었다. H호텔 간판을 철거하고 일부 벽을 부수어 조각이 있는 수영장이 확 트인 로비의 정중앙이 되도록 했다. 수영장 주변 여러 곳에 굵고 높은 기둥들이 세워지더니 두 건물을 잇는 구름다리 같은 지붕이 만들어졌다. 현관도 아치형으로 디자인해서 한눈에 수영장과 천정이 보이는 유럽의 건축 양식과 닮도록 하는 등, 이 모든 것이 일사천리로 진행되고 있었다.

작은 연회나 숙박업만 하던 호텔을 그 유족에게 헐값에 사들인지 1년여가 지나자 나란히 붙은 쌍둥이 건물처럼 화려하게 변신해 있었다. 1, 2층에 카지노는 물론이고 4층에는 컨벤션 룸까지 있어 수입은 예상을 훨씬 뛰어넘고 있었다. 각 층별 개장 이후에도 제프의 치밀함은 호텔 곳곳에 반영되었다. 황금조각상과의 조화를 위해 두 건물 사이에 높다랗게 반원형을 세운 자리에 새로운 간판을 시공하게 했다. 앞과 옆면 모두가 조명이 나오는 3D입체 간판으로 하되 앞면은 황금색아크릴로 화려함과 무게감이 동시에 결합되게 했다. 그로 인해 언뜻 보기에 높이 부착 된 황금빛 간판과 호텔 로비의 정중앙에서 보게 되는 황금 조각상은 주변의 대형호텔 못지않은 알찬 느낌을 주는데 일조를 하게 했다.

수많은 사연과 시간이 흐른 뒤 제프가 꿈꾸던 확장사업은 성공적으로 이루어졌지만 제시카는 수영장 위에 만들어진 구름다리 형식의 천정조차 보지 못했다. 최근에 완성한 천정의 아름다운 유리공예는 그녀의 분신인 조각상이 대신해 올려다 보고 있었다.

Chapter 2

'천둥과 번개로 인한 불이 사막의 야자수에 옮겨 붙어 화려한 도시가 탄생했습니다.'

입속에 맴도는 이 말이 라스베이거스의 신화에 어울릴 것 같다는 생각을 하며 뙤약볕을 피해 걷던 금 씨의 발걸음이 호텔 수영장 앞에서 멈추었다.

수영장의 맑은 물에 홀로 떠있는 건 황금 조각상이었다. 배영하는 여인의 조각상을 보는 순간 그는 넋을 빼앗겼다. 머리에서 가슴을 지나 발가락까지 여러 차례 훑어보고 있었다. 벌렁 누운 자세로 헤엄치는 여인의 한쪽 손가락이 허벅지에 닿을까말까, 섬세하게 조각되어 있는 것을 그는 놓치지 않았다.

유두는 솟아있고 음부는 약간 물속에 잠겨 있었다. 수중발레처럼 발등에 힘을 준 듯 한쪽 발은 물을 차올리는가하면 다른 발은 물을 누르듯 물속에 살짝 잠겨있었다. 황금비율을 자랑하는 비너스상보다 감각적으로 보였다. 물속에 잠긴 조각의 받침대는 얼음처럼 투명한 아크릴이거나 유리로 제작되었는지 형체가 희미했다. 팽팽히 무르익은 20대로 보이는 여신은 물 위에서 조차 반짝이는 눈빛이었다. 수경을 쓰지 않은 선명한 얼굴이 어쩐지 낯설지 않은, 동양인의 얼굴 중에서도 한국인의 형상 같았다. 이런 곳에 어떻게 동양여자였을까, 하고 그는 생각했다.

비키니조차 걸치지 않은 전신 나체로 팔다리를 위아래로 자연스레 흔들며 배영하는 모습을 조각의 소재로 삼았다는 것도 독특하고 신선했다. 물속에 반쯤 잠긴, 길게 틀어 올린 젖은 듯한 머리카락은 드릴을 사용해야 가능했을 것처럼 정교했다. 조각상이 마치 율동을 멈추지 않을 듯한 착각에 빠진 중에도 아직은 또렷이 기억하고 있는 그리스의 여신상들과 비교도 해 봤다.

세계각지에서 온 관광객들은 황금조각상에게 동전들을 던져 넣었다. 그도 동전 하나를 물 가운데로 던졌다. 고개를 쳐들고 두 눈을 치켜뜬 관광객들의 시선을 발견한 순간 그도 높은 천정을 올려다보았다. 팔뚝보다 큰 백 여 마리의 물고기들이 헤엄치듯 선을 그리며 율동하는 듯한 작품은 유리공예였다. 유연한 듯 꼿꼿이 등지느러미를 세우고 마른 천정을 향해 헤엄치고 있는 오색찬란한 물고기들에 홀려서 발걸음을 뗀다는 것도 잊고 있었다.

얼마 후, 그는 시선을 물고기들 바로 아래 수영장으로 떨구었다. 배영하는 조각상이 물고기들을 올려다보고 있다는 것을 그제야 알아챈 기분이었다. 그는 물속에라도 뛰어들어 나란히 배영하고 싶은 충동을 자제하며 걸음을 떼기 시작했다. 자리를 떠나면서도 한 번 더 위를 올려다보았다. 돌아서 걸으면서도 작품들을 연상했다. 천사와 물고기의 위치를 바꾼 그 기발한 의도는 무엇일까 하고. 그리스의 여신상들은 대부분 대리석이었고 바닥에 발을 디딘 채 긴 옷을 걸쳤었다는 기억이 아직은 생생했다.

로비를 벗어나 우측으로 걸음을 옮기자 슬롯머신 돌아가는 소리와 동전 떨어지는 소리들이 사방에서 들렸다. 대낮인데도 몰입하고 있는 사람들이 꽤 많았다. 잭팟 성공률이 10,000분의 1도 안 된다는데, 하고 안타까운 마음이 스쳤다. 교묘한 디자인을 한 개발사는 카지노의 전략에 맞추어 서로 윈윈하고 있구나, 하는 생각이 들 정도로 빈자리가 거의 없었다. 조금 따다가 다 잃고, 또 와서 잃고, 나중엔 호텔로부터 대출도 받을 것이고, 끝내는 자포자기할 사람들이 꽤 많을 것처럼 보였다. 2, 3층까지 연결된 카지노를 둘러보던 그는 수백 대는 될 것 같은 기계들의 요란한 소리를 견디다 못해 거리로 나왔다.

밖으로 나오자 아직도 볼거리가 즐비했다. 엄청난 부지로 호텔 주변까지 아우르는 웅장한 건축양식과 볼륨에 놀란 그는 도박의 힘을 실감했다. 돌의 무게감처럼 차분한 그리스와는 전혀 다른 세계였다.

그가 LA에 있는 여행사로부터 일자리를 쉽게 얻을 수 있었던 것은 그리스에서 십여 년의 가이드로 일한 경력 때문이었다. 더욱이 오늘은 LA에 도착한지 1주일 만에 처음 라스베이거스를 방문한 날이기도 했다. 가이드로써 답사인 셈이었으나, 그리스의 퇴색된 박물관만큼 공부할 것이 많지 않았으므로 가벼운 마음으로 즐기고 있었다. 거리가 점점 북적이기 시작했다. 뉴욕을 축소한 거리를 통과하자 횃불을 높이 든 자유의 여신상이 우뚝 서 있었다. 곳곳을 들여다보기도 하고 길을 건너기도 하고 그렇게 한동안 헤매다가 파리 여행 때 중간까지 올라갔던, 눈에 익은 에펠타워가 보였다.

초저녁이 되자 호텔주변마다 강렬한 불빛들로 눈이 부실

정도였다. 사막 위에 전 세계를 조립해 놓은 이유인 듯, 이곳이 세계경제의 블랙홀인 듯 했다. 그런 중에도 일찌감치 들렀던 호텔 로비의 수영장에서 본 황금 여인상이 머릿속을 떠나지 않았다.

시간이 흐를수록 몰려드는 인파 속을 헤치며 2마일이 넘도록 걸었다. 앞으로 삶의 터전이 될 곳이라는 생각에 거리의 이름들과 특색들을 샅샅이 익히는 동안 슬슬 다리가 붓고 있었다. 밤이 어두울수록 온 천지가 불야성인 걸 보면서, 절반 정도 불이 꺼져 있던 그리스의 호텔들과 시가지의 창문들을 떠올리게 된 것은 슬픈 일이긴 했다.

금 씨는 자정이 넘어서야 녹초가 된 몸으로 회사에서 예약해준 이면 도로에 있는 작은 호텔을 찾기 시작했다. 가는 도중 24시간 오픈 사인이 붙은 도넛 체인점이 눈에 들어오자, 시장기를 느끼던 차에 망설임 없이 안으로 들어갔다. 뜻밖에도 가게 안에는 한국어로 대화를 나누던 중년의 남녀가 있었다. 그는 반가움에 내일 아침으로 먹을 도넛까지 고르면서 말했다.

"어려서 먹던 꽈배기 도넛이 여기에 있다니 반갑습니다. 자주 들르겠습니다."

그러자 카운터의 남자가 말했다.

"처음 뵌 분 같은데, 카지노에 자주 오시는 건 안 반갑습니다."

계산이 끝난 그가 하얀 설탕이 묻은 꽈배기를 베어 물며 말했다.

"전 여행사에 근무하는 가이드니까 그런 염려는 안 하셔도 됩니다."

"어이쿠, 실례했습니다. 한국 분들이 많이 오시기는 하는데, 주머니 것 다 털고 돈 한 푼 없이 오는 분들이 꽤 있어서 맘이 안 좋던 터라 실수를 했습니다. 저 쪽에 커피 한 잔은 그냥 따라 드세오. 여기 컵 있습니다." 그러자 진열대안에 빵을 정리하던 중년여인이 끼어들었다.

"지금 막 구워 나온 블루베리 빵 하나 드셔 보세요."

먹음직한 빵을 담은 종이 접시가 창가 테이블 위에 놓여졌다.

그는 순간 형님 내외 같은 따뜻함을 느낀 터라 도넛가게에서 가장 단가가 높은 빵인 줄 알면서도 사양하지 않았다. 동족이라는 것 때문에 초면에 후한 대접을 받은 것 같은 그는 새로운 도시에 대한 두려움과 피곤이 단맛과 함께 녹고 있었다.

Chapter 3

부자로 성공한 사람은 과거를 잘라버리지만, 실패한 사람이 오늘도 힘겨운 건 과거까지 보태서 업고 가기 때문이라는 보편성에 대해 절대적으로 수긍하게 된 꼴이다. 강남의 작은 아파트를 팔고 천당 아래 분당이라는 입소문을 믿고 이사했던 이모가 강남으로 다신 못 들어간다며 한탄하던 모습과 그녀 자신의 처지가 겹쳐지고 있었다. 돌아갈 수 없어 울부짖어야만 하는 자신의 고향타령과 이모의 철없는 강남타령은, 서로 다시 태어나지 않는 한, 영원할 것 같다는 예감이었다.

서른 살 생일날에, 부모 품을 떠난 뒤부터 살벌한 길을 뚫고 지나온 그녀는 녹초가 되어 있었다. 허깨비를 본 듯 금괴가 가득 들어 있던 금고와 두고 온 조각상을 자신의 분신인 양 잊지 못하는 애착과 조각의 모델을 이유로 살인사건에 연관되었다는 자괴감까지, 편한 순간이 없었다.

그녀는 싱크대 옆의 바나나걸이에서 바나나 하나를 잘라냈다. 껍질을 훌훌 벗겨 미리 준비해둔 토마토와 꼬마당근에 보태었다. 그리고는 얼음 알갱이들과 보라색 알약 두 알을 마저 넣고는 믹서의 중간버튼을 눌렀다. 화씨 120도가 넘는 바깥 날씨 때문만은 아니었다. 에어컨을 틀고도 하루 종일 냉장고 문을 열고 닫기를 수없이 하더니 드디어 얼음 갈리는 소리가 요란했다. 그녀는 마지막으로 넣은 진한 보라 색깔이 오늘도 온데간데 없다는 생각을 하면서 단번에 마셨다. 목이 메고 위장이 시리도록 쭉 마셔버린 이 한 잔이 생일날의 저녁식사 대용이었다.

부엌에 선 채 스무디를 마시던 그녀의 눈길이 반점들이 시작 된 바나나 다발에서 멈춘다. 바나나가 쇠 걸이에 걸려있는 탓에 아직도 줄기에 붙어있다는 착각 속에 썩는 속도를 늦추는 멍청이들이라고 무례한 생각을 해 본다. 잘려진 꼭지 부위에 비닐 랩으로 감싼 모양이 인공호흡기로 죽음을 미루고 있는 사람과 비교되자 그녀 스스로 섬뜩했다. 그런 중에도 과일 스무디의 찬기가 식기 전 마지막 한 모금을 깨끗이 비웠다. 보라색의 약 찌꺼기가 밑 부분에라도 남아 있을 수 있다는 애착 때문이었다. 그녀는 아직까지도 중독성이 강한 약일수록 쓴

맛과 독성을 감추기 위한 코팅으로 겉과 속이 상반되게 다르다는 것을 모르는 건 아닌가 싶기도 했다.

처음으로 두 알을 넣은 스무디를 마신지 30분이 지나도록 잠이 올 기미가 전혀 없자 주치의에게 부탁해서 수량을 대폭 늘려야겠다는 생각을 했다. 주치의는 지난달 문진 때 우울증에 걸리지 않도록 다 잊고 돌아보지 말고 잘 먹고 밝고 경쾌한 음악 많이 들으라고 했었다.

의사의 말을 듣던 그녀가 짐짓 모른 척 말했었다.

"잊을 게 없는데요."

"너무 완고하지 말고 융통성 있게 생각하라는 말입니다. 주로 완벽주의자들이 주변을 전부 의식하니까 염려증에 불면증이 당연 따라 오는 겁니다. 자신을 너무 과대평가하지도 말고 과소평가하지도 말고 집착하지도 마세요. 생각에 착 달라붙지 말라는 말입니다. 강박장애도 무서운 병입니다. 어려서 윷놀이 해봤어요? 인생이 윷놀입니다. 잡아먹고, 잡아먹히고, 업고 가고, 쉬었다 가고, 어떤 놈은 빨리 가고… 그렇게 인생을 놀이라고 생각하세요. 아무리 가족력이라지만 벌써부터 불면증에 퇴행성관절염까지, 더 심해지면 어떻게 감당할 겁니까? 오늘 처방하는 약이 몇 가지나 되는 줄 아세요? 그러지 말고 운동합시다. 자전거는 탈 줄 아세요?"

"그걸 왜 해야 해요?"

"나도 주말에는 자전거 동호회에 나갑니다. 산타모니카 바닷가에서 타는데 80 넘으신 분들도 상당이 많아요. 멀리 사시니까 여기까지 오라고는 못하고, 처음엔 애들 자전거부터 타 보도록 하세요. 운동을 하셔야 건강해지고 세상도 달라 보이지요. 물방울이 지구라고 생각하면 오해입니다. 음악을 들으면서 달려보면 알 겁니다. 배가 고파지도록 운동하고 잘 드세요. 카페인 음료도 피하셔야 수면제 복용을 줄일 수 있습니다. 처방약들 다 버릴 날이 올 겁니다. 그리고 지난번에도 권해드린 C형 치료도 가능하면 해보세요. 비용이 부담만 안 되시면 꼭 권하고 싶습니다. 육신이 건강해지면 마음도 밝아지는 법입니다. 나이는 부러운데 전혀 행복해 보이지 않는 것이 고스란히 느껴지면 되겠습니까? 간 경변에 다른 문제라도 생기면 그게 막다른 골목입니다."

우울증까지 오게 되면 면역력이 더 떨어질 것이 염려스러워 해 준 처방이었으나 그녀는 자괴감 때문에 쓸데없는 반박을 했었다. 두 달 전에도 100퍼센트 완치 된다는 보장은 없지만 주사제를 써보는 건 어떻겠냐는 의사의 말에 동의를 안 한 것부터 계속 삐딱한 대꾸들이 선명히 떠올랐다.

곧 이곳을 떠나야겠다고 마음을 다진 때문인지 유독 생각이 복잡했다. 자신의 존재가 매달려 있는 바나나보다도 처참하게 내려다 보였다.

'저 바나나를 바닥에 누이면 빠른 속도로 병들 거야. 모르는 척 냉장고에 넣으면 영안실인 줄 알고 탱탱하던 육질이 하룻밤사이 검은 색으로 축 늘어지겠지. 어쩌면 뼈가 분리 되듯 다발로 묶여 있는 것조차 유지되기 힘들 거야.'

이렇듯 한동안 바라보고 있자니 매달려 있는 바나나 다발이 집단으로 목을 매단 것처럼 섬뜩하기까지 했다. 순간, 의사의 지시대로 줄어드는 근육을 위해 매일 아침저녁으로 챙겨먹고 있는 바나나에 대한 배신이라는 생각에 슬그머니 시선을 돌렸다. 나른해지는 팔다리를 의식하면서 소파로 자리를 옮겼다. 소파와 커튼, 벽에 걸린 그림, 커다란 TV 등이 모델하우스처럼 아직도 낯설기만 하다. 호텔 명의로 된 콘도로 이사하던 날, 여러 명의 짐꾼들이 그 많던 옷가지와 소지품들을 정돈해 주었다. 가구하나 전구 하나도 그녀가 마련한 것이 없을 만큼 준비가 완벽했었다. 그런 제프의 머리로 어딘들 소홀하겠는가 싶었다.

소파에 앉아 주변을 둘러보자니 어딘가에 자신을 감시하고 있을 카메라의 숨겨진 눈이 다시 궁금해졌다. 이곳으로 이사 온 후 단 한 번도 벽면의 얇은 대형스크린 TV를 켜지 않을뿐

더러 컴퓨터도 열어본 지 오래다. 틈만 나면 고개를 들어 감시 카메라가 숨어있을 만한 곳을 찾곤 했다. 도청되는 것까지 염려한 그녀는 거리마다 있던 공중전화 부스에 아쉬움을 느꼈고 때로 음악소리가 그리우면 카페로 갔다.

무작정 이곳을 뜨기에는 LA 말고는 아는 곳이 없다. LA의 추억 또한 다시 들어가 살고 싶은 곳은 아니다. 그러자니 출장이라며 미국에 오게 된 사연들이 떠올랐다.

그녀는 세 자매 중 맏이었다. 일본에서 학교를 다닌 아빠가 짬짬이 히라가나와 카타카나 그리고 회화를 직접 가르쳤고, 방학 때는 일본문화원에서 봉사활동까지 하게 했었다. 영어는 아빠 친구가 주선한 미국인 선교사에게 중학교 때부터 그룹지도를 받았었다. 동생들과 보는 TV도 외국 방송만 허락한 아빠였다. 그런 정성으로 입에 붙은 회화실력 때문인지 입사한지 반년도 채 안되었을 때 싱가포르에서 열리는 경제인 협회와 경제부처가 함께 참석하는 포럼에 직원들 중 그녀가 뽑혔었다. 동료들로부터 질시를 받으며 이 사장의 수행비서로 국제선 비행기를 타고 해외출장을 갔다. 각국에서 참석한 국제행사로 회사로서는 절대적으로 차관을 써야하는 입장이었으므로 사장 이상으로 그녀 역시 초긴장한 하루였다.

이틀째 행사가 끝나고 늦은 시간 취침하려는데 그녀의 호텔방에 전화벨이 울렸다.

"나 김종식 차관인데 내 방으로 좀 올 수 있나?"

그녀는 업무 밖의 일이라는 생각이 들었었다.

"저는 공식적인 일이시라면 내일 아침 사장님 허락 하에 면담 하겠습니다."

"지금 당신 회사를 위해서 우리가 차관을 들여가야 하는 입장이고 장관에게 허락을 받는 것도 다 나를 거쳐야 하는 것 모르나?"

"내일 아침 사장님께 전하겠습니다."

사장에게 말하면 불공정 거래를 취하려는 김 차관을 혼내줄 수 있는 부패방지신고나 그 이상의 뭔가 할 수 있다고 생각했었다. 그러던 그녀의 기를 꺾은 건 다음 날 이른 아침이었다. 방에 전화벨이 울렸다. 이 사장이었다.

"첫 비행기로 서울로 돌아가서 월급 받아 가!"

그녀는 뚜렷한 영문도 모른 채 혼자서 서울로 돌아왔다. 아무리 생각해도 회사에 피해를 줄 만큼 실수 한 것이 없는 것 같아 일지를 시간별로 검토하기까지 했다. 출장은 비록 난관이 있었지만 계약까지 무사히 체결될 수 있기를 기대했다. 사장의 출장 귀임 후, 계약 설명회 보고와 금융기관 및 관공서 업무 등 일련 과정이 남아 있을 테지만, 왠지 이번 일을 무사히 마친다 해도 자신은 정상적인 업무 복귀가 쉽지 않을 것 같았다. 자취방에서 아빠에게 전화로 상황을 설명했다. 김종식 차관의 전화통화 내용을 듣던 아빠는 지체하지 말고 빨리 내려오라고, 자상하던 아빠가 처음으로 언성을 높였다.

집에 내려 간지 이틀 후, 엄마에게 전화 한통이 왔다.

"사모님, 여기 세무서인데 외제차를 사셨네요?"

"예, 그게 언제 적 이야긴데요. 세금 낼 것 다 내고 산 건데 뭣이 잘못됐나요?"

태평하게 살아온 사람답게 엄마는 태연스레 대답했다. 그날, 엄마는 아무런 의심도 없이, 언제나 그랬듯이 마음 편하게 하루를 보냈다. 그리고 며칠 후, 아빠는 세무조사를 받았고 은행거래 중단으로 고작 몇 억의 어음 때문에 사업체와 부동산들이 차례로 넘어갔다. 기력도 펴보지 못한 채 사건이 터지고 한 달 만에 아빠가 중풍으로 쓰러졌다. 아빠에 엄마까지, 집안엔 환자만 늘어갔다. 이력서를 보내도 받아 주는 곳이 없었다. 그렇게 몇 달이 지났을 때 이 사장이 직접 연락을 해왔다. 그녀의 집안이 순식간에 몰락한 이유를 누구보다 잘 알 터였다. LA에 지사를 내기로 했으니 통역도 필요하고 비서로서 미국출장에 동반해 달라는 제안이었다. 프리랜서로 제안한 액수는 해외 출장인 만큼 석 달 월급이 연봉에 가까웠다. 이 사장은 저금

리융자에 서명을 주도할 김 차관의 미국 출장 시기와 맞춘 계략이었다. 낯선 미국 땅에서 자존심이 허물어졌다.

그녀의 미국 도착 이후, 이 사장의 사업은 승승장구했고 LA에 지사까지 차렸다. 그 무렵 이 사장은 LA에 고급콘도 하나를 회사이름으로 매입했다. 그녀를 장기체류하게 할 목적과 회사 돈을 빼돌리려는 두 가지 목적에서였다.

이 사장은 그녀의 장기체류를 위해 영주권을 해줄 남자가 필요하다는 결론을 내렸다. 그 목적을 위해 LA 지사에 근무할 남자 직원을 뽑았다. 숨은 조건으로 미 시민권자이고 미혼인 남자만 면접을 했다. 면접은 이 사장이 직접 관여했다. 입사 후 사장의 권유로 남자는 그녀와 결혼했고 사장의 축의금은 지참금 정도의 액수였다. 신랑은 그녀가 영주권을 받고도 2년이 지나서야, 이 사장의 LA출장 때마다 비서라는 명목으로 그녀를 며칠씩이나 라스베이거스까지 동행하는 것을 의심하기 시작했다. 허수아비 남편은 이상한 결혼생활의 정체를 알아차리고는 그제야 이혼을 감행했다.

그 당시를 회상하자, 아이가 없었던 것이 천만다행이라 생각 돼 몸서리가 쳐졌다. 원치 않은 길을 한참 많이 지나온 것을 후회조차 할 겨를이 없었다. 든든하던 아빠가 하얗게 질려 무너졌을 당시에는, 맑은 날 중천에 떠있던 태양이 발등으로 떨어진 것처럼 참담하고 암울했었다. 쓰러진 아빠 옆에서 엉엉 울다 실신했던 기억이 잊혀질리 없다. 어렴풋이나마 정치적이고 복잡하고 참혹한 인간세계에 눈을 뜨고 보니 케네디나 부시처럼 가문이라는 말이 성립하려면 사돈의 팔촌까지도 힘 있는 멤버들이어야 한다는 것을 20대 초반에 알아챘던 것이다.

꽉 쥔 두 주먹 안의 감춰진 손톱들이 손바닥을 파먹을 지경인 줄도 모를 만큼 과거에 대한 스트레스가 극에 달했다.

졸업식도 하기 전에 서울에 취직이 되어 상경하는 그녀에게 아빠가 했던 말이 선명하게 떠올랐다. '아빠도 회사를 잘 키워 놓을 것이니 배우고 내려와서 도와라' 했던 아빠의 다짐 같던 말을 되 뇌이자 가슴 언저리가 심하게 조였다. 문학책을 돈 주고 산 일 조차 없던 그녀가 오래전 시험 때문에 어쩔 수 없이 외웠던 시 하나를 기억해 내고는 이렇게 바꿔 읊었다.

"고지가 바로 저긴데…… 고난의 운명을 지고, 역사의 능선을 타고, 이 밤도 허위적 거리며 가야만 하는 내가 있다. 고지가 바로 저긴데…… 에서 멈출 수는 없다……"

그렇게 읊조리는 동안 생전의 아빠 모습이 오버랩 되었다.

보증수표라 불리던 아빠였다. 갑자기 닥친 위기 속에서 밤 12시에도 몰려오는 채무자들의 빚 독촉을 받던 중에도, 자식들의 생활 리듬이 깨지는 걸 제일 안타까워했었다. 이전까지는 사업자금의 유동성에 아무런 문제가 없었는데, 한순간에, 시스템이 무너진 게 아니라 무너트린 거였다. 정치적인 힘을 실감함으로써 그 힘을 증오했다. 이곳 콘도로 이사 온지 열흘 만에 아빠가 뇌출혈로 돌아가셨다는 연락을 받고부터 그녀의 증세는 더욱 심화 되었다.

동생들 볼 면목도, 주변의 비난과 눈초리가 무서워서도 고국으로 도저히 돌아갈 수가 없었다. 그녀가 집을 떠나던 날, 가지 않으면 안 되느냐고 병상에 누운 채 말하던 아빠의 슬픈 눈동자를 떠올리자 온몸이 저려왔다. 젊은 과부는 되기 싫다던 엄마는, 아빠를 고쳐 보려고 서울까지 찾아다니며 애 쓰더니, 먼저 간 아빠가 지어놓은 저승 집으로 서둘러 가버렸다. 그녀는 엄마의 유전자 때문인지 손목, 손가락 등이 붓고 아파서 진통제만 먹다가 병원에 갔더니 진단결과 류마티스 관절염이었다. 지금도 통증을 면해보려고 양 손을 부서질 듯 주무르면서 '엄마'를 부르며 몸을 뒤틀다가, 비로소 소파에 누운 채 지친 몸이 잠속으로 빠져들 듯 노곤해졌다. 주먹은 꼭 쥔 채 펴지지 않고, 거실과 부엌의 전등들은 환하게 밝혀진 채로 눈만 감겨 왔다.

Chapter 4

회사로부터 소개 받은 일일관광 손님이 예약 된 날이다.

어제 제시카를 라스베이거스에서 LA까지 픽업하느라 왕복을 했음에도 오늘 아침 컨디션은 좋은 편이었다. 그는 사막을 오가느라 흙먼지를 뒤집어 쓴 자동차에 마른걸레질만 하려던 생각을 바꾸고 세차장엘 갔다. 예상보다 길어진 세차 때문에 약속시간이 촉박해진 그는 호텔 앞 노란색의 로딩 존에 차를 세우고는 뛰듯이 걸어 들어갔다.

로비로 들어선 그는 홀로 앉아있는 중년신사에게 성큼성큼 다가가 허리를 굽히며 말을 건넸다.

"서울서 오신 곽영구 선생님이신가요?"

곽 씨는 자리에서 일어서며 손을 내밀었다.

"예, 어떻게 금세 알아보십니까?"

그가 두 손을 내밀며 말했다.

"금언이라고 합니다."

곽 씨는 특이한 이름을 대수롭지 않게 흘려 넘겼다.

"반갑습니다."

"차는 도로변에 준비되어 있습니다."

그는 손님과 함께 2분 만에 로딩 존에 세워진 차로 돌아왔다. 그는 겁이 없었다. 오늘 보게 될 LA의 심장부를 과소평가 했으므로 사전답사도 하지 않았다. 기원전의 이야기와 비교하자면 200년이 좀 넘는 나라에 불과하다고 얕잡아 본 것이다.

신대륙에 세워진 건축은 기껏해야 백년 안팎이 전부라고 생각한 그는 다운타운 중심부를 지도로만 대충 훑어보았다. 그랜드 애비뉴는 회사에서도 멀지 않은 거리였다. 그가 미리 인터넷을 뒤져 확인한 건 직접 예약했다는 중견회사 CEO인 곽영구의 사진뿐이었다. 자신보다 10년 이상 많은 50대 중반이었다. 정중히 예의를 갖추고 서둘지만 않으면 된다고 간단히 생각하고 있었다. 하루 일정만 책임지면 되었으므로 부담도 적었다. 까칠하지 않을까, 하는 염려는 했지만 근엄해 보이던 인터넷의 작은 사진과는 달리 실제 외향으로 느끼는 첫인상은 굵은 눈썹이 강하면서도 소탈해 보였다. 사무실 직원의 말에 의하면 모카(MOCA)를 지정해준 고객은 큐레이터를 제외하곤 처음이라고 했다. 거기다 폴게티와 라크마를 추천하자 오래 전에 두 차례나 LA를 다녀갔다고 했다. 항상 일정이 빠듯해 언제, 어디서나 거의 일일관광만 신청하는 고객이라고 했다.

곽 씨가 묵는 호텔에서 디즈니 홀 주차장으로 진입하는 데는 15분 가까이 흘렀다.

"여기가 지하도로에서 바로 연결된 월트 디즈니 콘서트홀 주차장입니다."

금 씨는 지하 주차장입구에서 티켓을 발부 받으며 그렇게 말했다. 입구에는 '배심원 주차'라고 빨간 글씨로 써진 커다란 안내판이 세워져있었다. 달팽이관처럼 생긴 지하를 빙빙 돌아 7층까지 내려가서야 차 한 대의 공간을 겨우 발견했다. 그는 차를 단번에 반듯하게 세웠다.

"이 시간에 벌써부터 주차장이 꽉 차면 저녁 공연 땐 어떻게 주차들을 하는 겁니까?"

곽 씨가 차에서 내리면서 한 말이었다.

"근처에 법원이 있어서 낮에는 배심원들을 위한 주차장으로 사용하는 가 봅니다."

"배심원 수가 대단하군요."

"인력 낭비 같은데요."

"언젠가는 이런 현상도 없어지겠군요. 로봇이 대신할 테니까요."

그는 곽 씨의 말에 긍정이라도 하듯 고개를 끄덕였다. 가이드로서 사전답사도 하지 않은 것을 후회하며 몇 발짝 앞서 걸었다. 에스컬레이터 앞에 다다르자 곽 씨가 먼저 오르기를 기다렸다.

1층에 도달한 두 사람은 건물 밖을 향해 계속 걸어 나갔다. 저녁에 있을 음악회 티켓은 회사에서 예매해둔 상태였으므로 그는 눈으로만 매표소가 있는 입구를 확인했다. 몇 걸음 앞서 인도까지 걸어 나간 곽 씨는 건물을 향해 돌아서면서 말했다.

"미국은 확실히 젊고, 프랭크 게리는 늙어 갈수록 혁신적이야!"

곽 씨는 몇 년 전에 상영한 '프랭크 게리의 스케치'라는 영화를 떠올렸다. 드디어 오늘에야 보고 싶었던 건축물 앞에 서 있자니 게리의 설계방식과 건축이 완전 낯설지는 않았다. 곽 씨는 혼잣말처럼 감탄을 쏟아냈다.

"대단해!"

현대식 건축에 익숙지 않은 그가 듣기에도 찬사는 지나치지 않았다. 지구의 등뼈 같은 큰 돌들이 나뒹구는 고대의 유적지만 돌아다닌 것이 자부심이었는데, 한방에 깨지는 기분이었다. 초현대식 강철외관은 마치 장미꽃이 피는 형상으로 주변을 압도하고 있었다. 스테인리스스틸의 빛이 한낮의 태양과 만나 건물 외관 전체가 반짝거렸다. 그 광채가 주변을 모두 반사시켰다.

"벌써 개관 10돌을 맞았으니, 오늘 저녁 예매한 게 LA 필하모닉의 특별연주 아닙니까? 내가 여기 지휘자 구스타보 두다멜의 팬입니다."

"그러시군요."

그는 초행인 것을 들키지 않으려고 긴말을 삼가했다. 주변 건축에 대한 감탄까지 꼭꼭 접어둔 채 주머니에 손을 넣어 폰을 꺼냈다. 저장해둔 지도를 열었다. 타고난 방향감각이 빠른 그는 10초도 채 지나지 않아 입을 열 수 있었다.

"곽 선생님! 저 건너 여러 개의 회색건물들이 법원입니다. 그 뒤에 성조기가 달린 뾰족하고 제일 높은 곳이 시청이고요. 저 꼭대기에서는 멀리 카탈리나 섬도 보일 정도랍니다. 신호등 건너에 있는 바로 위쪽 건물이 50년 된 도로시 챈들러 파빌리온 뮤직센터입니다."

그는 지도를 건네주면서 설명하던 회사직원의 말을 그대로 옮긴 셈이었다.

"그럼 우리가 가려는 모카는 어디쯤인가요? 여기서 많이 걷습니까?"

그는 몸 전체를 180도 가까이 돌려 얼른 눈으로 더듬었다. 디즈니 홀과 대각선으로 마주보고 있는 곳에 붉은 벽돌색의 콜번 스쿨이 보였다. 그 콜번 아랫길에 모카가 있다고 지도상으로 단번에 외워둔 그는 확신에 찬 말을 할 수 있었다.

"저 아래 10분 정도 걸으시면 됩니다."

곽 씨는 디즈니 홀을 한 번 더 올려다보고는 아쉬운 듯 느릿느릿 돌아서서 그와 함께 걷기 시작했다.

금언은 걸음을 옮기면서도 주변을 눈으로 바삐 더듬다가 신호등 앞에서 다시 입을 열었다.

"이 신호등 건너서 조금 내려가다가 좌측에 있습니다. 저 아래 깃발이 보이시지요?"

회장은 질문에 정답을 말하거나 곧이곧대로 대답하는 사람이 아니었다.

"이 근방에 사는 분들이 부럽군요."

"가까이 있으면 그러려니 하다가 좋은 걸 다 놓치고 말지요."

그 역시 생뚱맞은 대답을 했으나 어쩐지 운명처럼 내뱉어진 말 같았다.

그때 신호등 불빛이 파랗게 바뀌었다.

그는 전시장 안으로 들어서자 팸플릿 두 장을 뽑아 하나를 곽 씨에게 주었다. 뒤처지는 걸음으로 곽 씨의 그림자를 밟지 않을 정도의 거리에서 그도 그림을 감상했다. 입구에서 전시실로 향하는 복도 벽면에 걸려있는 그림들은 대부분이 소품으로 사진과 인쇄물을 모자이크한 작품들이어서 비교적 이해가 쉬웠다. 복도를 지나자 자연스레 제 1 전시실이었다. 전시실이 컴컴했다. 어두운 중에도 앞장선 곽 씨는 벌써 벽면 하나를 지나고 있었다. 방 한가운데는 흐릿한 조명 아래 웨딩드레스가 목이 없는 마네킹에 입혀져 있었다. 몸을 돌려 벽면을 향하자 검은 벽지였다. 검은 벽지는 흰색분필로 귀두와 음낭, 음모, 벌어진 다리를 연결한 엉덩이까지 마구그린 낙서 같은 그림의 복사본이었다. 복사된 검정벽지는 전시실 출입구를 뺀 사면 모두에 빈틈없이 도배되어 있었다. 그는 대충 분위기를 파악하고는 북적이는 전시실을 곧바로 돌아 나와 다음 전시실로 향했다.

이번 전시실은 정상적인 밝기였다. 문짝 두 배 정도의 캔버스를 사등분으로 나눈 채 네 개의 꽃이 각기 다른 원색으로 채색되어 있었다. 밋밋한 프린트였다. 태연히 작품에 대한 글을 읽으려 했지만 아직도 마음은 컴컴한 전시실 안에 있었다. 그런대로 차분하게 스터드번트의 워홀의 꽃 그림 복사에 관한 글을 읽고 있었다. 그는 몇 발작씩 걸음을 옮기며 그림을 감상하다가 이번엔 황소와 마주쳤다. 벽면하나가 온통 노란 황소

벽지였다. 그때 곽 씨가 그에게로 다가왔다. 곽 씨는 떨어져 있던 게 아쉬웠던지 성급히 입을 열었다.

"금 선생! 재밌지 않습니까? 신화가 없는 자리를 이즘(ism)으로 채우는 거. 솔직하고 좋아요! 저것 보셨습니까? 수염이 난 모나리자! 아마 뒤샹이라는 작가의 짓이지. 질서를 비웃는 색다른 아이디어들예요. 한때 완벽했던 것이 미래에도 변치 않는 건 아니라는 거죠."

그는 '좀 심하지 않나요'라는 속말을 숨기며 말했다.

"그리스에서 오랫동안 살다 와서 그런지 예술의 본질이 헛갈리는데요."

곽 씨는 약간은 흥분된 목소리로 말했다.

"하나에 익숙해진 그런 작품들은 감흥을 못 일으켜요. 그래서 사람들은 놀랍고 기발한, 전에는 듣도 보도 못한 것들을 찾아다니는 겁니다. 그건 내가 고등학생 때 백남준 선생의 비디오 아트라는 작품을 처음 봤을 때의 충격에서 배운 겁니다. 지금도 선명하게 생각나는데, 카메라가 부처를 향해 있고, 좁은 곳에서 가부좌한 부처는 TV 모니터를 보면서 고뇌에 찬 표정을 짓고 있었어요. 그때 내가 부모님이 하고 있던 인삼밭이나 물려받아야겠다는 생각을 한 거죠. 아마 이 시간 때문에 한동안은 외출을 안 해도 배가 부를 것 같습니다. 먹고 사는 일로 피곤했는데 위로가 많이 되는 군요. 예술이 숨통이지요."

그들은 남은 전시실을 돌면서 이야기를 주고받았다.

"안목이 대단하십니다."

"오늘 본 작품 중엔 인체의 절묘함을 간단히 표현한 성기 그림이 흥미를 돋았어요. 결혼드레스처럼 위선적이기 보다 솔직하게 진실을 표현한 것 아닙니까. 저 컴컴한 전시실에 고버가 그린 성기 그림이 오늘의 하이라이트예요! 인간의 화려한 위선과 동물의 차이가 근사치라는 걸 확연하게 보여준 것 같군요. 인생은 단순한 거다, 그런 거 아닐까요."

곽 씨는 고개를 돌려 그의 얼굴을 바라보며 동의를 구하는 듯했고 그는 미리 답사하지 않은 것에 미안해하며 주눅이 들어 고개를 약간 끄덕여 보였을 뿐이었다.

곽 씨는 걸음을 옮기며 말을 이어갔다.

"복잡하게 멘델의 유전 법칙은 말해 뭘 합니까. 이제 좀 있으면 로봇에게 밀려서 우리가 잡아먹은 동물들의 학대보다 더한 고초를 당할지 누가 압니까. 모니터 앞에서 고뇌하던 부처의 우려가 현실이 되었어요. 몇 년 전에 빈에 갔다가 미술관에 있는 바벨탑을 봤어요. 탑이 하늘에 닿으려 할 때 갑자기 사람들을 모두 다른 언어를 쓰게 해서 건설 중인 탑을 파괴 했잖아요. 인간의 도전에 대한 신들의 대비책이랍디다. 아시다시피 바벨이 무슨 뜻이요? 유대인들이 붙인 '신의 문'이라는 뜻이잖소. 물론, 인구가 도시 쪽으로만 몰려드니까 할 수 없기도 하겠지만 그래도 나는 높이 쌓는 건 안 해요. 높은 건 올려다만 봐도 멀미가 나요. 우리 사옥도 2층이고 홍삼제조공장도 단층인 대신 넓기는 합니다만, 남들이야 물론 자금이 없어서라고 하겠지요. 우리 회사는 기업들이 다하는 주식 상장도 안합니다. 필요 이상의 큰돈을 벌 이유도 없으니까요. 기업의 이점을 저버리고 상장을 안 하는 이유는 주식 증서는 대부분이 부풀려진 종이거든요. 휴지가 될 종이를 높이 쌓는 다는 건 바벨탑하고 다를 게 없어요. 그런데도 대부분 사람들은 종이돈이 좀 먹거나 줄어드는 건 절대 용납을 못하면서 자기 인생이 좀 먹는 건 눈치채지 못하다가 제대로 살아보지도 못하고 화장을 하게 되는 거 아닙니까?"

곽 씨는 생소한 그림 앞에서 잠시 멈추었다가 말을 이었다.

"나는 물려줄 내가 낳은 자식도 없고 키워놓은 후계자도 아직 없어요. 아내가 난소에 종양이 발견 돼서 먼저 갔어요. 내가 죽더라도 우리 직원들 알아서 하도록 생명보험은 충분히 들어놨지요. 나는 돈을 벌지, 모으는 취미 같은 건 안합니다. 몇 년 전에는 우리 회사 근속 5년 이상 된 직원 모두 와서 라스베이거스 호텔 방들 빌려서 컨벤션 센터에서 열리는 국제

산업박람회도 다 보여 줬어요. 그 덕에 포장 디자인도 많이 달라졌지요. 문화가 없으면 사업이 죽는다는 걸 잘 보여 줬어요. 하긴, 문화가 풍성한 그리스가 왜 저 꼴이 되었다고 생각합니까? 그게 궁금해요."

그는 가이드 10여 년에 사람을 빨리 읽고 변신할 줄 알았다. 마치 마술사처럼. 그러느라 곽 씨에게 재혼은 하셨습니까, 하고 물어 볼 기회를 놓쳐버렸다. 그는 대답만 하기에도 바빴다.

"파켈라키(Fakelaki) 때문이지요. 그리스어로 작은 봉투라는 뜻인데 세무서나 인, 허가 어디든 작은 봉투하나 건네주면 다 통했으니까요. 무능한 정권에다 북유럽을 따라가려는 무리한 복지정책도 한 몫을 했다고 봅니다. 신화의 나라에서 동화 수준으로 나라를 이끌다가 새로운 역사를 쓰게 된 거죠. 독일은 자국의 이익을 위해 무리하게 많은 돈을 빌려 줬고요. 지금은 독일이 그리스에서 도로 통행료도 다 챙겨가고 있어요. 그리스인 특유의 여유로움과 다정함이 지금도 그립기는 합니다만 곧 닥칠 미래도 준비 못하고 너무 방만했어요."

걸으며 이야기하는 동안 들어오던 출구가 보였다. 그는 말을 중단하고 얼른 다가가 유리문 손잡이를 밖을 향해 밀었다. 곽 씨가 앞서 나가자 금 씨도 뒤를 따랐다. 건물 밖으로 나오자 코너 쪽으로 카페가 보였다. 곽 씨가 말했다.

"외국에 산다는 건, 특히 미국에 산다는 이점은 일본사람 식당에서 일본요리를 먹고 중국사람 식당에서 중식을 먹고 프랑스 요리사가 만드는 프랑스 요리를 먹는 것 아니겠습니까. 저녁 식사는 그런 곳으로 안내해 주시고 우선 여기서 요기 좀 할까요?"

두 사람은 LA의 강렬한 태양을 피해 야외 파라솔 밑에 놓여 있는 테이블로 다가가고 있었다.

"이르긴 하지만 지금쯤이면 서울도 아침들을 먹겠군요. 다른 건 몰라도 내 위장이 알람이랍니다. 금 선생이 고루 시켜 봐요."

잠시 후 테이블에는 투나와 터키 샌드위치 그리고 아보카도 샐러드와 망고 주스 두 병이 놓여졌다. 먹기 시작한 뒤 얼마 지나서 않아 곽 씨가 말했다.

"신보다 인간이 훨씬 다정하고 실속 있다고 생각하시지요? 금 선생을 이 곳까지 이끌어 준건 사람이니 말이오."

"눈치 채셨네요. 그리스에서 떠나야겠다고 생각하던 중에 신화가 없는 LA로 오게 된 겁니다. 현지 가이드 대부분은 그동안 갈고 닦은 게 있어서 익숙해진 곳에 눌러 있는 게 보통인데 저만 유별난 것 같습니다."

"도전의식 아니요? 멀리 내다본 거지요. 그리스는 2, 3년 전에 연거푸 두 번 가봤어요. 페르테논 신전이랑 아테네 풍경이 눈에 선합니다. 절벽 위에 수도원이 뭐더라?"

"메테오라 아닐까요? 그리스어로 매달린 바위이기도 하고 하늘 바로 아래라는 뜻입니다만."

"맞아요! 그 옛날 기암절벽 위에 그런 수도원을 지었으니, 한 번 다녀간 사람들은 절대 못 잊을 절경입니다. 프랑스나 그리스는 물려받은 게 충분히 많다보니까 너무 느긋해졌어요. 부러워서 하는 소립니다."

두 사람의 이야기는 익숙해진 분위기만큼이나 순탄하게 이어졌다. 야외에서의 여유로운 시간을 즐긴 그들은 저녁에 있을 콘서트까지 남는 시간동안 예정대로 다운타운을 구경하기로 했다. 얼마 후, 모카 건너에서 다운타운을 운행하는 2층짜리 투어버스를 타고 리틀 도쿄와 차이나타운 등을 돌았다.

저녁식사는 뮤직홀 근처에 있는 옴니 호텔로 정하고 투어버스에서 내렸다. 그들은 호텔이 있는 캘리포니아 플라자 광장을 잠시 거닐다가 식당으로 들어섰다.

붉은 와인을 곁들인 프랑스 코스요리 중 메인 요리로 새우를 주문했다. 가이드란 남의 지갑으로 호강하는 날도 더러 있었다. 그래도 가정이 있을 때는 집으로 빨리 보내주길 바랄 때가 많았었다고, 그는 순간 떠난 엑스 와이프를 원망했다. 와이프는 아들아이를 위해 그리스에서 일일관광만을 가이드 했었다. 하루 일과가 거의 끝나가고 분위기에 젖게 되자 단란했던 지난날이 그리웠다. 금 씨는 와인은 살짝살짝 입을 축이는 정도이고 치즈는 오랫동안 씹으면서 향을 좇고 있었다. 피곤함과 애끓는 마음이 겹쳐 슬그머니 목이 메어 왔다.

식당을 나온 그들은 연주장을 향해 느긋하게 걸었다. 밖은 이미 어두웠고 디즈니 홀로 향하는 차들로 도로는 주차장을 방불케 했다.

예약 된 앞좌석에는 넉넉한 시간 안에 앉을 수 있었다. 차가운 외관과는 다르게 내부는 굵은 나무의 자연색을 그대로 살린 온화한 분위기였다. 내부를 찬찬히 훑어보자 중앙 뒤편에 있는 오르간의 특색에 또 한 번 놀랐다. 그는 입구에서 받아 들고 온 팸플릿을 펼쳤다.

관객석이 어두워졌다. 고개를 드는 동시에 박수소리가 터졌다. 팸플릿에서 본 지휘자 구스타보 두다멜이 무대로 걸어 나오고 있었다. 기대에 부풀어 있던 연주가 시작됐다. 지휘자의 손이 모든 악기의 소리를 끌어내고 있었다. 지휘자의 팔과 손을 따라 각기 다른 연주자들의 악기가 춤을 추듯 기교를 뽐냈다. 땀방울이 맺힌 지휘자의 옆얼굴을 잠깐 보는 순간 혼신을 다한다는 의미를 알 것 같았다. 연주 소리가 정교하게 들리는 음향시스템 역시 가히 세계 최고였다. 그는 의무로 앉아 있는 시간이 아깝지 않았다.

차이코프스키의 심포니 1번과 6번 연주가 끝났을 때에는 전신이 호강한 날이라고 자부심 이 느껴졌다.

한편, 곽 씨는 기대했던 10주년 기념 연주회가 그 자신이 살아있음의 환희를 느끼게 했다. 세계에 흩어져 있는 각종 악기가 총 동원 된 듯한 웅장한 오케스트라의 하모니 덕에 감상은 최고였다. 연주가 끝나고 지휘자가 돌아서 청중을 향해 인사를 할 때는 객석 모두 일어나 아낌없는 박수갈채로 보답했다.

곽 씨는 서울에 살면서도 클래식모임의 멤버였으므로 흡족하기가 더할 나위 없었으나 연주가 끝났을 때 오랫동안 기립박수를 쳤을 뿐 다른 내색은 전혀 하지 않았다.

출구를 향하는 두 사람의 손에는 낮에 다녀온 모카의 전시회 팸플릿과 연주회 팸플릿이 똑같이 돌돌 말려 있었다.

2,000여명이 넘는 청중들이 한꺼번에 빠져 나가려니 지하 7층에 주차된 차는 감히 서두를 계제가 아니었다. 차안의 두 사람은 지하에 갇힌 기분이었다. 운전석 뒤에 앉은 곽 씨는 오늘을 마무리 하려는 듯 한동안 닫았던 입을 열었다.

"오늘 젊은 지휘자도 베네주엘라 태생입니다. 미국은 월가에서 전 세계의 돈을 좌지우지하며 다 주무르고 있지만 예술에 있어서만은 유럽 것을 빌리지 않으면 안 된다는 겁니다. 이것 보십시오! 팸플릿에는 백 오십 여 년 전에 죽은 유럽의 작곡가의 이름부터 시작하지 않습니까. 유럽의 장인들이 만든 악기에 성악가들까지. 마누라가 살았을 때 미국의 동부 여러 곳에 다니면서 박물관에 가 보면 유럽의 명화들과 장신구, 왕실의 가구하며 모두가 이 나라 것이 없었어요. 그런데 오늘 전시장에서 본 그림들은 정말 묘한 느낌을 주었습니다."

그도 입을 열었다.

"전 얼마 전 돌을 쌓아 놓기만 하고도 조각이라고 설치한 것을 봤습니다."

"젊으신 분이 벌써 저보다 많이 보셨군요. 금 선생은 바티칸에 성화들은 보셨습니까?"

연주회 팸플릿을 보며 단번에 외워버린 주요 이름들이 쓸모가 없게 되자 그는 오히려 평상심으로 돌아간 듯 마음이 편안해졌다.

"저는 바티칸은 가지 않았습니다. 로마의 정치가 번성했을 때 부패와 동시에 나사렛 선지자의 말이 걸림돌이 되어서 기독교 박해는 종지부를 찍게 되고, 로마가 몰락하는 동안 군대나 행정 업무에 일자리를 찾지 못한 열정적이고도 능력 있던 젊은이들이 자신의 야망을 교회에서 찾게 된 게 아닐까요. 그

때 가장 훌륭했던 궁궐이 가장 큰 성당이 된 게 논리적으로 이야기가 된다고 생각합니다. 거의 500년 동안 세계를 지배해 왔던 로마에는 정치에 능통했던 인물들이 많았기 때문에 로마의 주교들이 높은 자리에 앉을 수 있었고요, 그래서 전 궁전 같은 바티칸은 가지 않기로 결심했습니다."

그는 자신의 신념에 보태어 재치 있게 빠져나갔다.

"그런 분이 어떻게 그리스에서 성지순례 가이드를 하셨습니까?"

"바로 그 이야기가 저를 늘 괴롭혀왔습니다. 교회에서 단체로 성지순례를 오면 무조건 믿으니까 편했는데 일반 관광객들이 섞이면 여기가 지옥이냐, 천당이냐는 식으로 힘들 때도 있었습니다. 리무진 안에서 나나무스꾸리의 노래를 틀어주면서 도로를 달릴 때가 훨씬 좋았습니다."

차가 점점 지상을 향해 올라가고 있었다. 잠시 생각에 잠겨 있던 회장이 말했다.

"LA에 오시니까 어떻습니까?"

"오래 살지는 못했습니다만, 자다가 몇 번 지진을 감지하면서 느낀 건, 만약 이 나라가 천재지변으로 사라진다면 천년 쯤 후에 후세 역사가들은 미국을 어떻게 표현할까하는 생각을 해 봤습니다. 50개 주를 50개의 나라로 분류해서 역사를 쓸 것 같다는 생각이 든 거죠. 그렇다면 우리가 알고 있는 역사 또한 과연 어디까지가 진실일까 하는 생각이 들었습니다. 그러다 보니까 역사책보다 소설이 더 진실 같았어요. 그리스를 떠나와서 그리스 사태를 지켜보다가 그리스인 조르바가 생각났거든요. 논리적이지 못한 채 주먹구구식으로 사업을 하다가 다 잃은 순간 미친 듯이 춤을 출 수 있었던 조르바가 역사가의 마음속에 비중을 차지하지 못한 그리스적인 너무나 그리스적인 실제인물 아닌가 생각합니다."

"듣고 보니 그럴 듯합니다. 그러면 미국과 그리스를 어떻게 차별화 하시나요?"

곽 씨는 계속 문제를 출제했고, 그는 즉각, 즉각 답변을 해야 했으므로 그의 이름 '금언'이 실종된 상태였다.

"달러를 기축 통화로 밀어준 서유럽 덕에 달러를 찍어대는 지구상에 유일한 힘이 된 것 아닐까요."

출구를 빠져나온 차들이 시원스레 밤길을 내달리고 있었다. 그도 오랜만에 액셀을 시원하게 밟으며 말을 이었다.

"컨시퀀스(consequence) 아닌가요? 결과라고 생각합니다. 월가를 비롯한 경제든 최첨단 전쟁 무기든 역사에서 보아 온 것보다 훨씬 더 예측불허 상태에 이르렀다고 봅니다."

곽 씨가 거들었다.

"맞습니다. 컴컴한 전시실에 장식 없는 벽지그림처럼, 루소의 자연으로 돌아가라는 가르침을 생각나게 하는 하루였습니다. 온종일 느낀 건데 회사에서 좋은 분을 만나게 해주셔서 아주 즐거운 시간이었습니다. 다음에 또 LA에 오게 되면 꼭 기억했다가 연락드리겠습니다."

"부족했던 점 이해해 주셔서 감사합니다. 기회 되시면 라스베이거스도 한 번 오세요. 특별히 모시겠습니다."

그는 마지막 순간에도 비스니스를 잊지 않았다.

호텔 앞에서 차가 멈추자 회장은 준비해 두었던 봉투하나를 운전석 옆 자리에 사뿐히 얹어 놓았다. 그는 차를 세우자마자 서둘러 내려서는 곽 씨 쪽의 문을 열어주었다. 차에서 내린 곽 씨가 손을 내밀며 악수를 청했다. 인삼을 많이 먹어서인지 하루의 빡빡한 일정을 소화하고도 오른손의 힘이 그에 못지 않았다. 곽 씨는 내일 LA 한인타운에 오픈하는 지점 개업식에 참석 후 곧바로 공항으로 가야하는 빡빡한 일정이 남아 있었기에 금 씨와 하루만 동행할 수 있었던 걸 아쉬워했다. 인사가 끝날 무렵 곽 씨의 주머니에서 진동음이 울렸다. 서둘러 꺼낸 폰의 화면을 보며 금 씨에게 말했다.

"집사람이 서울서 전화를 했군요. 살펴 가십시오."

"편히 쉬십시오." 그가 허리를 잠시 구부리고 짧게 인사를 했다. 그리고는 서로 돌아서는 순간 곽 씨가 "여보, 나요." 하는 동시에 저쪽에서 여자의 음성이 들려왔다. 금 씨는 잠시 멈추었다. 저편의 음성이 엑스 와이프의 목소리와 너무나 흡사했던 것이다. 곽 씨는 국제통화를 하느라 주변도 살피지 않은 채 로비 안으로 들어가고 있었다. 금 씨는 달려 들어가 폰을 뺏어 확인하고 싶은 충동이 번개처럼 스쳤으나 어느 사이 운전석 쪽으로 걸어가고 있었다. 인류의 반이 여자라 치고 한국말을 하는 여자가 한반도 인구의 반보다 훨씬 넘을 텐데 설마 그녀일까, 하고 마음을 눌렀다. 언젠가 다시 만날 여자도 그중 하나일 뿐이라고 위로를 삼으며 곧 잊고 말았다. 그런데, 운전대를 잡은 손이 잠시 머뭇거렸다. 임무를 성실하게 하기 위해 너무 많은 말을 해서인지, 뭔지 알 수 없는 억울함이 운전대 위에 놓인 두 주먹을 꼭 쥐게 했다.

하루가 무사히 마무리됐다. 드디어 혼자였다. 마음대로 달려 숙소까지만 가면 된다. 낮게 흐르던 클래식 채널의 볼륨을 올렸다. 차안에 혼자 있을시 25정도의 볼륨을 점점 크게 45까지 올렸다. 소리가 커지자 이어폰을 낀 것처럼 음질이 확실히 좋았다. 바이올린 소리가 끝나자 진행자의 해설이 시작됐다. 이번 곡은 10월 9일에 헐리웃볼에서 연주 될 곡으로 베토벤 교향곡 7번 1악장을 런던 심포니 오케스트라가 연주한 곡으로 들려주겠단다. 곧바로 악기들의 소리가 하나둘 이어졌다. 플루트와 오보에, 클라리넷, 트럼펫 등과 현악기들의 웅장한 소리가 귀를 통해 긴장이 풀린 온몸 가득히 스며들었다. 연주회의 연장선인 듯 노곤한 육신에 젖어들 듯 그의 몸 전체의 근육들이 느슨해지고 있었다. 그때 어디선가 멀리서 사이렌 소리가 들리는 듯 했고 그는 파란 신호등이 바뀌기 직전 속력을 다해 직진했다.

"끼~익!"

그 소리가 연달아 들렸다.

우측에서 두 대의 경찰차가 깜빡이등을 켜고 달려오다가 그의 차 때문에 급정거를 하느라 요란한 사이렌소리와 번쩍이는 불빛이 한 곳에 집중해 몰리는 아슬아슬한 순간이었다. 그제야 일촉즉발의 상황을 파악한 그는 신호등을 건너자마자 갓길에 차를 세웠다. 몹시 당황했던 그는 볼륨을 바닥까지 줄이고 백미러를 봤다. 그 사이 경찰차의 붉은 불빛은 가던 방향으로 사라지고 없었으나 사이렌소리는 멀지 않은 곳에서 들려왔다. 그때서야 심장박동이 몹시 불안정하게 뛰고 있는 것을 알았다. 흔적이 완전히 사라지자 심박동도 차차 안정을 되찾아가고 있었다. 그는 얼결에 줄였던 볼륨을 살그머니 올렸다. 전조등을 확인하고는 액셀을 밟기 시작했다. 아찔했던 순간이 정리되자 몹시 가족이 그리웠다. 일곱 살배기 아들은 잘 자라고 있는지. 엑스 와이프는 서울로 돌아간 뒤 어떻게 살고 있는지. 훗날 유학이라도 오게 될 아들을 위해 열심히 일하면서 모으는 것 못지않게 조심히 살아야겠다는 등 이런저런 생각을 하는 사이 숙소인 아파트에 당도했다.

방안에 들어선 그는 수첩에 아무 것도 써 넣지 못하고 따뜻한 샤워로 하루를 마무리하고는 속옷도 입지 않은 채 작은 침대에 쓰러지듯 누웠다. 눈꺼풀을 내리자 이내 잠이 들었다.

엑스 와이프의 생일이었다. 그리스 해변의 단골 식당에서 행복한 시간을 보내고 있었다. 케이크에 촛불을 후후 불어대는 와이프를 향해 사진을 찍는데 사진이 찍히지 않아 애를 먹고 있었다. 작은 초들이 다 타고 난 뒤 신사가 다가와 대신 사진을 찍어 주었다. 낮에 만나 일일가이드를 해준 곽 씨였다. 케익도 자르기 전에 와이프가 곽 씨의 손을 잡고 다정스레 나가고 있었다. 그가 스프링처럼 벌떡 일어났다. 잠깐 눈을 부릅떴던 그는 악몽을 꾸었다고 생각하고는 다시 눈을 붙였다.

Chapter 5

망각이라는 게 없다면 인간의 평균수명은 반 토막이었을 거라고, 어제도 내일도 없으니 이 순간을 위해 다 잊자를 외치던 그는 간밤의 꿈도 잊은 대신 평화롭게 아침을 맞이하고 있었다. '인생의 80%는 쓸데없는 고민이다'는 그가 평소 하던 말이기도 했다.

수첩부터 열었다. 단체관광 인원에 개별 손님으로 제시카가 합류하는 날이다. 그녀의 이름이 붉은색으로 표시 되어 있었다.

LA여행사에 입사한 조건은 월급제가 아니었으므로 주말에 출발하는 투어 외에 여가시간에는 회사에서 소개하는 어제와 같은 당일코스를 뛰거나 라스베이거스에서 LA를 오가는 개인택시를 하면서 수입을 올렸다. 단골 중 한 사람이 제시카였다.

수첩을 접고는 폰을 확인했다. 샤워 실에 들어가 물을 틀었다.

샤워를 끝내고는 작은 방의 눅눅한 습기를 빼기위해 창을 활짝 열었다. 워낙 비가 오는 날이 적은 곳이라 일감이 계속될 것 같아 오늘 같이 맑은 하늘이 늘 고마웠다. 외출 준비를 마친 그는 냉장고 문을 열었다. 소형 냉장고나마 먹을거리는 없어도 시원한 물 한 병은 있었다. 아이 때문이었는지 대형 냉장고를 항상 꽉꽉 채워놓던 엑스 와이프 생각이 났다. 며칠 후에 돌아 올 현관문을 나섰다.

회사 주차장에는 이미 대형 리무진 두 대가 대기 중이었다. 차창 앞에는 '요세미티' 와 '그랜드 캐니언' 푯말이 각각 차에 붙어 있었다. 언제나 그랬듯이 오늘 아침 그에게 해당된 것은 2박 3일 동안 라스베이거스를 경유하는 '그랜드케년'이라고 쓰여진 리무진이었다.

사무실에 들어서자 일찍 출근한 담당 여직원으로부터 일정표가 들어 있는 누런 봉투와 한 장의 명단을 따로 받았다. 그 한 장에는 꽉 찬 인원이 적혀있었다.

그는 봉투를 든 채 사무실 코너에 준비된 따끈한 커피를 일회용 컵에 부었다. 이제부터 깃발을 들고 2박 3일 동안 무사히 돌아와야 했다.

주차장이 붐비기 시작했다. 출발 20분을 남겨두고 운전기사는 버스의 양쪽 출입문을 모두 열어 두고 있었다. 그는 자신의 어깨에 메었던 옷가방을 낯익은 운전기사의 가방 옆으로 밀어 넣었다. 관광객들은 짐칸에 가방들을 대충 밀어 넣고는 차안으로 서둘러 들어가 창가 자리를 잡느라 분주했다. 누런 서류봉투를 들고 있어서인지 그가 가이드인 것을 눈치 챈 관광객들이 하나둘씩 다가와 행선지를 확인하고는 차에 올랐다. 오십 견을 앓는 운전기사 대신 짐칸을 정리하느라 가방들을 좀 더 깊숙이 밀어 넣었다. 운전기사 대신 할 수 있는 일은 또 있었다. 상황이 되면 리무진버스를 직접 운전할 수 있는 3종 면허도 소지하고 있었다.

주변을 둘러보자 한 사람도 남아 있지 않았다. 요세미티 팀도 준비완료 상태였다.

차에 오른 그는 앞좌석부터 둘, 넷, 여섯, 이런 식으로 인원을 확인하는 동시에 얼굴을 익히고 있었다. 어린아이들을 동반한 가족, 여성끼리, 모자간에, 모녀간에, 부부끼리, 전부 37명이었다. 명단에 없는 한 명을 더 기다려야 했다. 개인 손님이 투어버스에 합류하기는 이번이 처음이었다. 그는 초조한 마음으로 차창 밖을 바라보았다. 5분 이상 늦으면 낭패라고 생각하는 순간 밝은 색상의 선글라스를 끼고 커다란 핸드백 하나만을 어깨에 멘 화사한 차림의 제시카가 시야에 들어왔다. 그와 목례를 나눈 그녀는 맨 뒷자리로 들어가 앉았다. 그는 제시카를 그제 아침에 라스베이거스에서 개인차로 픽업을 했다. 이틀간 일을 보고 어젯저녁 돌아가기를 희망했으나 3주 전에 예약되어 있던 곽 씨 때문에 오늘아침 합류하게 됐다.

모두가 긴장과 들뜬 분위기라면 이제 막 자리에 앉은 제시카의 얼굴에는 표정이 없다. 그는 제시카를 만날 때마다 전에 어디선가 본 듯한 얼굴인데 도무지 감이 잡히지 않아 언제나 잠깐씩 헤매는 습관이 있었다. 방금 전에도 그랬다. 도대체 전에 어디서 봤지, 하고. 여전히 그녀는 그의 가슴을 설레게 했다. 세련된 외모이긴 했지만 힘이 넘쳐 보이는 여행객들에 비하면 뭔가 꼬집어 표현 할 수 없는 표정이었다. 앞좌석에 나란히 동승은 해봤어도 대중 속에서 바라본 적은 없었으므로 그녀에 대한 친밀감이 예전과 달랐다. 그는 선글라스에 살짝 가려진 그녀의 모습에 잠시 취해 있었다.

히스패닉인 운전기사는 시동을 건 채 가이드인 금 씨의 신호를 기다리고 있었다. 그가 잠시 잊고 있던 '출발' 신호를 보내자 기사는 앞쪽에 열려져있는 자동문을 닫기 위해 버튼을 눌렀다.

하루의 시작을 위해 허리띠를 조였듯이 한손에 힘을 모아 마이크를 꽉 잡았다.

"환영합니다! 여러분을 모시고 갈 저의 성은 금 가입니다. 한문으로 하자면 김, 금 다 되는 거죠. 금이라 부르는 이유는 병자호란 때 청나라를 저지할 총책임자로서, 삼전도의 치욕을 겪게 만든 조상 김자점 때문에 김을 금으로 발음하고 있습니다. 제 이름은 '금연'입니다. 여행하시는 동안만이라도 금연하시기 바랍니다. 이제 목적지를 향해 출발하겠습니다. 안전벨트 모두 착용하셨습니까?"

그는 이렇듯 그날의 느낌, 차안의 첫인상에 따라 이름을 바꾸어 사용하곤 했다. 첫인사를 유쾌하게 마친 그는 잠시 숨을 고르고 있었다. 리무진은 주차장을 빠져나가 도로 위를 달리고 있었고 그는 목적지에 대한 설명을 위해 다시 마이크를 입에 댔다.

"먼 곳까지 오신 여러분들은 성공하신 분들입니다. 일단 벌려고 오신 게 아니라 쓰려고 다니시는 분들은 성공하신 분들입니다. 만나서 반갑습니다. 우리는 지금 라스베이거스로 가고 있습니다. 아시는 분들도 많겠지만 라스베이거스는 에스

파냐어로 '푸른 초원' 이라는 뜻이랍니다. 사막 위에 인공적으로 건설 된 도시인데, 그런 이름으로 불린다는 게 아이러니지요. 대자연의 작품인 그랜드 캐니언에서 불과 서너 시간 떨어진 라스베이거스가 인간이 만든 최대의 인공 도시라는 점도 기막힌 조화입니다. 그랜드 캐니언이 대자연이 보여주는 쇼라면, 라스베이거스는 인간이 만든 최고의 쇼를 보여줍니다. 라스베이거스에서만 볼 수 있는 쇼들이 참 많습니다. 물론 호텔 밖에서 무료로 펼치는 화산 쇼, 분수 쇼도 즐길 수 있습니다. 공짜 쇼도 싫으시고 도착하자마자 슬롯머신을 하실 분들도 계시지요? 내일 점심 식사는 오늘 저녁에 슬롯머신으로 많이 버신 분이 내기로 하겠습니다. 그리고 한 가지 꼭 아셔야 할 것은 미국에서의 팁 문화는 생활이라는 겁니다. 팁 문화에 익숙하지 않은 우리나라 분들에게는 곤란한 경우를 당할 때가 많고 물으시는 분이 가끔 계셔서 간단하게 설명을 드리겠습니다. 호텔 체크인 하실 때 가방을 방까지 가져다주는 벨맨에게는 가방 한 개당 1 달러, 호텔에서 자고 나갈 때 청소하는 메이드 아줌마에게 1달러, 호텔 방에서 룸서비스 받을 때는 2 달러에서 5 달러, 카지노에서 크게 이겼을 때 5달러 정도면 되고요, 볼일이 있으실 분들을 위해서 목적지 중간인 바스토우에서 한 번 쉬겠습니다. 가는 동안 라스베이거스에 관한 영화를 보여 드리려고 준비했는데 저기 어린 학생들도 있고 해서 음악을 틀어 드리겠습니다. 바깥 보이시지요? 여기도 사막입니다. 사막에 세워진 도시가 대단하지 않습니까? 가는 중간 중간 눈으로 즐기시기 바랍니다. 예약 하실 때 다 받으셨겠지만 일정표를 못 받으신 분은 손들어 주시면 제가 가져다 드리겠습니다."

숨가쁜 설명이 지나갔다. 처음 입사할 때 회사에서 준 자료를 백 번도 더 써 먹은 것 같았다.

단 한 사람도 손을 올리지 않았다. 그는 여유로운 척 천천히 자리에 앉았다. 차창 밖을 내다보니 벌써 10번 동쪽 방향 고속도로를 달리고 있었다.

그는 차창 밖을 보며 사념에 잠겨 있었다. 어제는 문화를 아는 곽영구 씨 덕에 긴장은 되었지만 깃발을 들고 패키지 관광을 하는 날들과는 확연히 달랐다. 의사협회나 엇비슷한 큰 단체에서 컨벤션 룸을 빌려 행사를 주최하는, 가이드에게 인센티브가 큰 경우를 제외하고는 그다지 정성을 들이지 않는 게 보통이었으나 어제는 돈벌이보다, 추억을 만든 기분이었다. 오늘 경우는 언제나처럼 그다지 긴장될 일이 없을 것 같았다. 그런 만큼 경계해야 할 일도 있게 마련이다. 당일 일정을 다 마친 다음 바에서 술을 마시다가 마약까지 하게 되거나 슬롯머신으로 한달치 수입을 몽땅 날리고 억울해서 다시 번 것 또 쏟아 붓다가 빚쟁이 신세가 되는 가이드들이 한 둘이 아니라고, 입사 때 주의사항 1호로 주입시켜준 것들이다. 여자 혼자 여행 왔다가 가이드와 사랑에 빠져 가정이 파탄 난 경우도 종종 있다고 했다. 여자 가이드의 경우도 예외는 아니라는 말을 들었을 때는 와이프의 일이 생각나 숨고 싶은 심정이었다. 그는 복잡해진 머리를 털고 백미러를 봤다. 서울서 어젯밤에 도착한 무리들은 시차 때문인지 많이들 졸고 있었다. 맨 끝 좌석의 제시카는 시선을 창밖으로 두고 골똘히 생각에 잠겨 있는 듯 보였다. 백미러를 보고 있는 그 역시 생각에 잠겨 있었다. 언젠가, 접촉사고는 아니더라도, 엄지발가락의 생김새와 맨살의 가슴모양 등 전신을 기억할 것 같은데 현실적으로는 도무지 감이 잡히지 않았다.

그는 헤매다가 슬슬 졸음이 몰려와 안간힘을 쓰고 있었다.

1시간 쯤 달리자 그의 뒤통수 조금 떨어진 곳에서 중년 여성들의 주고받는 목소리가 도드라지게 들렸다.

"서울서 온 지는 5개월 됐어요."

"이민 오셨어요?"

"아니요, 여행 왔다가 친구 소개로 산후조리 해요."

"그럼 돈 많이 버시겠네. 우린 쓰러왔는데."

"저는 VIP만 해요."

"어머머! 애기도 VIP가 있어요! 예수가 애기 때 VIP였습니까? 그런 맘으로 어떻게 갓난아이를 돌볼 수 있어요?"

한 여성의 음성이 커져가고 있었다.

또 터질 모양이다. 그를 힘들게 하는 것들은 항상 이런 오해와 유사했다. 단체라는 것을 잊어버리고 각자의 개성 그대로 자기주장만 하는 사람들이 한둘은 끼기 마련이었다. 다행이도 역사에 남을 사고는 한 건도 없었다. 아직까지는.

그는 귀를 쫑긋 세우고는 꾸벅꾸벅 졸지 않게 된 것 만으로도 다행이라 생각했다. 사람들은 여행 중에도 여전히 자랑거리를 찾다가 새해에 들여다 본 토정비결의 망신수를 못 면하게 되는 거라고. 그 순간 그 자신도 아차, 싶었던 건 그의 이름이었다. 분위기 파악을 충분히 하고 이름 소개를 했어야 했다. 어제처럼 '금언'이라고 소개하지 않은 것을 잠시 후회했다. 첫 눈에 남자 숫자가 많은 듯해서 서둘러 '금연'이라 소개했던 게 실수였다.

이번엔 중년 남성의 목소리였다.

"우리가 지금 성지순례 가는 줄 압니까?"

그는 운전석 앞에 달린 백미러로 뒤를 감시하듯 보고만 있었다. 여자들끼리 몇 마디 오고가고 언성이 높아지자 중간쯤에 앉은 장년인 남자가 나선 모양이다.

"보세요, 아주므니들! 모세 앞에서 사람들이 무너져 내린 건 그 복잡한 율법들을 간단히 '이웃을 사랑하라' 꼬, 한 마디로 정리해서 엄청난 신뢰를 얻은 것 아닙니까. 어느 시대나 VIP들 보다 약자들이 수가 천배, 만배 이상 많아서 동요를 일으키게 되어 있다꼬요. 간디보다 예수가 더 뛰어난 건 예수는 유대인이고, 훗날 따르던 이들도 유대인들이었기 때문에 전설이 힘을 받게 된 것 뿐이라꼬요. 아주므니가 생각하는 VIP는 없다고 봐야 됩니다. 분쟁 일으키지 말고 조용히 숨이나 쉬세요! 기적은 아주머니들이 숨 쉬는 게 기적이요. 애, 어른 할 것 없이 VIP라케도 숨 못 쉬면 다 개뿔이라꼬요!"

중년 남자의 말이 끝나자 몇 사람이 킥킥거리며 웃었으나 곧 숨을 죽인 듯 고요했다.

조용한 가운데 이미 반 정도는 잠이 들었다. 차는 벌써 15번 북쪽 방향을 달리고 있었다.

멀리 산이 보인다 싶더니 어느새 산을 비껴 돌아가는 언덕을 오르고 있었다. 산을 돌아 광활한 평야가 보일 때까지 그는 맨 뒷자리에 앉아 있는 오직 한 여인을 제법 큰 백미러로 흘끗흘끗 감시하듯, 보호하듯, 훔쳐보고 있었다.

바스토우에 다가 갈수록 사막임을 온전히 보여 주고 있었다. 익숙한 풍경으로 봐서 중간 목적지를 15분 정도 남겨두고 있었다. 장시간 에어컨을 틀어서인지 누군가 재채기를 심하게 하는 바람에 거의 모두를 동시에 깨웠다. 이때다 하고 그가 자리에서 일어나 마이크를 잡았다.

"잘 쉬셨습니까? 어젯밤 장시간 비행기를 타고, 오늘 또 장시간 앉아 계시려니까 힘드시지요. 이제 곧 바스토우에 도착할 겁니다. 내리시면 화장실부터 가셨다가 다 모이신 뒤에 안내를 하겠습니다. 그리고 제가 하나 가르쳐 드리겠습니다. 좀 전에 어느 분이 재채기를 하셨는데 이럴 때는 옆에 분이 '블레스 유!'(bless you!) 하시면 됩니다. 저런, 몸조심하세요, 라는 정도로 생각하시면 됩니다."

그는 의도적으로 앞머리에 '신'(God)을 빼버렸던 것이다. 신의 가호가 있기를, 하고 해석 되었다간 웃음바다나 피바다가 될까 두려웠기 때문이었다.

분위기를 띄우느라 그가 몇 마디를 더하는 동안 중소도시인 바스토우가 눈앞에 보이자 차안은 술렁이기 시작했다.

"예, 한 번의 휴식은 확실히 하겠습니다. 급한 볼일 먼저 보신 다음에 아울렛에 모셔다 드리겠습니다. 차가 정차하는 대로 앞에서부터 한 분씩 조심히 내리겠습니다. 차에 두신 물건 없이 잘 챙기시기 바랍니다. 특히 모자나 선글라스 꼭 끼고 다니세요. 한국하고는 비교할 수 없이 눈이 부십니다."

손님들은 그의 말이 채 끝나기도 전에 자리에서 꿈틀거리기 시작했다.

아울렛에서 1시간의 자유시간을 주었다. 그 사이 그는 점심이 예약된 식당에 전화를 걸었다. 다른 회사 단체 관광 손님들과 한 공간을 피하기 위해서였다.

적당한 에너지와 돈을 쓰게 한 다음 차를 타고 7분정도 이동해서 식당에 도착했다. 마침 주차장에는 식사를 마친 단체 관광객들이 차에 오르는 모습이 보였다. 식당으로 들어서자 표정들이 한층 밝아 보였다.

사막에서는 가시가 왕성한 선인장 외엔 볼 것 없는 한낮이었다. 한참을 달리자 '네바다 랜딩'(Nevada Landing)이라는 사인이 보였다. 그리고 30분가량 지나자 멀리 라스베이거스의 호텔들이 각기 특색을 뽐내며 우뚝우뚝 솟은 것이 보였다. 멀리 한낮의 빌딩 숲이 불야성이었던 밤에 비하면 마치 죽은 도시 같았다. 그는 자리에서 일어나 마이크를 입 가까이 가져갔다.

"거의 다 왔습니다. 제 뒤로 보이는 도시가 라스베이거스입니다. 저녁 무렵 도착했더라면 태양이 부서져 출렁이는 강열한 불바다를 보셨을 걸, 이라고 아쉬움을 말하고 싶습니다.

감 잡으셨지요? 지금 제가 한 말 중에 한국 사람이 가장 사랑하는 라면과 걸그룹입니다. 저녁식사는 라면이면 좋았을 걸, 호텔식 뷔페입니다. 라면 너무 좋아하지 마세요. 그랬더라면, 하고 미루지 마십시오! 뒤 늦게 걸, 걸 하시지 마시고 오늘 충분히 즐기시기 바랍니다. 호텔에 도착하셔서 체크인 하시고 짐 풀고 시내관광을 하겠습니다. 그 다음 저녁식사를 위해 다섯 시 반에 로비에서 모이겠습니다. 식사 후에는 쇼를 보실 텐데요, 꼭 보시라고 추천하고 싶습니다."

뒷좌석에는 관광객이 아닌 제시카가 듣고 있었지만 그는 자신의 주머니를 위해 다수를 챙기고 있었다. 수입을 극대화하는 것이 기업만의 목표는 아니라고.

리무진이 호텔 입구에서 멈추자 모두들 가방들을 찾아 로비로 향했다. 마지막으로 나오던 제시카가 운전기사에게 접은 지폐 한 장을 건네며 고맙다는 인사를 했다. 그의 결제는 오던 날에 포함 되어 있었다.

그는 피곤한 안색의 그녀를 향해 말했다.

"좀 있다가 일행들과 식사하고 가시지요?"

"택시 좀 불러 주세요."

그는 더 이상 말을 줄이고 자신의 폰으로 로컬택시를 불렀다. 그는 그녀가 어디쯤에 사는지 전혀 감을 잡을 수가 없었다. 그녀를 내려주고 픽업한 곳은 항상 달랐다. 그는 택시를 기다리는 그녀를 뒤로하고 로비에 모여 있던 일행들에게로 갔다. 그는 데스크에서 받은 방 키를 호명과 동시에 하나씩 나누어주었다.

쇼핑몰 위주로 한 바퀴 돌고 온 일행들과 저녁식사를 마친 그는 쇼를 보겠다는 여섯 명의 신청자를 먼저 안내하고 돌아와 다시 남아있는 삼십여 명을 위해 야간관광을 가이드 했다. 일행들이 제일 신나했던 곳은 에펠타워 모형 앞의 춤추는 분수대였다. 세계에서 가장 호화로운 도시에서 각양각색의 분수를 바라보는 관광객들 모두는 평상심을 잊어버린듯 맘껏 즐거워하고 있었다. 호텔의 웅장한 내부를 구경할 곳이 꽤 있었으나 그러기에는 시간이 부족했으므로 2마일의 밤거리를 행진하듯 돌아다녔다.

늘 그렇듯 성의 없는 야간관광이 끝나자 일행들과 헤어진 그는 호텔 바에 앉아 생맥주를 조금씩 들이키고 있었다. 반쯤 비운 그는 게임장을 바라봤다. 늙은 코끼리 한 번의 발치기로 수억 마리의 개미가 죽는다, 는 목에 걸린 농담을 외면하기 위해 남은 맥주를 쭉 들이켜 잔을 비우고는 방으로 올라갔다.

다음 날 아침, 그가 리무진에 탄 인원을 확인하고 있을 때 누군가의 목소리가 크게 들려왔다.

"어제 내 뒤에 앉은 젊은 여자분 안 내려오셨는데요."

당황한 그가 둘러댔다.

"라스베이거스에 친구가 있어서 같이 지내다가 일주일 후에 LA로 간답니다."

그 말끝에 그는 쓴 웃음을 삼켜야 했다. 여행 중에도 미인계는 통하는 거라고.

인원 확인을 마친 그는 운전기사에게 떠나자는 사인을 준 다음 모두를 향해 아침인사를 시작했다.

"밤새 많이들 따셨습니까? 많이 따신 분이 오늘 점심을 내기로 하셨지요?"

아무도 대답이 없자 그가 또 말을 이었다.

"이왕 여행을 나오셨으면 주머니에 넣고 오신 돈만큼은 물 쓰듯 하십시오. 요즘 트랜드가 어떤지 잘 아시지요. 내가 번 돈 내가 쓰고 간다, 입니다. 식당에 가실 때마다 팁도 넉넉히 놓으시고 좋은 일 많이 하십시오. 아무리 지체가 높아도 돈 없으면 소용없다는 말 아시지요."

어제 올 때 보다 익숙한 얼굴들이라는 이유로 그는 더욱 노골적인 표현을 썼다. 약간 불편을 느꼈던 제시카가 없다는 게 그를 한결 자유롭게 한 이유기도 했다. 그러나 스스로 심했다고 생각한 그는 말머리를 돌렸다.

"지금부터 그랜드 캐니언을 향해 몇 시간 달려가겠습니다. 가셔서 보시면 아시겠지만 그 자연의 신비가 어마어마합니다. 일반 버스투어는 하겠지만 그래도 그 장엄함을 보시려면 헬리콥터가 제일입니다. 헬리콥터로 관광하실 분은 미리 손 들어 주십시오."

그는 자신의 말끝에 오래전에 어머니가 한 말을 문득 떠올렸다.

'집 나가면 여기저기가 모두 너의 돈을 뺏으려는 사자 입이라는 걸 기억해라.'

그는 어머니가 염려하는 철없던 아들이 아니라고, 자신이 이제 사자가 되었노라고, 잠시 옛 생각에 잠겨있었다.

그는 손을 드는 신청자가 하나도 없자 시선을 차창 밖으로 돌렸다. 아침 일찍 기름을 가득 채운 운전기사는 여느 때와는 다르게 라스베이거스 시내를 한 바퀴 천천히 돌고서야 고속도로를 향해 진입하고 있었다.

Chapter 6

금 씨는 오늘처럼 특별한 스케줄이 없을 때는 사무실에 출근하는 게 보통 일과였다. 영주권의 스폰서가 되어주는 회사에 최대한 성의를 보이는 동시에 이것저것 사무실 돌아가는 분위기를 배우고 있었다.

그가 오후 시간을 메우고 있는데 핸드폰에 모르는 번호가 떴다. 그는 제시카라는 것을 예감했지만, 그래도 실수하지 않으려고 조심스럽게 말했다.

"네, 말씀하세요."

"제시카예요."

"네, 알고 있습니다. 저……"

그는 전화내용이 신경 쓰여 사무실 밖으로 걸어 나갔다. 제시카의 전화는 예상보다 짧은 기간에 이루어졌다.

"이제 말씀하세요."

"언제쯤 이쪽으로 들어오시지요?"

"주말에 손님들 모시고 들어갈 겁니다. 그 안에라도 필요하시면 들어가고요."

"급하진 않아요. 오시는 대로 심부름만 해 주세요."

"대충 미리 말씀하세요. 그래야 상황이 어떤지 보고 약속을 드리죠."

"동생 결혼 때문에 미리 송금 좀 부탁드리려고요. 다른 일도 있고."

제시카는 매월 일정 금액의 한국 송금을 그에게 부탁하곤 했었다. 언제나 현찰이어서 LA 한인 타운에 있는 한인 송금 업소를 이용했으므로 그런 일이라면 어렵지 않았다.

"받을 사람의 필요한 내용을 봉투에 정확히 써서 전처럼 준비해 두었다가 토요일 저녁에 전화 주십시오. 다음 월요일이나 되어야 송금이 가능하겠습니다."

"괜찮아요. 토요일 저녁에 전화 드릴게요."

"네, 그러세요."

이틀 후 주말 아침. 그는 1박 2일짜리 라스베이거스만 다녀오는 고객 9명과 LA를 출발했다. 출발하기 직전 자매끼리 온 중년 여자 하나가 넓고 편한 자리를 원하면서 핏기 없는 얼굴을 한 것 외에는 관리할 인원이 적어 이틀간이 무척 심심할 것 같았다. 마이크 사용도 필요 없었다. 그는 차안이 비좁다는 걸 근거로 시작하는 말이 이랬다.

"저의 이름은 금, 거입니다."

띄어 쓰듯 정확히 발음하자 눈치 챈 몇 사람만이 웃었듯이 들어오는 팁과 수입도 적을 것이므로 저녁에 부탁받을 제시카의 한 건이 큰 몫을 하는 날이기도 했다.

사전지식 설명도 약식으로 처리하고는 편안한 자세로 앉아 익숙해진 거리를 바라보고 있자니 손님들의 질문내용도 자유로웠다. 미국생활에 대한 궁금증 같은 대화를 주고받으니 가정집 소파에 둘러앉은 편안한 분위기였다. 손님들끼리도 이런저런 질문을 하면서 비교적 화기애애한 분위기로 거의 한 시간 반이 지나고 있었다. 이번엔 금 씨 차례로 싱거운 답변을 찾고 있을 때, 뒷좌석에 앉았던 자매 중 동생이 급하게 끼어들었다.

"츄라시 캔(trash can) 어디 있어요?

뒷좌석의 상황을 모르고 있던 금 씨는 지질한 심부름을 시키는가 싶어 기분이 좋지 않은 것을 드러내며 말했다.

"각자 쓰레기는 가져오신 가방에 넣었다가 점심식사 때 식당에 가서 버리세요. 우리가 들고 다니는 가방은 쓰레기통으로 사용할 때가 제 구실을 하는 겁니다! 자매님은 오신 지 며칠 만에 벌써 영어가 되시네요!"

그녀가 다시 말했다.

"언니가 멀미를 해서요."

그제야 비상용 비닐봉지 몇 장을 챙겨 뒤로 넘겼다.

신청자 수가 적어 밴으로 이동하게 되자 불평하던 손님이었다. 배가 아파 눕고 싶다고 하소연해도 그는 대수롭지 않게 생각하고 무사히 라스베이거스까지 도착하기를 바랐는데 일찍 일이 생기고 말았다. 그는 몹시 난감했다. 환자의 동생 말인 즉, 어제 샌프란시스코를 여행하다가 배를 탔을 때부터 언니가 멀미를 하고 저녁도 못 먹고, 그래도 일정을 채우겠다고 나섰다는 것이다. 결국 견디기 힘든 환자를 위해 일행은 장시간 뜨거운 길에서 휴식 아닌 고행을 해야 했다. 그는 회사에 연락을 취했고, 선택권을 가진 환자가 어제 묵은 호텔로 돌아가고 싶다고 해서 일정을 취소하는 수밖에 없었다. LA에서 급히 달려온 직원의 차를 타는 것까지 확인 하고서야 나머지 일행만이 라스베이거스를 향했다. 자매인 동생은 일정을 모두 채우겠다고 했으므로 한 사람만이 퇴장한 셈이었다. 인원이 적은 대로 탈은 있게 마련이라는 걸 그는 새삼 깨달았다. 아직 자매 중 한 사람이라도 남아서 함께 가고 있어서 인지 새삼 숙연해진 분위기였다. 유독 이번 일행에는 중년 이상이 많다는 것을 그는 그제야 감지했다.

라스베이거스에 도착하자 일행들은 호텔에 일단 체크인을 하고 원하는 다섯 명만을 위해 낮 동안의 투어를 시작했다. 저녁엔 쇼를 보겠다는 사람이 단 한 사람도 없어 수입은 예상대로였다. 그는 하루 일과가 끝나자 히스패닉 운전기사와 바에 앉아 생맥주를 마시고 있었다. 방으로 들어가기엔 라스베이거스의 초저녁인 밤 9시 무렵이었다. 그때 바지 주머니에서 핸드폰의 진동음이 울렸다. 그는 기사가 옆에 있음에도 개의치 않고 전화를 받았다.

"제시카예요, 오셨으면 뵐까요?"

"예, 어디로 갈까요?"

"밖에 있어요. 말씀하시면 그쪽으로 갈게요."

"마침 저희 묵는 호텔 바에 지난번의 투어버스 기사하고 같이 있습니다. 불편하지 않으시면 이리로 오셔서 맥주 한잔 하시지요?"

"그 분 앞에서 말씀드리긴 불편하니까 제가 10분 안에 그 호텔 커피숍으로 가면 어떨까요."

"네, 그러지요!"

잠시 후, 커피숍으로 들어가는 그녀의 뒷모습을 한눈에 알아볼 수 있었다. 유독 큰 키에 흐트러지지 않은 걸음걸이였다. 그녀가 안내를 받아 구석진 자리에 앉고서야 그는 자연스레 그쪽을 향해 다가갔다.

"제가 먼저 오려고 했는데, 일찍 오셨습니다."

"저녁 먹을 겸 나왔다가……"

잠시 후 차를 주문 받으러 온 아가씨는 물들인 금발이었다. 체크무늬의 짧은 유니폼 때문인지 발랄해 보였다. 실내의 붉은 조명 탓에 제시카도 생기 있어 보였다. 그녀가 아이스커피를 주문하자 그도 같은 걸로 했다. 주문 받은 아가씨가 엉덩이를 흔들며 걸어가는 뒷모습에 한 눈을 팔던 그가 멋쩍은 듯 황급히 말했다.

"부탁하실 내용 주세요!"

잠시 멈칫하던 그녀가 핸드백에서 손지갑 보다 작고 담뱃갑보다는 긴, 손수건으로 싼 묵직해 보이는 물건 하나를 탁자 위로 올려놓았다. 가방을 다시 뒤지더니 메모지를 꺼내서는 그에게 직접 건네주었다. 그는 받을 사람의 몇 가지 사항이 적혀 있는 걸 대충 읽더니 확인 차 물었다.

"이 액수를 여기로 보내면 되는 거죠?"

"네."

"현찰은?"

"이거예요."

그녀가 손수건에 싼 것을 앞으로 밀어내면서 말했다. 그때 시원해 보이는 아이스커피가 배달되었다. 잠시 주고받던 말을 삼가고 유니폼의 아가씨가 자리를 떠나길 기다리던 그녀가 입을 열었다.

"여기서 펴보진 마세요. 이번엔 한군데를 더 들르셔야 해요. 제가 전화는 해 두었어요. 저번에 데려다주신 LA 다운타운 힐스트리트 기억나시죠?"

"찾아 갈 수는 있는데, 그때는 공용주차장에서 기다렸기 때문에 어느 빌딩인지는 모릅니다. 가게 이름이나 주소 주시면 찾아 가겠습니다."

"수건 풀면 그 가게 명함하고 금이 있어요. 그걸 팔아서 송금하시고 나머지만 주세요. 지난번에 종합검진 한다고 피를 너무 뽑아서 그런지 어지럼증세 때문에 장거리 못가는 거니까 대신 왕복 요금 드릴게요."

"내일 오후에 다시 나가니까 월요일 아침에 정리해서 돌아오는 대로 정산해 드리면 되겠습니까?"

"네."

그때 오늘 일행 중 두 사람이 커피숍으로 들어오는 걸 그가 봤다. 행여 여자 손님과 데이트하는 걸로 오해 받을까 싶어 그는 나가기를 서둘렀다.

"택시를 부르시겠습니까?"

"짐도 덜었으니까 제가 알아서 갈게요."

그 말을 끝으로 두 사람은 자리에서 일어섰다. 일어서면서 그는 수건에 싼 물건을 집어 들었다. 쇳덩이처럼 묵직했다. 주머니에 넣으면 허리띠가 주저앉을 것 같았지만 도리가 없었다. 역시 허리춤이 내려갔다. 그는 서둘러 방으로 들어가려고 걸음 폭을 넓혔다.

그녀가 카운터 앞에서 계산하는 동안 그가 앞서 걸어 나갔다. 그녀와는 커피숍 바로 앞에서 인사를 했다. 그의 냉정한 태도를 관심 있는 누군가가 봤을 거라고 그는 생각했다.

그는 엘리베이터를 타고 방으로 들어서자마자 오른쪽 주머니에서 물건을 꺼냈다. 손수건을 풀자 TV뉴스에서나 보던 1kg이라고 굵게 새겨진 골드바였다. 순간, 금덩어리에 기가 죽고 선뜻 내놓은 그녀의 믿음에 놀랐다. 여러 차례의 금전 심부름에 신뢰가 생긴 거라고 그는 생각했다. 그녀의 정체가 더욱 궁금해졌다. 혼자 사는 건 확실한데 갖춘 능력에 비해 주변에 남자가 하나도 없어 항상 자신의 도움을 받는 다는 것이 흥

미로웠다. 그는 모든 일을 접더라도 이 여자를 잡으면 미래를 걱정할 필요가 없겠다는 엉뚱한 생각에 이르러서야 정신을 번쩍 차리고는 샤워실로 갔다. 샤워를 마치고 막 자리에 누우려는데 룸으로 전화벨이 울렸다.

"선생님, 낮에 아파서 서울로 간 환자 동생이에요……"

여기까지 듣던 그는 가슴이 철렁했다. 혹, 사고라도 생겼나, 하는 생각에 회사 보험금 액수를 떠올리고 있는데 그 다음 말이 이어졌다.

"오늘 수고 하셔서 한잔 사드릴까 하는데 시간되시지요?"

그는 안도하는 한편, 방을 비울 엄두가 나지 않았다. 금덩어리를 두고 나가다닐 만큼 신나는 일은 아니었다.

"저, 벌써 누웠습니다. 언니 때문에 힘드셨을 텐데 일찍 쉬시지요?"

"그럼 선생님 방으로 안주 사들고 갈까요?"

여자가 막무가내로 나오자 그도 막말을 했다.

"제가 수면제를 먹어서 곧 잠들 것 같습니다."

"그럼 낼 뵐게요."

그는 순간 오늘 아침 사용한 이름이 금거였다는 사실을 깨닫고는 웃음을 참지 못했다.

Chapter 7

2018년도 거의 반년이 지났다는 것을 일지를 펼치다가 확인한 순간 조금은 황망했다. 동트기 전에 일어나 준비하던 날이 그 중 반은 될 것 같았다. 부지런히 살고 있으니 기필코 새벽은 오리라고, 그러면서도 노동의 한계인지 졸음을 쫓느라 그는 눈을 몇 차례 부비고 있었다.

라스베이거스에서 LA까지 두 사람을 픽업할 시간과 이름, 전화번호, 주소와 소개한 사람의 이름까지 메모 되어 있었다. 이 모든 것은 핸드폰도 마찬가지였다. 여기까지 확인한 그는 벌떡 일어나 준비를 서둘렀다.

그의 차는 중고긴 해도 앞뒤에 부착된 별모양을 품은 둥그런 마크가 무색치 않을 만큼 윤이 났고 실내도 말끔했다. 차에 오른 그는 하루 중 가장 어두운 시간을 뚫고 달리기 시작했다.

주택단지에 위치한 아파트의 주차장으로 들어서자 장애자 표지판이 위치한 곳에 여자와 휠체어를 탄 긴 머리를 묶은 사내가 보였다. 차편을 기다리고 있다는 것이 여실해 보였다. 주변엔 그들 외엔 지나는 사람은커녕 강아지 그림자도 보이지 않았다. 가까이에 차를 세우자 휠체어에 앉아있는 환자는 뜻밖에 젊은 사내였다. 상체가 멀쩡해 보이는 것으로 봐서 중병은 아니겠지, 하고는 듣고 오던 라디오를 완전히 꺼버렸다.

그가 차에서 내리자 여자는 한 눈에 알아보고 인사를 했다.

"제가 전화한 수지예요."

발음이 매우 어색해서 억지로 배운 한국말이라는 것을 금세 감지할 수 있었다.

"불러 주셔서 감사합니다."

그는 인사를 건네자마자 빠른 걸음으로 뒤로 돌아가 뒷좌석 문을 열었다. 휠체어를 탄 손님을 차에 태운 경험이 없어 무척 당황스러웠다.

사내는 휠체어에서 힘겹게 엉덩이를 들썩이더니 두 손으로 차문을 굳세게 잡고는 살짝 일어섰다. 굵고 험해 보이는 손이 막일을 많이 한 손 같았다. 상체가 차안으로 들어가고 있는데 바지가 완전 헐거워 보였다. 힘겨워 보이는 동작의 연속이었다. 안쓰러운 마음이 들어 사내를 도우려 한 발짝 앞으로 다가가자 휠체어 옆에 서있던 수지가 황급히 말했다.

"도와주지 마세요! 혼자서 잘 해요."

그는 아무 말도 하지 못한 채 물러섰다. 곧이어 쇳소리가 나기 시작했다.

"철커덕! 철커덕!"

사내는 주변을 의식하지 않은 채 저 혼자 차분히 쇠다리를 하나씩 들어 올려 차 안 쪽으로 끌어 당겼다. 조금씩 움직일 때마다 차가운 쇳소리가 연속적으로 울렸다. 차안으로 몸을 옮기는 내내 조인트의 마찰음이 계속 들려왔다. 110도가 넘는 무더위에 비해 그 느낌은 얼음보다 서늘했다.

사내는 앉지도, 눕지도 못한 채 길게 엎드리는데 마침내 성공했다. 익숙한 솜씨라 오래 걸리지는 않았다. 쇠다리의 일부가 좌석 밑을 행해 걸쳐 있었다. 사내 혼자 길게 엎드린 것만으로도 뒷좌석이 꽉차보였다. 뒷좌석의 문을 직접 닫은 수지가 운전석 옆에 앉았다. 그는 주차장에 덩그마니 남겨진 휠체어를 접어 트렁크 안에 싣고는 짐 가방을 겨우 밀어 넣었다. 남녀가 가방이 하나라는 건 부부거나 최소 동거 중인 사이일 거라고 그는 해석했다. 가방 속에는 여자의 속옷과 다리 없는 남자의 속옷이 함께 들어 있다는 생각을 하자 젊은 여자의 요지부동한 사랑이 느껴졌다.

트렁크 닫는 소리를 준비완료로 알아들은 수지는 그제야 안전벨트를 맸다. 시동을 걸자 옆에 앉은 수지가 입을 열었다.

"저 사람은 엉덩이가 헐어서 앉기가 힘들어요."

동정심이 묻어나는 침울한 음성으로 그가 말했다.

"그러시군요."

침묵이 흘렀다. 차가 스톱 사인에서 멈추었을 때 그는 음악을 틀어야하나 말아야하나 하고 고민했다. 답을 찾지 못하다가 고개를 살짝 뒤로 돌려 사내의 정황을 살폈다. 좀 전보다 편안한 자세로 자리를 잡은 모양새였다. 그는 음악대신 에어컨을 켰다. 갑작스레 찬바람이 나오자 수지가 황급히 말했다.

"미안해요. 저 사람은 찬바람 싫어해요."

그는 즉시 에어컨을 꺼버렸다. 차가 속력을 내자 수지의 목소리에 모터라도 달은 듯 조금은 어눌하지만 정확한 한국말이 술술 나왔다.

"장소 알려 드린 LA서 치료하고 다시 오려 구요. 올 때는 항공편으로 오게 될 만큼 나아졌으면 좋겠어요. 저렇지는 않았는데 다니는 병원에서 스테로이드 연고만 처방해 주더니 더 심해졌어요. 그게 최선이 아니었기를 바라면서 멀리까지 가는 거예요. 아는 분이 소개한 병원이 LA에 그 병원이거든요."

그는 무슨 말을 하는 건지 정확히 알아듣지 못했다. 왜 이 남자는 양쪽다리 모두 없는 것일까 하는 의문이 첫째였고, 두 번째는 이 멀쩡한 여자는 왜 하반신이 없는 남자와 사는 걸까 하는 생각 때문에 머릿속이 혼란스러울 뿐이었다. 교통사고, 얼마만큼 끔찍한 사고여야 두 다리를 한꺼번에 잃을 수 있는 걸까, 하고 그가 살아온 기준으로 상상을 펼쳐가고 있었다.

차는 어느 사이 라스베이거스 시내를 빠져나와 15번 남쪽 방향 고속도로를 달리고 있었다. 평일 아침, 고속도로는 뻥 뚫려있고, 차안은 한동안 침묵이 계속 되었다. 그는 궁금한 게 많았지만 금언 중이었다. 동행하는 사람이 환자인 만큼 요구하지 않는 음악을 틀수도 없는 일이었다. 숨이 막혀도 운전이나 잘하는 수밖에 없었다.

네바다를 막 넘어서자 잠깐사이 주가 바뀌면서 로또가 잘 당첨된다는 소문난 가게가 보였다. 메가밀리언 복권 1등 금액이 1억 달러를 넘어서던 지난달에는 몇 시간씩 줄을 서가며 복권을 구매하던 유명한 곳이다. 네바다 주는 카지노가 합법적인 대신 로또 판매가 불법이기 때문에 여기까지 나와야만 복권 구경이라도 할 수 있었다. 언젠가도 복권을 사려는 인파로 인해 줄이 백 미터 이상 길었던 때도 있었다.

오늘은 아침부터 화씨 110도가 훨씬 넘는 더위라 아스팔트가 뜨겁게 이글거리는 것이 눈에 보일 정도였다. 타이어가 터질까 염려스러웠던 날이 한두 번이 아니긴 했다.

불편한 자세 때문인지 환자의 숨소리가 거칠었다. 차창 밖은 길게 이어지는 도로 외엔 사막 그 자체였고, 차안은 점점 찜질방이 되어갔다. 아무 것도 볼 것 없는 뜨거운 사막을 20분 넘게 달리자 먼저 백기를 든 건 수지였다.

더운 숨을 내뿜듯 그녀가 입을 열었다.

"두 다리가 왜 없어졌는지 궁금하시지요?"

그녀가 뒤를 흘끗 보고는 말을 이었다.

"이 사람은 필리핀 계 미국인이에요."

그녀는 숨을 고르듯 잠시 쉬었다가,

"몇 년 전, 라스베이거스에 큰 사건이 있었어요. 한국인 한 명이 자기 소유 호텔에 카지노를 허가 받으려다가 타살로 죽은 사건 들어보셨어요?"

수지는 말과 동시에 걱정스런 눈빛으로 그를 흘깃 봤다.

"전혀 들은 바 없습니다."

대답하는 그의 목소리에는 잔뜩 긴장이 묻어 있었다.

"그 사건 뒤에 또 한 남자가 이 사람이에요. 이 사람이 최초의 한국인 호텔에 카지노 허가 받는 거부터 시스템을 협조해 주다가 보복으로 두 다리가 잘려나간 거예요. 쇠사슬로 팔 다리를 묶어서 사막 한가운데 데려다가 눕혀 놓고 트럭으로 두 다리 위를 지났데요. 카지노 설립에 협조하지 않는 조건으로 겨우 상체만, 목숨만 살려준 거래요."

그녀는 감정을 추스르는 건지, 말을 끊은 채 고개를 돌리고는 눈물 같은 땀방울을 흘리며 차창 밖을 한참동안 바라보았다.

정확히 말해 살려준 건 아니었다. 트럭의 커다란 바퀴가 머리 위를 지나지 않았을 뿐이다. 두 팔에 쇠사슬을 묶고 다리가 절단된 상황에서 살아난 건 기적이었다.

회오리바람 때문인지 모래가 순식간에 차창을 뿌옇게 덮었다. 수지는 그 답답한 먼지를 털어내려는 듯 차창 문을 반쯤 내리고는 고개를 돌리고 말했다.

"사막에서 차에 치인 동물 본 적 있으세요?"

사막의 도로 한가운데에서, 적시에 잘 맞아 떨어지는 질문이긴 했지만 그는 금언했다.

잠시 후, 그녀가 말했다.

"보통은 동물들이 차에 치면 천천히 부패하잖아요. 여긴 그런 거 없어요. 하루만 지나도 내장까지 바짝 말라요. 라스베이거스 시내에서 포장도로가 없는 외곽으로 십분만 나가면 전화도 터지지 않아요. 완전 돌산인 사막으로 깊숙이 들어가면 인디언들이 살던 흔적을 쉽게 볼 수 있어요. 죽이고 달아나면 그냥 말라서 흙이 되는 건 며칠 안 걸릴 정도로 불덩이 같고 고요해요. 그런 곳에 저 사람의 두 다리가 잘라진 채로 버려졌던 거예요. 갑자기 전화 연락이 안 되는 걸 이상하게 생각한 친구들이 찾아냈대요. 죽이지 않고, 비참한 꼴로 상징이 되게 한 거죠. 그러니 사막의 흙에는 붉은 피가 얼마나 많이 섞여있겠어요?"

살벌한 이야기를 하던 차분한 말씨는 거기서 멈췄다. 타임머신의 태엽을 감는 시간이 필요한 것처럼.

"저는 이 사람이 저렇게 되기 전에 같은 호텔에서 만났어요."

그녀는 여전히 태연스러웠다.

"갬블러와 딜러 사이였어요."

그는 속단은 금물, 다음 이름으로 '금물'이 좋겠구나 하고 또 하나의 이름을 건지고 있었다.

"제 근무 시간에만, 제 테이블에서 게임을 했으니까요. 이 사람은 상대방의 표정, 눈빛, 말투까지 섬세하게 살피는 선수였어요. 거의 이겼고 그때마다 그걸 핑계로 팁을 후하게 줬어요. 월급이 적다는 걸 알았나 봐요."

그는 여전히 대꾸하지 않았다. 앞에 두 사람이 한국말을 주고받으면 뒷사람의 귀에 거슬릴 것 같다는 생각에 유독 신경이 쓰였다. 그러면서도 속 시원하게 다 듣고 싶기는 했다. 알아차린 듯 수지의 음성이 다시 잔잔히 흐르기 시작했다.

"거의 매일 정확히 제가 일을 시작하는 시간에 오던 사람이 몇 달 간 사라졌다가 저런 모습으로, 휠체어를 타고 카지노에 나타난 거예요."

그녀는 꿈에서도 볼 정도로 애가 탔던 그때를 기억하다가 자신도 모르는 사이 짧게 한숨을 쉬었다. 무안한 나머지 밝은 톤으로 말을 이었다.

"게임은 여전히 잘하던데요. 달리던 트럭에 헤딩을 안 하길 잘 했대요."

구름 한 점 없는 사막의 풍경들이 건조하게 지나고 있었다. 그는 폐허로 변한 그리스 아테네의 올림픽 경기장들보다 화려한 라스베이거스가 뒤통수에 있다는 것이 더 씁쓸하게 느껴졌다. 운전석 차창을 약간 열어둔 틈으로 뜨거운 바람이 들어왔다 나가고, 세 사람의 숨 냄새로 탁한 차안을 미약하게나마 정화시켜 주는 듯했다.

"저는 입양아였어요. 여섯 살에 왔어요."

"그런데도 한국말을 잘 하시네요."

그는 자신도 모르는 사이 말이 나와 버렸다.

"한국어는 법정 통역을 위해서 공부했던 거예요. 일을 바꾸게 된 건 제가 백혈병을 앓게 되면서 일을 못하게 되었다가 오랜 만에 다시 일을 찾으려니까 카지노 딜러 말고는 자리가 쉽지 않았어요. 큰 도시로 가면 통역하는 일이 있겠지만 양부모가 있는 이곳을 떠나기가 싫어서요. 그 분들이 제 병간호를 다 하셨거든요. 골수를 찾느라 한국에 연락해서 부모도 찾아봐 줬어요. 결과가 나빴어요. 입양된 사연을 알아낸 것 밖에는. 제 엄마는 제가 어렸을 때 혈액암으로 돌아가셨대요."

"그러셨군요."

그는 속으로 생각했던 모든 편견이 씻기는 동시에 마음이 썩 유쾌하지는 않았다. 물 한 방울 없는 사막에서는 눈물마저 쉽게 마르는지 눈알이 뻑뻑했다.

드문드문 건물들이 눈에 뜨이기 시작했다. 그녀는 악보의 쉼표를 정확히 외우고 있는 성실한 학생 같이 충분히 깊은 숨을 쉰 다음 말했다.

"그분들 사시는 집에 가면, 홈 스위트 홈이 뭔지 알아요."

말이 끊기고 나서도 그녀의 소녀 같은 미소는 한동안 지속

되었다. 한편, 그는 세 사람이 탄 차가 지옥만큼 뜨거운 길을 달리는구나, 하고 심각하리만치 우울했다. 그녀의 음성과 사연이 라디오에서 듣던 노래의 가사보다 절절한 까닭에 그는 언제든 새겨들을 자세가 되어있었다.

그녀가 말했다.

"왜, 아무 말도 안하세요?"

"워낙 듣기를 좋아합니다. 혼자 타고 다닐 땐 라디오라도 들어요."

"말도 못하고, 조심하고 살려면 사람들과 어떻게 살아요? 동굴 속에 들어가야지. 제 얘기 듣기 싫으시면 언제라도 먼저 재미난 이야기 하세요. 긴 시간이 힘들잖아요."

그는 대답 대신 입을 다문 채 웃음을 띠었을 뿐이었다. 먹지 않고, 마시지 않고, 말하지 않아도 듣는 것만으로도 가슴 벅찬 한낮이었다.

외국에서 오래 산 동포들은 대체로 초면에도 불구하고 동족이라는 것 하나로 전혀 경계가 없는 걸까. 아니면 이 여자는 험한 사회를 아직도 모르는 거라고 그는 판단했다. 어쩌다 장거리를 가는 길이라고는 하지만 단지 운전기사로 만난 자신에게 모든 것을 말하고 있다는 게 신기할 정도였다. 뒷자리에서는 시끄럽다고 제지하지도 않았다.

"오랜만에 한국말을 할 수 있어서 좋아요."

잠시 쉬었던 그녀가 말했다.

"저 사람이 처음 라스베이거스에 오게 된 건 조각을 주문 받아서래요. 이태리에서 온 큰 돌을 깨서 본인 하고 싶은 마이욜처럼은 못하고 모델과 똑같이 조각했대요."

이때까지 통증으로 고통스럽던 뒷좌석의 사내는 그녀가 마이욜이라는 말을 들먹이는 순간 자신을 소개하고 있음을 알아챘다. 그 순간 호텔 옥탑에 있는 수영장에서 나체로 수영하던 여인을 조각하던 지난날이 그려지는 순간 고통도 잠시 잊을 수 있었다. 굳이 배영 하는 여인상을 조각하라는 물주의 주문에 따라 그는 반 년여 동안 그녀를 날마다 볼 수 있었다. 이태리에서 직수입한 하얀 대리석에 그녀의 젊음을 그대로 옮겼었다. 마무리 단계에서 허벅지 가까이 닿을까말까 하는 약지 손가락을 부러뜨린 건 자신으로서는 초유의 사건이었다. 부러진 손가락 마디에 입김을 불어대던 일. 그건 마치 애증으로 남겨진 흔적이기도 했다. 그는 다친 손가락에 약을 바르듯 정성을 다해 절단된 손가락을 접착제로 감쪽같이 붙였었다. 자신이 추구했던 조각들은 생긴 그대로의 여인상이 아니었다. 작업 중에 부러진 손가락이 왜 초유의 사건이겠는가, 그는 단 한 번도 깊고 섬세하고 가느다란 것을 그대로 표현한 일이 없었던 것이다. 물주의 '똑같이'라는 반복에 굴복하고 보니 완성된 조각이 살아있는 나신같이 아름다웠었다. 대리석보다도 더 차갑고 도도해서 근접할 수 없었던 여인이 마무리 되던 날, 그는 아무도 보지 않는 틈에 조각상 입술 위에 키스를 했었다. 사내는 수지의 헌신적인 보살핌을 받으면서도 소문에 도는 배영 하던 여인, 제시카의 근황이 가끔은 궁금하던 터에 그녀를 떠올릴 수 있어서 잠시나마 통증이 감해진 것만으로도 만족했다. 짝사랑도 통증을 감소시킨다는 것을 인정해야 하는 순간이었다. 동시에, 자기가 카지노 허가에 끼어들어서 타살 된 것만 같은 박 사장과 자신의 절단된 다리에 얽힌 살인마들이 같은 인종일 거라는 확신에 한숨만이 쉬어졌다.

여섯 살의 아이 같은 수지가 말을 이었다.

"최초의 계약금부터 카지노에서 다 잃었대요. 잠시 돈을 따도 간수하기가 힘들더래요. 다시 다 잃고 결국 배가 고파서 침실로 개조했던 밴도 팔고 마지막으로 조각칼 세트까지 다 팔고 돌에 대한 애정을 버리고나니까 종이돈이 본격적으로 만져지기 시작 하더래요. 라스베이거스다운 생각을 한 거죠. 지금은 베팅을 하고 여러 번 이겼더라도 단 한 번 잃기 시작하면 단호하게 일어서는 사람이에요. 결단이 대단해요. 물론 제가 일하던 호텔에서 눈으로 확인 한 것만 그래요. 그런 사람은

만 명 중에 하나도 보기 힘들거든요. 지금은 돈을 모으는 중이예요. 저 사람의 잃어버린 두 다리를 위해서요. 자기의 다리를 조각해서 만들 거라네요. 넓적다리에서 발가락까지 양쪽이 옛날처럼 똑같게. 심지로 넣은 쇠가 뼈 구실을 하고 고무가 근육이 되는 다리를 사람 근육 같이 질감이 좋은 걸로 달으려고요. 가짜 무릎은 특허 받은 한국의사가 있더라고요. 중간에 가짜 무릎을 연결해서 보통으로 하는 의족 이상의 발톱까지 있는 진짜 같은 다리를 다는 게 우리의 목표예요. 카지노 때문에 다리를 잘리고, 다리 때문에 카지노에서 돈을 벌어요. 인생 웃겨요."

그는 인생 웃겨요, 라는 말이 귀에 걸리자, 자신의 처지와 모든 상황이 합쳐져 금세 눈가가 축축해졌다. 뜨겁던 사막을 벗어나고 있다는 증거이기도 했다.

그는 백미러를 살짝 내리고 누워 있는 사내의 모습을 확인했다. 차 안이 찜통처럼 무더웠지만 쇠에서 나오는 찬 기운 때문에 더위를 전혀 느끼지 못하는 거라고 생각했다. 사연을 들어서인지 측은한 마음이 다가가고 있었다. 동시에 그는 달리던 속력을 서서히 줄였다. 행여 차사고로 인해 다리를 잃고 싶지 않았다. 인생이란 누구에게나 수많은 위험에 노출 되어 있다는 것을 새삼 확인한 듯 법규가 허락하는 선까지만 속력을 내고 있었다. 세상은 살수록 겸허해 지는 건지, 겸손을 배우라는 건지, 그는 연극무대를 위해 셰익스피어의 비극적인 대사를 줄줄 외울 때도 진지하게 생각해 보지 못한 인생을 이 나이가 되어서야 겨우 감이 잡히는 듯 했다. 무대에서 성공하지 못했던 이유를 어렴풋이 알아차릴 것 같았다.

차창 밖의 하늘은 인생사 아랑곳없이 무덤덤한 듯 높고 푸르면서도 어디서부터였는지 군데군데 흰 구름이 보였다. 그래도 그리스의 지중해성 기후로 인한 구름과는 비교할 수 없게 싱거웠다. 아테네의 돌들의 두께와 라스베이거스 유리의 두께가 턱없이 다른 것처럼.

그녀가 말했다.

"제가 완치 된 후에 처음 한 일은 번역이었어요. 라스베이거스는 마사지 면허증을 받으려면 해부학 시험을 봐야 하거든요. 찾아 온 사람들이 들고 온 문제집을 번역해서 돈을 번적도 있어요. 한국 여자들이었는데, 아마 그 번역본 텍스트들이 6년 전 저의 필체로 돌고 있을 거예요. 그때만 해도 컴퓨터로 하는 작업보다 엎드려 누워서 쓰는 게 편했으니까요. 오백 문제 정도 번역해 주었는데 책 한 권 정도 됐어요. 그 사람들 면허를 받아야 먹고 산다고 해서 모르는 분야를 사전과 전문 서적을 뒤져가면서 번역했어요. 지금도 기억해요. 해부학이란,

인체의 구조를 연구함. 생리학은, 인체의 기능을 연구함. 뇌는, 인체 모든 중요 기능을 관리함. 상지의 이름은, 어깨, 팔, 팔목, 손. 하지의 이름은, 대퇴 넓적다리, 다리, 발. 스웨덴 식 마사지의 기본 3가지 동작은 어루만지고 두드리고, 아니, 두드리고 문지르고 주무르면서 누르는 것. 일반적인 인체 마사지에 사용하는 방법은 에푸레이지로 어루만지고 문지르고 해서 피로를 풀고 불면을 돕고 붓거나 울혈된 것을 돕고 삔 것을 돕고 혈액 순환을 돕는 거. 뼈의 3가지 기능은 내장을 보호하고 인체가 움직일 때 기둥이 되고 근육을 붙인다. 성인 뼈의 수는 206개. 와! 저 아직도 다 기억나네요. 그분들이 다 잘 살았으면 좋았을 텐데. 마사지하는 여자들 중에 몹쓸 병에 걸려 거지가 된 사람도 있다고 들었어요. 자동차든 사람이든 몸에 상처 안 나고 늙기는 쉽지 않은 가 봐요."

조용하면서도 명랑하던 그녀가 잠시 생각에 잠긴 채 가라앉는 표정이었다.

그녀가 다시 말했다.

"돈을 벌었거나 이미 성공했다 싶었을 때 욕심을 더, 더 부리다가 돈을 잃거나 몸을 다치거나 해서 자신의 모퉁이를 잘라내지 않은 사람이 드물어요. 카지노 일을 해서인지 멈출 줄 모르는 사람들의 비참한 종말을 가끔 봐요."

그 말 뒤에 그녀는 한동안 입을 다물었다.

바스토우라는 표지판이 보였다. 기다렸다는 듯 그녀가 뒤쪽을 향해 영어로 말했다.

"에릭! 화장실에 가고 싶지 않아?"

"화장실도 갈 겸 허리가 아파서 좀 일어나 앉고 싶어."

사내의 응답이 돌아오자 그녀가 부탁하는 어조로 말했다.

"휴게소에서 쉬었다 가면 좋겠어요."

"네, 이번 교차로에서 빠지겠습니다."

그가 대답했다.

고속도로에서 내리자마자 빨간 신호등이었다. 그녀는 내내 조용했고 차는 파란 신호등을 받아 다시 달리다가 꺾어지는 길에서 스톱사인을 만났다.

"저는 운전을 빨리 못해서 빨간불이나 일단 정지사인을 만나면 항상 반가워요. 뒷차가 속력을 내서 달려오면 절절매다가도 할 수 없이 서야하니까 덜 미안하고 저도 숨 한 번 고르고 좋아요. 인생도 신호등 앞에서처럼 가끔은 멈추고 싶을 때가 있잖아요."

그는 아무 말도 하지 않았다.

차는 어느 사이 작은 쇼핑몰 주차장으로 들어서고 있었다. 그는 아무런 대답도 하지 않은 게 미안했지만, 그녀의 말을 곱

씹으며 주차장을 천천히 돌면서 빈자리를 찾고 있었다.

조심스럽게 주차를 마치고 시동을 끄자 기다렸다는 듯 사내가 철커덩, 철커덩하고 쇳소리를 내기 시작했다. 그는 트렁크에서 휠체어를 꺼내 앉기 좋게 폈다.

굴속 같은 차안에서 빠져나온 사내는 휠체어로 옮겨 앉으면서 그를 향해 고맙다는 인사를 했다. 사내는 혼자서도 휠체어 작동이 익숙해 보였다. 사내와 수지는 화장실 표지판 쪽으로 가고 있었다. 그는 자리에 선 채 허리와 다리를 쭉 펴는 스트레칭을 하면서도 그들의 뒷모습에서 눈을 떼지 않았다. 휠체어의 속도에 맞추어 나란히 걷고 있는 그녀의 검소하고 건강한 뒷모습에 부러움을 느끼는 동시에 한편 자신의 삶이 그나마 평탄하다는 것만으로도 위로를 삼고 있었다. 멀지 않은 날에, 로봇 다리로 걷고 있을 사내의 모습을 상상하는 한편 부러운 마음을 잠재우듯 꼿꼿이 서 있었다.

며칠 후 그는 수지로부터 전화를 받았다.

"덕분에 잘 치료하고 마일리지로 항공편이 되서 타고 왔어요. 공항까지 가고 줄서서 짐 검사받고 수속하고 다시 들어가서 기다리고 고생하면서 생각 많이 했어요. 그 날 에어컨도 못 쓰고 고생 많으셨지요? 감사했습니다."

인사차 전화하는 손님은 극히 드물었으므로 넉넉한 팁보다 위안이 됐다. 그때서야 알아차린 거지만 아마도 그녀의 수다는 운전하는 사람의 졸음이나 피곤에 대한 배려가 아니었나하고 생각했다. 그는 점점 그녀에 대한 호기심이 불어났다. 결코 흔한 여자는 아니라고. 여자와 사내, 둘 중에 어느 쪽이 더 불행한 건지 판단이 서지 않았다. 어쩌면 믿었던 사랑에 배신당한 자신이 가장 불행한 존재일지도 모른다는 생각과 동시에 잊을 수 없는 사건을 떠올렸다. 이혼을 선언한 아내는 아무것도 바라지 않았다. 양육비며 위자료며 미래 수입의 일부라도, 뭔가를 나누는 일에 대해 한마디 말이 없었다. 역시 쿨한 여자라고 생각했었다. 아내와 아들이 서울로 가는 비행기를 타고 떠나던 날 저녁, 침실 문을 여는 순간 소름이 돋는 장면을 목격해야했다. 와이프가 시집올 때 가져온 이불이 침대 위에서 거의 정확히 반으로 가위질되어 있었다. 선을 따라 흰 솜이 보이는 반쪽 난 이불을 보는 마음이 산산조각 찢어지는 듯 아팠었다. 이혼과 더불어 인생의 패배와 실패를 절감했었다. 며칠 동안은, 그리스에 정착하고 처음으로 스케줄을 펑크 낼만큼 심하게 앓았었다. 그 후, 재혼은 절대 하지말자가 그의 신조가 되었다. 그러나 여자가 다 같을 수는 없으니까, 라며 때때로 과한 욕심을 낼 때도 있었다.

은연중에나마 수지의 어눌하지만 진솔한 목소리가 기다려지곤 했다. 수지 자신이 운전을 하기 때문에 다시 대면할 기회가 없다는 걸 알면서도 체념이 쉽지 않았다. 첫 통화에서 그녀가 하던 말이 떠올랐다.

'한 사람이 앉기가 불편해서 누워 가야하니까 아주 소형차면 제 차를 운전하셔도 돼요.'

그는 새삼스레 그녀가 세상에 보기 드문 유기농 인간이지 싶었다. 그는 자신이 상대했던 많은 고객들 중에 몇 사람을 떠올렸다. 같은 남성끼리는 가진 정보를 하나라도 뺏으려 하지만 여성일 때는 대체로 정보를 주었다는 사실이 편견을 갖게도 했다.

Chapter 8

잠결에 폰이 울렸다.

폰에 뜬 번호가 입력이 안 된, 낯선 번호였다. 그가 잠시 잠자코 있었다.

"아저씨, 저 제시카에요."

이번엔 거의 한 달만의 간격이었다.

잠결에 듣는 그녀의 목소리는 예전 같지 않았다.

"네, 무슨 일로 잠도 안주무시고 이른 시간에 전화십니까?"

"멀리 좀 운전해 주세요."

"지금 말입니까?"

"빠를수록 좋아요. LA보다 한참 멀고, 짐도 좀 있어요."

얼마나 멀기에, 하는 생각을 하면서 그가 농담처럼 말했다.

"국경이라도 넘어 가겠다는 건가요?"

그는 미안한 마음이 들어 금세 정중한 어투로 바꾸었다.

"어디죠. 행선지가?"

"워싱턴 주요. 시애틀 시내의 한인 타운까지요"

그는 황급히 잠자리에서 일어났다. 그리고 솔직하게 말했다.

"지도를 먼저 봐야겠는데요."

그는 실제 시애틀의 위치를 정확히 몰랐으므로 그녀가 눈치 채지 못하도록 조심스레 말했다.

"먼 거리인 건 알아요. 혼자 돌아오는 비용까지 드릴게요."

그는 그제야 탁자 위에 있던 수첩을 열었다.

"이번 주말엔 관광 팀이 약속되어 있어서 안 되겠고… 다음 주 월요일은 어떠세요. 목요일부터는 중요한 행사가 있어서 수요일 저녁까지는 돌아와야 합니다."

"좋아요. 약속만 지켜 주시면 대가는 충분히 할게요."

"정확히 말씀을 하셔야지요? 왕복인지, 편도인지?"

"편도로 가는 길에 LA를 들려야 해요."

"한인 타운을 경유하자는 건가요?"

"네,"

그는 정신을 바짝 차리고 노선을 파악하기로 했다. 일단 10분 후에 다시 통화하자고 말하고는 구글로 지도를 찾았다. 생각보다 먼 거리였다. 웹으로 그레이하운드가 가는 길을 보려고 손가락이 북쪽을 향해 캐나다 국경까지 쭉 밀고 올라갔을 때 그녀의 전화가 또 걸려왔다. 수화기로 영어를 사용하는 사람들의 음성과 시끄러운 음악이 새어들어 왔다. 잠이 확실하게 깬 까닭에 그곳이 집이 아닌 바깥이라는 것을 알 수 있었다.

그가 말했다.

“이번엔 시간과 경비를 절약하기 위해서라도 비행기를 타는 게 좋을 것 같은데요. 워낙 멀어요. LA를 차로 가는 건 이해가 되지만 시애틀을 차로 가는 건 여러 면에서 낭비입니다. 공항까지 가고 수속하고 기다리고 한다 해도 5시간이면 충분히 도착하고 짐까지 풀 수 있는 시간을 25시간 훨씬 넘게 운전해서 올라가는 건 무리 같은데요.”

“그걸 모르는 게 아니잖아요. 얼마 드리면 가시겠어요?”

그녀의 음성에 짜증이 섞이기 시작했다.

“라스베이거스에서 프레즈노로 해서 샌프란시스코 지나서 계속 올라가면 적어도 2박 3일은 잡아야 겨우 가겠네요.”

“좀 전에 말했잖아요. LA를 들려야 한다고!”

"그러면 휠씬 멀게 돌아가는 건데, 그래도 쉬지 않고 달려서 2박 3일 잡고, 돌아오는 날은요?"

그는, 그녀가 편도라는 의사 표시를 확실히 했음에도 비용 계산을 위한 확인 차원이었다.

"저는 이주하는 거예요. 돌아 올 때는 혼자 오세요."

그는 이주라는 말에 철저할 만큼 최대한 늘어놓기 시작했다.

"장거리 뛰느라 기름도 많이 들 거고, 다녀와서 자동차 수리까지 하게 되면 숙식비 빼고 삼천불은 받아야겠는데요. 초행이라 어디쯤에서 쉬게 될지 모르니까 숙박비는 상황 봐서 직접 지불 하세요."

"좋아요. 빠를수록 좋으니까 저도 이제 들어가서 한숨자고 있을 테니까 정확한 날짜와 시간 알려주세요."

"네. 그러지요."

그는 간단히 대답하고 전화를 끝냈다.

평소 씀씀이대로 화끈한 성격이라고, 상황을 단순하게 판단한 그는 수첩에 메모를 해가며 치밀하게 계산을 짰다. 굳이 이번 컨퍼런스 팁을 포기하고 가면 그게 그거였다. 더구나 갑자기 가이드를 찾는다는 건 준비과정과 팀의 성격상 쉬운 일이 아니었다. 회사와의 신뢰가 먼저였다. 경비와 시간을 따지자니 가는 것은 렌터카로 가고 돌아오는 날 공항에서 차를 반납하고 저녁비행기를 타면 될 것 같았다. 단 항공편이 저렴하려면 당연히 주말을 끼면 안 된다는 것과 렌터카 역시 지금 자신의 차처럼 고급 차종일 필요는 없었다. 돌아오기까지 넉넉히 3일간이면 목요일부터 시작하는 3박 4일짜리 컨퍼런스 팀도 문제가 없었다. 몸은 녹초가 되겠지만, 적은 액수가 아니라는 생각에 덤비기로 했다.

그는 다시 눈을 붙였지만 자다 깨다를 반복했다. 잠을 설친 덕에 눈을 뜨고도 자리에서 뭉개고 있던 그는 아침 일찍 회사의 항공편 담당직원에게 전화를 걸었다. 자세한 내용을 말하고 통화를 끊자 20분쯤 후 해답이 왔다. 마침 비수기여서 렌터카와 항공편이 생각보다 저렴했다. 저가항공으로 위탁 수화물 없이 주중 요금에 환불이 불가능한 티켓이 세금포함 113불이라고 했다. 거기에다 차편으로 올라가는 동안의 경비와 시간을 최대한 줄이려면 풍광이 좋은 101번 보다는 5번 고속도로를 타는 게 시간상 유리하다고까지 했다. 그는 문득 생각난 길에 시애틀에 지사가 있느냐고 물었다. 그때서야, 그가 속한 회사에는 지사는 물론 시애틀까지는 개별 관광도 하지 않는다는 걸 알았다. 마침 통화 중인 직원이 시애틀에서 15년 살다 왔다면서 지금 막 예약손님이 들어왔으니 차후에 추가 정보를 주겠다고 했다.

전화를 끊고 대충 암산을 하자니 싼 항공권과 렌트카를 회사차원에서 우대할인 받으면 3일 만에 2,500불은 더 남는 장사라는 계산이었다.

그는 미국에 정착한지 몇 해 만에 처음으로 캘리포니아 위쪽의 지도를 상세히 들여다봤다.

오전 11시경에 사무실에 들러 담당직원으로부터 항공편 티켓을 받았다.

알라스카 항공, 시애틀에서 저녁 7시 55분 출발, LA 도착 밤 10시 33분이었다. 값싼 티켓이상의 보너스로 직원으로부터 시애틀의 알려지지 않은 역사, 명소 등을 자세히 얻어들었다.

사무실을 나오자 때맞추어 제시카에게서 전화가 걸려 왔다. 그는 정해진 날짜를 말해 주면서 만날 시간과 장소를 조율했다.

일단 한 가지 일을 해결한 그는 주유소로 향했다. 2년 전 소개 받은 이상도라는 고객을 새로 오픈한 터메큘라의 카지노 호텔까지 데려다 주기 위해서였다.

라스베이거스는 15번 북쪽을 향하는 것이라면 터메큘라는 15번 남쪽 오렌지카운티 방향이었고 거리도 시간 반이면 충분했다. 자투리 시간을 활용한다는 가벼운 마음으로 기름을 넣던 그는 자연스레 한마디가 흘러나왔다.

"생긴 대로 논다더니 터메큘라 카지노는 또 어떻게 알아가지고……"

그는 세차장으로 향했다. 이번엔 부부동반이라고 했던 이씨의 말에 신경이 쓰였던 것이다. 어찌되었든 시애틀 일정 때문에 다음 픽업은 여행사 동료를 소개할 계획이었다.

Chapter 9

다시 물을 긷지 않겠다고 우물에 똥 눌까.

친구의 입바른 말이 야속하긴 했으나 박 여사 자신이 곰곰이 생각하자니 그런 말을 들을 만도 했다. 박 여사는 서운함을 숨기고 거의 도착하면 다시 연락 하겠노라고 말하고는 전화를 끊었다.

H호텔을 운영하던 윌리엄 박 사장의 미망인 박 여사는 남편이 죽자마자 급히 호텔을 정리하고는 전혀 돌아보고 싶지 않던 라스베이거스를 가느라 차 안에 몸을 실고 있었다. 우측 뒷좌석에 앉아 노트에 무언가를 메모하고 있었다. 화장기 없는 얼굴에 흰색 면 브라우스, 검정색 바지차림이었다. 옆에

놓아둔 핸드백은 붉은 줄을 포인트로 넣은 회색 빛깔이었다. 두터운 노트와 안경집, 손지갑 등이 충분히 들어가고도 넉넉한 헝겊가방은 오래전 인사동에서 산 수제품이었다. 검은 색 단화를 신은 그녀는 다 누려본 나머지 이제 더 이상 세상 것에 관심이 없는 듯한 편안한 차림이었으나 맑은 안경 사이로 보이는 눈빛에는 긴장감이 보였다. 목숨이 살아 있는 동안은 누구나 숙제 같은 게 있게 마련이라고, 바보 같은 자신을 위로하면서 다각도로 놓친 것들이 무엇인지를 짚어보고 있었다.

오래전부터 자주 꿈에 보이는 남편의 억울함을 이제라도 풀어 줘야 한다는 생각은 있었으나 지난 몇 년 동안은 법정에서 해결해야 할 일들이 여러 건들이었다. 한꺼번에 밀어닥친 일로 차일피일 미루어 오는 동안에 꿈에 나타나는 남편은 한결같이 처참한 모습이었다. 범인을 꼭 찾아야만 죽은 사람에 대한 도리일 것 같았다. 최근 들어 사건 전후에 대한 종합적인 검토를 해보자 여러 정황상 주변에 의문이 쏠리곤 했다.

현상금을 걸면 증인이 나오겠지. 어차피 도박의 도시 아닌가, 하고 그녀는 중얼거렸다. 남편의 한을 풀기 위해 거액을 걸 작정이었다. 이런 계획을 서울의 시집 식구들이 알게 된다면, 왜 진작 하지 않았느냐고 비난도 하겠지만, 급히 호텔을 판 뒤에 최근까지 변호사를 세 번이나 바꿀 정도로 정신 차릴

틈이 없었다. 호텔을 매각 후, 몇 개월 전부터 결혼식 등 행사를 예약했던 커플이나 행사주최 측의 소송이 끊이질 않았었다. 어떤 커플은 합의금을 받기도 전에 다른 호텔에서 결혼식을 하고는 얼마간 살다가 합의가 끝날 무렵 이혼한 커플이 생겼을 만큼, 그 몇 년간은 결코 짧은 세월이 아니었다.

처음 경험하는 일인지라 당황한 나머지 제대로 알아보지도 못하고 교포신문에 크게 난 광고만으로 변호사를 선임했던 것 또한 실수였다. 첫 변호사는 애초 승산 없는 싸움인 줄 알았으므로 의뢰인 주소가 관심사였던 사람이었다. 박 여사의 우편번호 90210에 해당하는 비버리힐스라는 것으로서 그의 수임료는 이미 천정부지로 정해져 있었다. 한도액을 최대한 높이느라 서로 간에 서면보고를 주고받고도, 오히려 이해를 못하는 부분까지 세세하게 전화로 묻고는 그 대화 시간까지 늘려서 알뜰히 챙기는 것이 목적인 변호사였다. 수임료의 내역서를 받아 볼 때마다 놀란 박 여사는 지인의 소개로 변호사를 두 번이나 더 바꾸어야 했다. 여전히 고소인들과의 합의금이 줄어들지 못한데다가, 거기에 보태서 멀쩡했던 종업원들이 일자리를 잃고 나자 호텔운영 당시 있지도 않았던 상해로 소송들이 늘어나 정신을 차릴 수가 없었다. 그 틈에 변호사는 법원출석을 놓쳐버려 피해자들의 청구금액을 그대로 판결

받은 케이스들도 있었다.

지난 몇 년간, 돈과 혼을 빼앗긴 대가로 수많은 법정 싸움이 하나둘 합의가 늘어나고 사건들이 거의 마무리되어 안도할 즈음, 지난달에는 우연히 발견 된 2cm짜리 종양의 간암 수술까지 받아야했다. 그 몇 년 동안을 버텨내느라 극도로 피곤하다 했더니 종합검사결과 간암이었다. 수술 후유증으로 자리에 누워 지내게 되자 그때서야 사건을 되돌아볼 수 있었다. 호텔을 급매로 처분한 것이 잘한 일이 아니라는 걸 거듭거듭 후회하면서 결단을 내린 결과는 친구의 말대로 다시 그 우물물을 먹겠다고 찾아 나선 꼴이 되고 말았다.

박 여사는 달리는 차안에서 생각 하나하나, 기억 하나하나와 느낌들까지, 그간의 모든 일들을 차분히 되짚어보면서 써두었던 메모에 보태느라 바깥 풍경엔 눈도 주지 않고 있었다.

남편이 죽던 날, 파티가 열리던 옆 호텔은 물론이고 어떻게 자신의 호텔 주차장에 카메라가 작동되지 않았는지에 대한 의문을 번호 14에 동그라미를 치고 메모했다. 박 여사는 잠시 펜 끝을 입에 댄 채 창밖을 보며 생각에 잠겨 있었다.

묵묵히 운전대를 잡고 있는 허 씨는 남편이 살아 있을 때부터의 인연이었다. 비버리힐스의 자택과 라스베이거스를 수없이 오갔고, 시어른들이 교대로 병원에 입원해서 박 여사가 서울을 방문 중일 때는 아이들 등하교까지 책임져주던 사람이었다. 허 씨의 아내 역시 박 여사가 감당 못할 집안 살림을 오랫동안 도와 준 수족이고, 가족 같은 부부였다.

어느새, 빅토빌을 지나고 있었다. 뒷좌석에 앉아 이런 저런 생각 끝에 막상 두려움이 밀려오자 메모를 중단한 박 여사가 운전기사 허 씨를 향해 무겁게 입을 열었다.

"허 과장, 내 생각엔 말이야, 한 사람의 증언이면 모든 걸 돌려놓을 수 있을 것 같은데, 최소 한 명의 목격자는 있을 것 같다는 확신이 들어. 사장님이 자꾸 꿈에 보이는 것도 그렇고. 그 때 내가 서울 가면서 허 과장이라도 사장님 옆에 있게 했어야 했는데 애들 픽업 때문에, 그땐 아이들도 중요한 시기였으니까. 거기까지는 그렇다 해도 내가 호텔을 매물로 내놓겠다고 서명하기로 한 시각에 오퍼가 들어 온 거잖아. 도청이라도 했던 건지, 모든 게 안개속이야. 이제라도 밝혀내야겠지?"

그간의 스트레스와 불안을 잊지 않은지라 그녀의 음성이 고르지 않았다. 그것을 느낀 허 과장이 말했다.

"외람된 말씀이지만, 가자고 하시니까 모시고 가기는 합니다만 마음이 영 그렇습니다. 사모님, 건강마저 잃으시면 자제분들 의지할 곳이 없습니다."

허 과장은 차마 더 자세한 심정은 말하지 못했다. 박 사장이 살해 되었을 당시 서울서 급히 돌아온 사모님도 수사 대상이 아니었던가. 거액의 생명보험을 노린 청부 살해쯤으로 의심하던 경찰 조사가 얼마나 황당했는지를 알고 있는 허 과장이었다. 수사가 헛발질을 한다 싶더니 정작 FBI 등 경찰에서 너무 일찍 자살로 마무리지은 것이 억울하고 아쉬웠었다.

가속페달을 밟고 있는 허 씨의 오른쪽 무릎의 힘이 풀리는 듯 했다. 무릎이 아프다는 걸 핑계 삼아 방향을 틀어 돌아가고 싶은 마음이 간절했다. 호랑이를 잡으려면 호랑이 굴로 들어가라지만, 어설펐다가는 잡혀 먹힐 확률이 높은 긴 토굴이라는 예감 때문이었다.

한편 박 여사는 허를 찔린 듯 '의지할 곳 없는 아이들'이란 대목을 곱씹고 있었다. 이미 명문대학을 입학했거나 입학을 목전에 두고 있는 아이들이긴 했지만, 소원해진 시댁 형제들과의 관계가 걸렸던 것이다. 호텔을 살 때 물심양면 많은 걸 도와 준 시댁 어른들이었으나, 그것 때문에 불만을 품은 형제들과 남편 사이에 다툼이 있었던 탓에 연일 한국 TV뉴스에까지 살해 된 장소가 비춰진 게 원망스러웠었다. 시댁 형제들이 사망 소식을 알고도 왕래가 없었으니, 윗사람으로써 허 씨를 볼 면목도 없었다.

평소 부부사이에 애틋한 사랑은 없었지만 죽으니까 모든

게 덮어졌다. 여자와 술 때문에 속 썩인 세월이 주마등처럼 지나갔다. 부처처럼 참고 살라는 친정어머니 말이 아니었다면, 아이들이 아니었다면 함께 살 이유가 없는 남편이었다. 그러나 막상 죽고 나니까 그런 건 아무 것도 문제가 아니었고, 허망, 온통 허망함 그 자체일 뿐이었다. 다시 살아와서 열 여자를 본다 해도 모르는 척, 눈감아 줄 수 있을 것 같았다.

경찰이 출입금지 시킨, 노란 띠가 둘러져 있던 호텔의 주차장에는 시신은 없었다. 홍건하게 흘려 내린 진득한 검은 피를 보았을 때의 섬뜩함이 떠올려질 때면 지금도 등줄기에서 식은땀이 흘러내리곤 했다. 병원 영안실의 시신을 확인했을 당시의 상황이 다시 무섭게 떠올랐다. 박 여사는 고개를 저었다. 거액의 현상금을 걸어서 목격자를 찾는 일까지만 순조로우면 되는 거라고. 실 끝이 잡히면 모든 게 풀릴 거라고 생각했다.

박 여사는 라스베이거스의 시내에 들어서자 기다리고 있을 친구에게 전화를 했다.

"거의 다 왔나봐."

"그래, 저녁에 주무실 방들 치우고 있다. 찾아 올 수 있지?"

"내가 찾아 가는 거 아니니까 걱정 말고 기다려. 맛있는데 가서 식사부터 하자."

"그래도 들어와서 차라도 한 잔하고 나가야지. 저녁 너무 이르지 않니?"

"늦게 먹는 거 안 좋아. 너희 동네 같은데?"

"그래, 그럼 준비하고 나간다. 전화 끊어!"

전화를 끊은 임 여사는 친구가 곧 당도한다는 말에 화장을 한 번 더 손질하고는 잘 나가던 시절 무리해서 구입했던 샛노란 금시계를 차고 다이아반지도 꼈다. 진주목걸이와 귀걸이에 브로치까지 하고는 기다란 거울 앞에 잠시섰다. 여왕을 만나러 간다 해도 손색없을 정도로 아꼈던 것들을 전부 꺼내 치장을 한 모습이 스스로 만족스러웠다. 빨간 페디큐어를 한 발톱이 살짝 보이는 앞이 터진 하이힐을 신고 다시 거울을 봤다. 도넛냄새가 벤 앞치마를 벗어 버릴 핑계를 만들어 준 친구가 고마울 뿐이었다. 거울을 보며 루즈를 한 번 더 바르고 있을 때 현관벨이 울렸다.

라스베이거스에서 단독건물에 도넛체인점을 하고 있는 동창과는 참으로 몇 년 만의 해후였다. 오랜만에 만나 박 여사가 익히 알고 있던 한식당에서 저녁 식사를 마친 일행은 옛 소유였던 호텔 주변을 둘러보고 있었다. 다시 찾은 호텔은 옛 모습은 온데간데없고 합병된 호텔의 간판만이 금빛으로 빛나고 있었다. 박 여사는 대형호텔로 변신한 옛 부지 앞에서 발을 멈추자 비애와 아쉬움이 교차했다. 걸음이 무거운 듯, 박 여사가 뒤처지자 임 여사가 앞서 걸어가며 속으로 감탄하고 있었다. 비록 라스베이거스에 살지만 비명횡사하고 떠난 친구남편 때문에 이 주변은 발길이 닿지 않았었다. 그러던 임 여사가 걸음을 멈추고는 아깝다는 표현을 기어코 쏟아내고 말았다.

"한 번 쥔 물건은 파는 게 아니라더니……"

허 과장이 뒤 따르고 있었다. 허 과장은 대조를 이루는 두 사모님의 뒷모습을 바라보며 하는 수 없이 엿듣고 있었다.

"그때는 상황이 최악이라 그랬지. 시어머니의 생때같은 아들이 갑자기 살해 됐는데 이거 붙들고 있을 수 있어?"

박 여사는 자존심이고 뭐고 자신의 비참했던 순간을 그렇게 뭉뚱그려 말했다.

남편의 시신 붙들고 울던 때가 엊그제 같은데 그동안 호텔은 몰라보게 변신해 있었다. 재판이 수없이 있어도 직접 와보고 싶지 않아 변호사들에게만 의존했던 불과 몇 년 사이에 격세지감을 느끼고 있었다.

일행은 아치형의 금박을 입힌 간판 아래를 지나 안으로 발을 옮겼다. 인파 때문에 수영장은 미처 보지 못한 임 여사는 수영장 바로 위 천정에 알차게 꾸며진 유리 공예를 보며 감탄사를 쏟아냈다.

"얘, 어떻게 이런 생각을 했지? 예쁜 유리물고기들이 공중에서 노니는 것이 환상적이지 않니?"

임 여사가 인파를 뚫고 가까이 다가가자 수영장의 물이 조명을 받아 색색의 비단결 같았다. 지금 막 자리를 비껴가는 사람들 덕에 황금 조각상이 보였다.

"저것 좀 봐라. 여기 살면서도 이런 멋진 조각 작품이 있는 줄 전혀 몰랐네."

친구의 말이 아니더라도 너무 아름다운 여인의 조각상에서 영감처럼 다가오는 게 있었다.

"우리 애들 아빠가 저 조각상 오프닝 하던 날 밤 그렇게 된 거잖아. 그래서 그런지 내 눈엔 작품이 아니라 요부 같아."

"그건 너의 신랑이 평상시 여자들 때문에 속 썩인 게 쌓여서 그런 거야. 저건 어디까지나 작품이야, 착각하지 마라. 너 호텔 할 때 좀 작품을 많이 사다 걸었어? 저 형상이 한국여자 닮았는데 예쁘게 봐 줘라."

"그게 문제지. 우리 애들 아빠는 언제든 한국여자만 끼고 다녔으니까."

"젊은 여자들 많이 도와줘서 천국 가셨겠다, 생각하고 그 일은 잊어!"

"죽은 것도 여자와 끈이 닿은 게 아닌가 싶어."

"그럼 어쩔 건데? 괴로우니까 얼굴이 까맣게 어두워졌지. 세수는 한 거야? 그렇게 곱던 얼굴이. 아까 말은 못하고 놀랐다는 거 아니니."

지난달에 간암 수술을 했다는 걸 전혀 모른 채 친구가 한 말이었다.

박 여사가 다시 한 번 주변을 둘러보더니 한국 사람이 안 보인다는 게 다행스럽다는 듯 낮은 소리로 말했다.

"외국인들만 있어 다행이다……"

친구가 말을 잘랐다.

"너도 외국인이야! 우리가 한국말을 할 줄 안다는 것뿐이지 저 사람들 눈에는 우리도 외국사람이야. 무슨 말을 하려고 그렇게 벌벌 떠는 거야?"

박 여사가 겨우 들릴 정도로 목소리를 낮추며 말했다.

"현상금을 걸려고 왔어. 마지막 목격자라도 찾으려고."

"돈 많은 게 탈이야. 그냥 잊어버려. 세상에 억울하게 죽은 남자가 한둘이야."

임 여사는 행여 친구가 눈물이라도 쏟을 것 같아 일부러 씩씩하게 말했다.

"꿈에 자꾸 보여."

"혼자 사는 게 걱정 돼서 그러는 거겠지."

"그게 아니야. 평상시 호탕하던 모습은 전혀 안 보이고 매번 흉한 모습으로 나타나."

"경찰이 뭘 할 건데. 여기 경찰들은 달라. 라스베이거스 시내에서 사방 20키로 외곽을 둘러 봐라. 억울하게 죽은 시체들이 한둘인가. 말라 죽어 있어도 범인 절대 안 잡히는 게 여기야. 경찰도 손 못 쓰는 곳이 있단다. 카지노 사업 그냥 하는 게 아니겠지. 마약으로 돈 버는 거 하고 뭐가 다르니? 다른 게 있다면 합법이라는 거야."

"그러니까, 현상금을 걸어서 목격자 찾아서 증언대에 세울 생각이야. 그동안 너무 힘들어서 몰랐는데 정신 차리고 나니까 앞뒤 모든 게 이상해."

"너, 그러다 죽는다. 그냥 잊어."

"내가 나서지 않을 거야. 변호사 시킬 거야. 내가 그동안 배운 거, 느낀 거, 앞뒤 정황 가려서 가르쳐 주고 범인 꼭 찾아낼 거야. 어릴 때 퍼즐게임들을 왜 하나 했더니, 인생이 퍼즐게임인 줄 누가 알았겠니. 완벽한 범죄는 없어. 몇 년 동안 변호사들 보고 느낀 건데 그들도 허술한 면이 많더라. 경찰들도 그렇겠지, 범인이든 경찰이든 허점을 찾아야지."

"잊어라! 근데 저 모델도 모델이지만 어찌 저렇게 조각을 했을까. 여자라도 안고 싶은데 남자들 오죽하겠어. 너무 리얼하지? 저 천정의 듬직한 생선을 잡는 데 쓴 미끼라는 의미인가?"

그림자처럼 그녀들 뒤에 서 있던 허 과장이 살짝 불안을 느끼고 있을 때 다행히도 박 여사가 마무리를 했다.

"너희 집으로 가자, 내일 일찍부터 변호사 사무실하고 경찰서 찾아다니려면 허 과장이 피곤해. 그렇지 않아도 일요일은 쉬는 날인데 따라 오게 해서 미안한데 빨리 쉬게 해야 할 것 같애. 너희 집, 애들도 나가고 없는데 빈 방들 오늘 밤만 쓰자."

임 여사가 두 사람을 번갈아 보며 말했다.

"전화 받고 다 치워놨어요. 너희 집처럼 저택은 아니어도 모르는 사람들 쓰던 호텔 침대보단 나을 거야. 갑시다."

허 과장은 뒷좌석에 나란히 앉은 두 사모님들의 이야기에 어쩔 수 없이 귀를 기울이며 운전대를 잡고 있었다.

"너, 범인 찾으려면 이 차 가지고는 안 돼. 벤츠 550, 이거 약해. 큰 트럭을 타고 다니던지, 비행기타고 다녀. 여기 고속도로에 교통사고 나서 죽는 거 다 트럭이나 쓰레기 수거차들이 사주 받고 밀어 붙인 거래. 일단 시신이 있으면 교통사고로 처리 되니까 간단하거든. 시신 못 찾으면 행방불명으로 십여 년씩 가족들에게 시달리니까 미제사건 전담반에서도 귀찮고. 농가 위장해서 멧돼지든 돼지를 왜 기르는지 아니? 지구가 멸망하면 가장 오래 살 동물이 돼지래. 썩은 것까지 먹는 게 돼지거든. 사람 죽여서 돼지 울에 던지면 순식간이란다. 라스베이거스에서 표적을 두고 정의로운 일을 하려면 일단 차가 커야 무사히 나갈 수 있다는 거 명심해라. 돈들 쓰겠다고 들어오는 거야 오토바이면 어떻겠어."

죽은 남편일과 상관이라도 있는 듯 신중하게 듣던 박 여사가 말했다.

"얘는, 별걸 다 알아."

"내가 모르는 게 어디 있니. IT, IT 하더니 비트코인 나올 때 정말 지구의 버블이 터질 때가 가까웠나보다, 말세구나 했다. 성경대로야. 하긴 인생 맘대로 되냐고. 재판장님 맘대로, 애들 맘대로, 우리가 뭐라고, 그냥 먹고 살다가는 거야. 다 왔네요. 이쪽이 좁아서 너부터 내려야겠다. 과장님, 말 많은 중늙은이들 데리고 다니느라 수고하셨어요."

임 여사의 말을 엿듣는 내내 너무나 섬뜩했던 탓에 허 과장은 어안이 벙벙해 있었다.

"아닙니다."

집안은 깔끔하고 조용했다.

"장거리 운전하시느라 피곤하실 텐데 이 방에서 일찍 쉬세요. 책상에 컴퓨터 쓰셔도 돼요."

허 과장을 대학 기숙사로 간 아들 방으로 안내하고는 두 여자가 응접실에 마주앉았다.

"뭐 마실래?"

"저녁인데도 덥다. 곧 잘 거니까 주스는 안 되고, 시원한 물 있으면 한 잔 줘. 우리 허 과장도 한 잔 주자."

"여긴 시월도 더워. 에어컨을 켜야겠다. 잠깐 기다리면 시원해 질 거야."

임 여사는 세 잔의 유리컵에 물을 따루어 한 잔을 허 과장 방으로 들여놓고 두 잔을 차탁위에 놓았다. 이제 막 폐경이 지난 원숙한 여인 둘이 응접실에 앉아 얼음이 들어간 찬물을 마시며 진지한 표정이 되었다.

"그래, 정말 목격자를 찾겠다고?"

"그럼, 여길 괜히 왔겠니. 너 앞에서 할 말은 아니지만 라스베이거스라는 말도 듣기 싫던 내가 왜, 내 발로 왔겠어. 차타고 오는 동안도 힘들었어. 속 썩이던 남편도 그렇게 보내고 나니까 다 내 불찰 같고, 내가 복이 그것 밖에 안 되는 것 같아서 시어른들에게도 면목 없고, 판단을 잘못해서 얼결에 호텔을 서둘러 팔고나니까 여러 가지 소송에 휘말려서 힘들기도 했지만 많이 까먹었어. 엄마 능력이 그것 밖에 안 돼서 물려줄 재산도 축내고, 아이들에게도 미안 하더라."

"얘, 그걸 말이라고 하냐. 나는 어쩌라고. 다들 라스베이거스, 라스베이거스 해서 뭐 돈 좀 벌려고 들어왔다가 집하고 그 작은 가게건물이나마 반에 반으로 폭락하고, 매상이 오죽하면 인건비 줄인다고 애들 아빠가 밤늦게까지 일하잖아. 내 고집대로 했다가 이 꼴이 됐어. 고집 센 게 다 무식해서 그렇다는 말이 맞아. 그러고 나니까 조심스러운데, 이젠 뭐가 있어야 조심하지. 달랑 가게 하난데. 너라도 계속 호텔을 했더라면 카운터라도 보는 건데. 하긴 젊고 똑똑한 애들 많은데 나한테 그런 일 맡겼겠니? 믿을 수 있다는 것 빼고는."

임 여사는 남편만 밤늦게까지 일하는 것처럼 말했지만 그녀 자신도 365일을 남편과 같이 일하면서 인건비라도 줄이는 처지였다.

친구의 사정이야기를 듣는 둥 마는 둥 산적한 문제를 풀어야하는 박 여사가 말했다.

"너 여기서 13년 넘게 살았으니까 소문 같은 거 들리면 관심 좀 가져 줘."

"현상금 건다며?"

"음, 10만 달러 걸려고. 그래야 범인 주변 사람이라도 배신을 하지."

"만 달러도 아니고, 통도 크네. 뭔가 얽힌 게 있긴 있는가 보구나?"

그만한 돈도 범인만 잡히면 아깝지 않았다. 호텔을 급히 사겠다고 했던 것 등, 연관이 있을 것도 같았으나 심증만으로 될 일도 아니고, 물증을 찾기란 사막 한가운데서 우박을 기다리는 정도로 막막하다는 건 알고 있었다. 그런 생각을 잠시 접고 박 여사가 말했다.

"너, 아까 그 수영장에 조각상 보면서 느끼는 거 없었어?"

임 여사는 끝끝내 학창시절처럼 명랑하고 싶었지만 이 순간 스스로 무너지는 소리를 했다.

"조각이 조각이지 뭐. 너 이러다가 치매 걸리겠다. 우리 나이가 적은 줄 아니? 60이 낼모레야!"

"너, 내일 아침 나랑 그 조각 다시 보러 갈래?"

"그게 뭐 어렵겠어? 기사까지 있겠다, 흙 안 묻이고 돌아다니는 건데."

"너, 대단한 점이 있어서 그래."

"뭐가?"

"너 아까 그러더라, 물속의 여자가 천정의 물고기 잡는 데 미끼가 아니었을까, 하고……"

두 사람은 서로를 마주보며 잠시 말을 잊었다. 임 여사는 한참동안 조각만을 떠올리더니 말했다.

"미끼? 내가 왜 그런 말을 했을까? 아무리 늘씬하고 예쁘게 생겼어도 조각일 뿐인데……"

내일, 월요일 오전에 형사법 전문 변호사와 예약이 되어 있기에 박 여사는 시간을 잘 써야 했다.

"낼 아침 일찍 일어나서 그 호텔에서 브런치 먹자!"

"나야 좋지. 너 집으로 가고도 부탁할 것 있으면 해."

변호사란 라이센스를 빌리는 것뿐, 스스로 뛰어야 한다는 걸 박 여사도 알고 있었으므로 친구의 말이 천군만마를 얻은 듯 옛정이 고맙게만 느껴졌다.

동창들과 왕래가 없어 외롭게 지내던 임 여사는 오랜만에 회포를 푸느라 친구의 피곤함을 눈치 채지 못한 채 그 간의 못한 이야기들을 하기 시작했다.

마주 앉은 박 여사는 이 날의 일정이 무리였던지 소파에 앉은 채 친구의 이야기를 듣는 둥 마는 둥 쏟아지는 졸음으로, 잠깐 정신을 잃을 때마다 얼음물을 마시곤 했다.

Chapter 10

시간은 예측할 수도 없는 항해로 순풍을 달기도 하는가 하면 초강풍에 몰살할 수도 있는 수억 개의 에너지를 동반한다는 사실 앞에 그는 이따금 조바심이 생기곤 했다.

잠든 사이 들어온 메시지를 확인하려고 충전기에서 핸드폰을 뽑아내자 화면엔 아무런 변화가 없었고, 10월 8일 월요일이라는 것만 떠 있었다. 2박 3일 동안 새로운 곳을 구경하고, 새로운 음식도 먹어볼 테고, 느끼고, 잊을 건 잊고, 황제처럼 즐기리라고 일주일 전부터 기대하던 날이기도 했다. 그 기대 속에는 제시카 덕에 늘었던 수입도 이번이 마지막이라는 계산도 들어 있었다.

하루저녁 미리 와서 라스베이거스에서 잤더라면 새벽부터 일어나지 않아도 될 것을 하고 후회하는 마음이 잠시 들긴 했지만 숙박비를 아꼈다는 뿌듯함이 더 컸다.

냉수샤워로 새벽잠을 깨끗이 씻어낸 그는 익숙해진 길을 4시간 가까이 달려서 시간 안에 도착할 수 있었다.

연락 받은 장소는 한식당 간판을 단 업소였다. 이른 시간 그가 안으로 들어서자 마주앉아 있던 여자 둘이 동시에 문쪽을 돌아봤다. 아직 영업을 개시하지 않아서인지 내부에는 서늘한 기운이 감돌고 있었다. 식사 손님이 아닌 것을 알면서도 반기며 먼저 일어서는 여자는 한눈에 식당주인으로 보였다.

"일찍부터 수고하시네요. 저희 손님들 중에도 몇 분이 말씀하셔서 알고는 있었어요."

"예!"

그는 건성으로 대답했다.

"일찍 오시느라 힘드셨지요."

제시카가 자리에서 일어서면서 한 인사였다.

"아닙니다. 이게 다 짐인가요?"

의자 위에 그리고 바닥에까지, 여자들이 들 수 있을 정도의 졸망졸망한 가방들을 바라보며 그가 한 말이었다.

"네."

"그럼 제가 차에 싣겠습니다."

그는 큰 가방 두 개면 충분 할 것을 왜 여러 개를 했을까 하면서 한 손에 두 개씩 네 개의 가방을 들고 나가는데 주인 여자가 말을 걸었다.

"아침 식사는? 명색이 식당에 오셨는데 준비 된 게 없어서……"

"원래 아침은 안 먹습니다. 말씀이라도 감사합니다."

"그럼 커피라도 한 잔 하시겠어요?"

"네, 짐부터 옮겨놓고 오겠습니다. 가능하시면 가면서 마시게 종이컵에 주십시오."

"믹스커피 밖에 없는데 괜찮으세요?"

말끝마다 없어, 없어 라고 말하는 여자가 왠지 딱해 보였지만 그는 내색하지 않고 대꾸했다.

"괜찮습니다."

그는 거르지 않은 채 말이 많은 여자라는 걸 알아차리고는 서둘러 움직이다가 문득 한동안 잊고 있던 도넛가게가 생각났다. 라스베이거스에 처음 오던 날 이후 몇 차례 가기는 했으나 최근에는 한가롭게 들려본 기억이 없었다. 주말에 컨퍼런스 팀들이 회의 중일 때 운전기사들과 동료들을 데리고 오랜만에 꽈배기 도넛을 먹으러 가야겠다고 생각하자 두 부부의 모습이 눈에 더욱 선했다.

짐을 옮기는 일은 제시카도 도왔다. 오며가며 눈에 뜨이는 제시카의 손이 유난히 가늘어 보였다. 첫인상에 비하면 부쩍 여윈 모습에 안색도 확연히 달랐다. 농담을 주고받을 사이라면, 오늘 정말 예쁘네, 옷만! 하고 말할 정도의 분위기였다.

짐을 나르던 그녀가 말했다.

"차 바꿨어요?"

그는 잠깐사이 착한 대답을 찾아야했다.

"아뇨, 어제 딜러에 들어갔더니 손볼게 많아서 며칠 걸린다고 해서 작지만 비교적 새 차로 빌렸습니다."

그는 짐들을 트렁크에 넣으면서 오늘 같은 날 왜 집으로 부르지 않았는지 궁금했지만 차마 묻지 못했다. 짐을 마저 가지러 식당 안으로 들어섰을 때 식당 주인은 종이컵에 담긴 커피를 그에게 건네주면서 말했다.

"영업시간에 오시면 제가 특별 메뉴로 대접하겠습니다. 꼭 찾아 주세요."

"네, 홍보 많이 해 드리겠습니다. 안녕히 계십시오."

그는 듣기 좋은 말을 선뜻 골랐을 뿐이었다.

그때 짐 가방을 전부 자동차 트렁크에 옮겨 넣은 것을 확인 한 제시카가 여자에게 다가갔다.

"언니, 갈께!"

"무슨 일로 가는지는 몰라도 짐이 어지간히도 많네."

"몇 달 바람 쏘이고 온다고 했잖아."

"그래, 잘 다녀와."

여자가 먼저 그녀의 양어깨를 끌어안았다. 그는 두 여자의 포옹이 짧게 끝나자 절절한 관계는 아니라는 것을 알아챘다.

돌아 선 그녀는 그의 뒤를 따라와 운전석 옆에 앉았다. 그는 시동을 걸면서 백미러로 뒤를 보다가 문득 트렁크에 넣어둔 가방 속이 궁금했다. 순간 시애틀에는 지사가 없다는 직원의 말이 떠올랐다. 이 여자가 가진 금괴 정도면 시애틀에 지사를 하나 낼 수도 있지 않을까. 자본만 대고 이윤을 분배하는 것도 괜찮고, 인생마저 동업이어도 손해 볼 것 없겠다는 등 계산기가 머릿속을 복잡하게 굴러다니는 걸 겨우 수습하며 그는 이렇게 말했다.

"멀리 떠나느라 설래서 못 주무셨어요?"

"멀다는 핑계로 기름 절약하려고 차를 작은 걸로 바꾼 건 아니고요?"

그는 첫마디부터 졌다고 생각했다. 날이 갈수록 목 부위에 확연히 드러나는 쇄골처럼 말투에 뼈를 심는 버릇이 생기는 건 아닌지 염려스럽기까지 했다. 성질 건드리지 않으려면 적당한 거리 유지가 필요할 것 같았다.

그는 차창을 모두 내리므로 해서 정확히 알아듣지 못한 것처럼 대답을 회피했다. 라디오에서는 재즈기타 소리가 작게 흐르고 있었다.

그는 주차 상태에서 액셀을 한 번 깊이 밟았다 놓으면서 말했다.

"지난 번 보다 많이 피곤해 보이는데 여행 준비하느라 못 잤어요?"

"사람은 태어나면서부터 죽어가는 거잖아요."

예전 같지 않은 말투는 혹, 바가지요금 때문이 아닐까, 하는 생각이 들었다. 갑작스런 상황에 급브레이크를 밟아도 안전할 만큼 커피를 반 정도 마시고는 잔을 내려놓으면서 그가 에둘러 말했다.

"시애틀엔 좋은 공기 마시러 가세요?"

핸들을 몇 번째 꺾고 큰길로 들어서자 제시카가 말했다.

"흔적만 남기고 가네요."

그는 무슨 소린지 도무지 이해되지 않던 차에 심중에 있는 금을 장난처럼 들먹였다.

"지난번에 금 팔아다 드린 거 다 잃었습니까?"

"잃기도 하고 일부 땄지요. 금괴로 걸었거든요."

"더 따시게 지금이라도 차를 돌릴까요?"

"미련 없거든요."

"그렇게 대단한 상대입니까? 판을 금괴 놓고 하게."

"아마 아저씨 같은 분은 평생을 라스베이거스에서 산다 해도 그런 상대 만나 볼 기회가 없을 거예요."

"괜찮습니다. 그런 분을 이긴 분을 제 차에 모셨는데 무슨 여한이 있겠습니까?"

그는 자신이 폄하 된 것을 이런 식으로 갚았다. 그러자 그녀가 더 세게 나왔다.

"그렇죠. 한 때는 내가 여신이었으니까."

그는 한동안 대꾸할 엄두가 나지 않았다.

파란 신호를 무려 다섯 개나 쉬지 않고 통과했다. 밤에는 어림없는 일이었다. 도시 전체가 광란의 밤을 위한 충전 시간인 듯 아침은 언제나 고요했다.

양쪽으로 엠지엠과 뉴욕 뉴욕이 지나고 자유의 여신상 앞을 지나고 있었다. 르네상스의 양식을 따온 몬테카를로를 지나고 스타들의 광장 할리우드를 지나고 뾰족하게 세워진 에펠타워를 지나고 개선문이 있는 파리 시내를 지나고 거대하면서도 품위를 보여주는 벨라지오를 지났다. 로마의 궁전 시저스 팰리스와 플라밍고가 양쪽으로 나란히 지났다. 스핑크스를 지나고 호텔 윈이 지났다.

그녀는 세계 명소를 재현한 테마 호텔들의 진짜 속셈은 카지노라는 걸 되새기면서 비웃음으로 건물들을 바라보고 있었다. 그렇게 1마일 가량 지나자 코너에는 어김없이 맥도날드의 노란 간판이 보였다. 빠르게 지나치느라 그녀는 자신의 조각이 있는 뒷길의 호텔을 까맣게 잊고 있었다.

둘은 한동안 그렇게 말이 없었다.

그는 한산한 라스베이거스 시내를 벗어나자 이제부터는 달리는 일밖에 없다고 판단하고 액셀을 깊숙이 밟았다. 사막 위에 파란 하늘을 보면서 처음 대면했던 제시카의 모습을 떠올렸다. 뭔가 불편할 만큼 우아했던 인상이 아직도 선명했다. 피부까지 희어서 미인의 조건을 다 갖추고도 굳은 표정에 말 수가 많지는 않았는데 오늘은 특별한 인상을 심어준 것이다. 볼 때마다 단 한 번이라도 같은 옷을 입는다거나 같은 백을 든 적도 없었다. 그랬던 것에 비하면 오늘 짐은 결코 이삿짐인지 여행 가방인지 알 수 없을 만큼 애매모호했다. 복잡하게 머리를 쓰던 그가 말했다.

"가진 것도 많은가 본데 좋은 기억만 담고 가세요. 사실 아까 잘 못 알아들었거든요."

의자에 기댄 채 차창 밖을 내다보던 그녀가 기다렸다는 듯 말했다.

"긴 여행인데 심심하시면 우리 스무고개 할까요? 세상에 공짜 없는 건 알죠?"

그녀의 목소리는 한층 밝아졌다.

"어떻게 여기까지 오게 됐어요?"

상당히 돌격적인 면이 있다고 그는 생각했다. 어쩌면 자신이 먼저 진솔하게 말함으로써 도무지 알 수 없는 이 여자도 속내를 드러내게 될 거라는 생각에 잠시 빙빙 돌던 마음이 못내 입을 열게 했다.

"그리스에서 가이드를 하다가……"

그녀가 그의 말꼬리를 잘랐다.

"그리스의 여신들은 잘 있던가요?"

"신이라면 몰라도 여신들은 다 잊었어요."

"신들과는 사이가 좋았나요?"

뜻밖에도 편안한 분위기를 만들어 준 것에 대한 보답인 듯 그도 적극적인 태도로 말을 이었다.

"어딜 돌아다녀도 죽은 신들과는 사이가 좋았는데 신과

산 사람이 엮이면 알아차린 사람이 파워가 생겨요. 이율배반적으로 들리겠지만 신화가 없는 라스베이거스가 일하기 편한 이유죠. 인간이 신과 돈, 이 두 가지만 모르고 살면 늑대들처럼 화목할 것 같은데 말이죠."

경청하던 자세를 거두고는 그녀가 말했다.

"라스베이거스에 신화가 없기는요. 몇 년 전에 나를 조각한 게 호텔 수영장에 배영하는 자세로 누워 있어요. 내가 죽게 되면 신화가 될 거예요."

그가 당신이었구나, 하고 소리를 지를 뻔 했으나 반신반의하며 꾹, 참으면서 말하고 있는 그녀를 흘끗흘끗 바라봤다.

"이제부터 그 신화에 대해 이야기할 테니 잘 들으셨다가 관광객들에게 쓰세요. 여신이 허락할게요."

낯이 익다 했었다. 오래전 수영장에서 본 그 황금조각상이 이 여자라니. 드디어 오랜 의문에 확신은 들었으나 최대한 차분해지기로 했다. 아부하기에도 늦어버렸다. 불과 몇 분 사이 흥분도 가라앉고 있었다. 감격을 숨기고 그녀를 또 흘끗 보았다.

그녀는 어디서부터 이야기를 늘어놓을지 생각하느라 잠시 하늘을 올려다봤다. 아직 구름 한 점 없는 맑은 하늘은 파랗고 높았다.

그녀는, 이왕이면 앞뒤가 맞아야 할 것 같다는 생각에 길게 늘어놓기 시작했다.

"호텔에 묵는 동안 매일 수영을 했는데, 모델이 되어 달라고 해서 금괴를 받기로 하고 허락을 했어요. 단지 돌이었던 것이 단 몇 개월 만에 감탄할 수밖에 없는 조각으로 탄생한 거예요. 주변 호텔 사장들을 초대하는 준공식까지 거창하게 하더라구요. 모델인 저를 소개하자 엄청난 찬사를 받았죠. 파티가 무르익을 무렵 저에게 다가와 명함을 주는데, 호텔업을 하는 한국인 사장이었어요. 표적이었던 걸 서로 몰랐죠. 그 때까지만 해도 난 스위트(Suite)룸이 달콤한 스위트(sweet)룸인 줄 착각했던 거죠."

그녀가 잠깐 헛웃음을 보이더니 말을 이었다.

"알아차리고 멈췄으면 좋았을 걸!"

몇 년째 거래하는 동안 싹튼 믿음인지 그녀는 부끄러울게 없었고, 털어 놓을수록 죽은 박 사장에게 마음의 빚을 더는 기분이었다. 조각의 모델이 왜 자신이어야 했는지를 알아차렸을 땐, 늦었다는 신호였다고, 그 때를 백 번째 후회하고 있었다.

회상하던 그녀가 말했다.

"그 박 사장과 인사를 나누고 있는데 호텔 회장이 내게 다가와 속삭였어요. 가장 고운 모습으로 그 사람을 현혹하고, 알고 있는 못된 것은 가면으로 가리고 승리하는 게 인생이라고."

"그 놈이 맥베스였군요."

오래전 연극무대에서 맥베스 역을 했던 기억이 무의식중에 튀어나오자, 주워 담을 수 없는 대신 그는 입을 굳게 다물어 버렸다. 듣기만할 때 더 많은 것을 얻는 다는 평상심을 깜박했던 것이다.

제법 말상대가 된다고 생각한 그녀가 다시 입을 열었다.

"라스베이거스의 아버지란 별명을 가지게 된 벨라지오를 지은 스티브 윈이 돈 버는 방법은 딱 한 가지, 카지노 호텔을 짓는 거라고 했다는 말이 라스베이거스의 철학이 된 거 아세요. 그리스의 어떤 철학자와 바꾸겠어요? 죽으면서 고작 닭 한 마리의 빚을 갚아달라던 소크라테스랑 바꿀 것 같아요?"

그는 아무 말도 나오지 않았다. 그리스의 신화를 공부하던 때보다 현존하는 여신의 말을 입력만 하기에도 벅찼다.

그녀가 차창을 올리며 말했다.

"집 안에 카메라가 정착되어 있을 수도 있지 않겠어? 그래서 모든 걸 조심하고 감시 받는다는 생각으로 살았어요. 지금 뭐랄까… 라스베이거스로부터 해방 된 기분! 할 수 없었던 이야기도 하고. 이런 자유를 얻기 위해 많은 것들을 버려두고 온 거죠. 화산이 터지던 폼페이 최후의 날처럼 도망가는 심정으로 짐을 꾸렸어요. 그 심정 이해가 쉽지 않겠지요?"

그 말을 듣는 순간, 그녀가 언제나 차를 타면 안전벨트를 매는 동시에 백미러를 자주 보곤 했던 기억을 더듬었다. 나름 미행하는 차를 확인하려는 것이었으리라. 때마침 그는 속도를 줄이기 시작했다. 고속도로 위에는 타이어가 터져 찢어진 조각들이 여기저기 널브러져 있었다. 20미터 이상 길게 타원형의 검은 타이어 자국이 선명했다.

그때 그녀가 말했다.

"왕세자비였다 하더라도 왕궁을 떠나고도 보호 받을 거라 생각했으면 착각이지."

그는 아무 대답도 하지 않았다.

여신의 이야기를 앞뒤 조합해보면 연결이 될 듯도 했지만 그 주인공이 옆에 있다는 자체로도 죽은 신화만 공부할 때와는 다르게 후끈후끈 안압까지 오르고 있었다. 매번 같은 길을 달리면서도 오늘처럼 긴장한 날이 또 있었을까를 생각하다가 단골도 아닌데 어쩌다가 수지가 떠올랐다. 수지가 들려준 이야기가 생각난 그는 속으로 외쳤다.

'이 도로는 팔자가 센 모양이구나.'

그는 대중이 모르는 이런 이야기를 연속 듣게 된 자신의 삶이 추락한 것 같다는 느낌마저 들었다.

그녀가 다시 침묵을 깼다.

"금이 궁금하죠?"

그녀는 짧게 한숨을 내쉬더니 토하듯 말을 뱉었다.

"나쁜 놈!"

순간, 그녀의 가슴에 지독하게 사무친 말이 욕이 된 줄 모르고 스무고개의 하나인줄 착각한 그가 순발력을 발휘했다.

"염병할 놈이죠."

오랜만에 편안한 대화가 오고가는 것에 위로가 되는 듯, 동지를 얻은 듯 그녀는 마음의 빗장마저 풀고는 활기 띤 어조로 말했다.

"맞아, 그게 더 맞아. 어떻게 그런 말을 할 줄 알아."

그 역시 긴장을 늦추고 어이없다는 듯 말했다.

"이제 말을 놓는 겁니까?"

그녀가 잠시 대답을 늦추더니 꾹 다물었던 작은 입술을 열었다.

"여러 사람이 있는 것도 아닌데 예의 다 지키고 좁은 차안에서 3일을 견디겠어. 차타고 떠날 때부터 그럴까 했는데 놀래서 길에다 내려놓을 것 같아서 참았지. 서로 피곤한데 말 놓자!"

"그러시는 게 편하시다면."

평소 그가 하고픈 말이기도 했다. 인류의 긴 역사로 보더라도 몇 십 년 안팎의 사람들 사이에 위, 아래가 웬 말인가 싶을 때가 가끔 있었다.

그녀가 무슨 심정에선가 여느 때와는 전혀 다른 투로 말했다.

"말 놓는다고 슬그머니 간 볼 생각은 말어!"

"그럴 리가, 감히!"

그가 목에 힘을 주며 말했다.

아직도 순진하자는 건지, 바보인 건지, 그녀 자신도 헛갈렸다. 그래도 집안을 송두리째 흔들어 놓은 이야기는 빼 놓을 줄 아는 그녀가 가벼운 투로 말을 이었다.

"목표를 달성하고 나니까 '떠날 시간이다.' 라면서 금괴 몇 개 주더라구. 스위트룸에서 일 년여 가까이 살다가 쫓겨난 거야. 그 사이 짐도 엄청났지. 방 두개 분량이었으니까. 핸드백들이며 구두가 거의 수 십 켤레라면 믿겠어. 그런 생활을 하다가 이사 나와서부터 금괴 하나씩 팔아서 연명하는 거야. 쫓겨날 당시에는 1온스당 1,800 달러여서 금괴 하나 팔면 병원 다니면서도 한동안 살만 했는데 요즘은 1,200 달러까지 폭락이야. 어떻게 달러 인덱스에 따라서 금값 그래프가 요동을 치지. 종이 달러가 감히 황금하고 맞짱을 뜨냐고."

스무고개 중 하나를 쉽게 넘고 싶은 그는 돌 반지 하나도 사본 일 없으면서 떠오르는 단어 하나를 내뱉었다.

"음모!"

그가 말과 함께 떠오른 건, 유다가 예수를 적에게 판값은 고작 은 300냥이었다는 거였다. 동시에 제시카가 동승했던 날 관광객들에게 가이드로써 팁이나 쇼 티켓 정도를 이야기했던 기억이 떠오르자 쥐구멍을 찾고 싶을 정도로 수치심을 느꼈다. 차라리 그리스가 좋았을까, 하는 생각이 스쳤다. 어쩐 일인지 오랜만에 엑스 와이프 생각이 났다. 라스베이거스와 LA를 오가면서 여러 여자를 만나봤지만 그만한 대화를 주고받던 여자는 아직 없었다고, 하긴 여자를 말로 붙드는 건 아니니까하고 이내 생각을 접었다. 제시카도 애초에 이런 여자는 아니었을 거라고 연민이 느껴졌다. 진진함으로 돌아선 그가 말했다.

"음모보다도 그땐 버블이었지. 터지게 되어 있으니까 버블이지."

그렇게 말하는 그의 속내는 따로 있었다. 그리스 경제에 버블이 꼈을 때 눈치를 챘어야 했다. 그때 버블만큼의 융자를 얻어 집을 샀던 대가가 지금의 처지였으므로 그 자신 스스로 버블에 대해선 할 말이 많았다.

속사정을 모르기는 마찬가지인 그녀가 약이 오른 목소리로 말했다.

"나도 알 거든! 양적완화를 하지 말았어야지. 그러나 언젠가는 금이 귀한 몸값을 할 거라고 믿어. 재벌들이 자식들에게 땅을 물려주고 황금이 될 때까지의 인내를 가르치듯이 작은 거나마 기다려야지. 나 죽기 전에야 열 배로 오르겠지."

그는 그녀의 말을 곱씹었다. 이 시대에도 인내라는 단어가 있던가, 하고. '항문에서 피가 나도록 앉아서 공부 좀 해라' 하시던 아버지 말에, '피가 나도록 앉아서 공부하면 평생 피가 나도록 일하게 되는 거예요. 저는 멋지게 살 겁니다' 라고 대꾸하던, 지금 보다도 철없던 시절을 떠올렸다.

돌아오는 대꾸가 없자 그녀가 말했다.

"핸드폰도 두고 왔지. 추적이 될 거니까. 시애틀가면 바꾸려고 장기 여행자들이 선불로 쓰는 걸 샀어. 지금 그 콘도에는 냉장고도 돌아가고, 타이머를 달아서 저녁이면 방마다 전등들도 켜질 거고, 세면대에는 물을 졸졸 틀어 놔서 물 값도 여전히 나올 거야. 발각 되는 날까지는."

그는 할 말을 잃었다. 바스토우를 한참 지나고 15번에서 10번 서쪽방향을 갈아타고부터 등을 대고 눌러 앉은 걸 보면 오늘도 긴장했다는 것이 역력했다. 그는 왜 그런 느낌을 일찌감치 감지 못했을까하고 미안하고 안쓰러운 마음이 겹쳐 그녀의 표정을 흘끗 살폈다. 침묵이 길어지자 분위기를 바꾸기 위해 그가 말했다.

"좀 더 가다가 내려서 자동차에 기름이랑 우리 배를 채워야 되겠지?"

"나도 그런 생각하고 있었어. 아직 물 한 방울도 못 마셨는데."

"왜? 아침에 그 식당에서 물 좀 마시지."

그가 그런 말을 할 때는 여동생 대하는 듯한 말투처럼 정감이 묻어나고 있었다. 그는 그녀의 나이가 궁금했지만 아직 그 단계는 아니라고 생각했다. 그런 생각의 결과로 그의 말이 용감무쌍할 정도로 튀어 나왔다.

"넌, 얼굴 다 갈아엎은 거냐? 미인으로서 너무 완벽해서 그래.”

“LA 병원에 갈 때마다 조금씩 자가 지방이식 정도 했지. 서른 넘어서 처지는 얼굴을 누가 말리냐. 몇 개월에 한 번씩 주사하는 게 귀찮기는 했지만 내 배에서 기름을 빼는 거니까 이중효과로 허리, 얼굴 유지보수 차원이었지. 이제는 그럴 이유도 없어졌어.”

그는 속으로 여자치고 너무 솔직한 거 아닌가하고 생각했다. 그래도 지난번 피 검사 결과에 대해선 차마 묻지 못한 채 말했다.

“흥분하지마라, 억울할수록. 여자는 예쁘면 다 용서가 된다더라. 더 좋은 기회가 오겠지.”

그녀는 자존심이 상했지만 침착하게 대응했다.

“다 내보이지 마라, 칭찬할수록. 내가 다시 안 볼 거라고 속 많이 보였네.”

그때 도로 정체가 시작되자 옆으로 지나던 차가 앞으로 갑자기 끼어들었다. 놀란 그녀가 말했다.

“크락션 왜 안 눌러!”

“안 돼. 요즘 똘아이 세상이라서 잘못하다간 총 맞아.”

그는 말을 뱉자마자 금세 후회했다.

고속도로 양옆으로 높은 빌딩들이 보이자 다운타운인 것

을 알아 챈 그녀는 서둘러 말했다.

"잊을 뻔했다. 힐스트리트로 가야 돼."

앞뒤로 차가 많이 밀리고 있었다.

"조금 전에 지났는데, 나는 당연히 한인 타운으로 가는 줄 알았지. 다음 출구에서 돌아야겠다."

"천천히 해. 어차피 길 위에서 3일을 각오했으니까."

그 사이 자동차는 고속도로를 빠져나가고 있었다. 잘못 들어선 길이지만 우회전을 몇 차례 하다보면 힐스트리트가 나올 것 같았다. 그러나 생각처럼 그리 쉬운 우화전이 아니었다. 다운타운은 일반통행 표지판이 많다는 걸 알긴 했지만 이 정도로 복잡한 줄은 미처 몰랐던 것이다. 그는 운전에 집중하기 위해 소리가 아주 미약하던 라디오 소리를 완전히 꺼 버렸다. 그때 열심히 바깥 구경을 하던 그녀가 불쑥 말했다.

"어머, 이쪽 봐! 저 거지 완전 예술이야!"

신호등이 교체되는 순간이었다. 그는 브레이크를 밟으며 고개를 돌렸다. 낡은 건물들 옆으로 홈리스들이 텐트촌을 이루고 있었다. 얼핏 보기에 텐트였지, 몇 개만 텐트였고 나머지들은 낡은 비닐과 널빤지 등으로 갖가지 찌그러진 형태를 이루는 바람막이에 불과했다. 그걸 바라보는 그의 모습이 처연했다.

그녀가 목이 잠기는 소리로 겨우 말했다.

"다른 사람들은 텐트가 있는데 저 사람은 텐트가 없으니까 매트리스가 놓인 뒷벽에다 숯검정으로 그림을 그렸잖아. 저렇게 멋지게 살던 집을 잃었나봐."

건물 벽에 숯으로 그린 듯한 벽화가 한 눈에 들어왔다. 구질구질한 매트리스의 머리맡, 콘크리트 담벼락에 테두리가 요란한 화장대와 의자, 뜰에서 바비큐를 하던 장비들과 숯덩이위에 솔솔 연기까지 그려져 있었다. 그녀는 누구든 하루아침에 저런 처지가 될 수 있다고, 집안이 풍비박산 나던 때를 떠올리고 있었다.

"빵~!"

그가 검정벽화와 각양각색의 누추한 풍경을 구경하는 사이 신호등이 바뀌었는지 뒤에서 크락션이 울렸다. 액셀을 밟았다. 운전 중에도 순간순간 백미러를 보았다. 희뿌연 매연 속으로 거지들의 천막촌이 사라져갔다.

"정말 간절한 걸 잘 표현한 그림이야."

그녀가 말하자 그가 냉정을 되찾으려는 듯 말했다.

"뭐가?"

"나 같은 사람도 눈물이 날 지경이니까."

그녀는 가슴에 통증을 숨기고 그 정도로 미약하게 표현했다.

"금이라도 있는 게 다행이기도 하고 부끄럽기도 하네."

그녀가 숨죽인 소리로 연이어 말하자, 그때서야 그가 대꾸했다.

"부끄러워 할 것 없어. 저 높은 빌딩 주인들도 가난은 구제 못해. 넌 몸이 약하니까 남들 생각할 것까지 없어. 인생이 뭔 줄 알아?"

그녀가 단번에 대답했다.

"돈!"

그가 정확한 발음으로 오답을 수정하듯 단호하게 말했다.

"아니, 몸이 다야!"

그녀는 갈라지는 듯한 낮은 소리로 말했다.

"그렇게 쉽게 말하지 마. 돈이 없으면 몸도 유지 안 돼. 미국 사람들도 말하잖아, 머니 톡스!(Money talks!) 돈이 다~라고!"

더 이상 말을 잇지 않는 그녀의 속내는 따로 있었다. 그때 외갓집이 아니었다면 저런 모습이 되었을 거라고, 처참했던 시절을 떠올리고 있었다.

그는 여전히 변명을 포장하듯 진지한 투로 말했다.

"내가 왜 관광객들에게 팁 후하게 주라고 매번 교육하는 줄 알아. 호텔방 청소하고, 식당에서 음식 나르는 거 쉬운 일 아니거든. 너처럼 생긴 게 뛰어나서 능력 있는 놈에게 뽑힐 확률도 없고. 단지 노동으로 사는 사람들이니까 몸이 다인 거 아니까 건강한 거라구."

"알았으니까 그만 말하고 길이나 잘 봐!"

그는 어쩌다가 몸이 전부라는 말을 그처럼 비루하게 설명해야 했는지 자신 스스로 어처구니가 없었다. 그는 생각난 듯이 화제를 돌렸다.

"야, 거지 동정하지 말자. 얼마 전에 미국 잡지에 난 기사를 봤는데 한국 여자가 대단한 거지를 만났더라."

"거지도 등급 있어?"

"그런 뜻이 아니란 말이야. 어찌어찌해서 유학생이었던 이 여자가 거지가 되었는데, 같은 처지의 남자하고 2년을 그렇게 거리에서 살았대. 그러던 어느 날 이 남자가 갑자기 집에 가야겠다고 하더란다. 그래서 따라 갔더니 완전 재벌급 아들이었다는 거잖아."

"여자는?"

"팔자 고쳤지! 결혼해서 신데렐라로 사니까 타임지에 기사감이 된 거겠지."

"아니, 남자가 제대로 된 여자를 찾으려고 거지가 되어 본 것 같은데. 근데, 미국까지 와서 어쩌다가 거지가 됐을까?"

다운타운의 일방통행을 빙빙 몇 차례 돌다 보니 보석상들이 몰려있는 빌딩이 바로 눈앞에 보였다.

"해보려고?"

"좋은 말하다 왜 그래?"

"너가 진짜 모르는 게 있어. 저 거지들은 대부분이 마약 때문이라구. 너두 차라리 마약 해 볼래? 다 잊어버리게."

"걱정마. 곧 다 잊을 것 같애. 그렇지 않아도 의사가 치매 조심하랬어. 너하고 계산 남은 것도 다 잊을 것 같다."

그는 또 졌다고 생각했다. 그 사이 보석상 거리였다. 공영 주차장으로 들어서자 그녀가 차에서 내리면서 말했다.

"내리지 말고 트렁크 좀 열어 줘. 키 주면 안 돼. 십 분이면 충분하니까 주차권 받고 그냥 앉아있어."

그녀는 말과 동시에 차문을 닫고는 뒤로 돌아갔다. 열려진 트렁크에서 흰 양말 한 켤레를 찾아 핸드백에 넣고는 트렁크 뚜껑을 쾅 소리가 나도록 야무지게 닫았다. 그녀가 빠른 걸음으로 보석상 건물의 현관 쪽을 향해 걸었다.

그는 주차티켓을 받고나자 차를 출구 가까운 곳에 세웠다. 차창을 시원하게 열고는 커다랗게 세워진 주차료 표지판을 읽는다. 15분당 8불씩이라고 쓰여 있었다. 그만큼 지가가 높은 동네겠지, 하고 생각했다. 앞으로는 올 일이 없겠구나, 하고 앉은 자리에서 사방을 살피고 있었다. 그때, 오고 가는 많은 사람 중에 여자 하나가 빠른 걸음으로 걸어오고 있었다. 제시카였다. 그는 순간 전 재산을 차안에 둔 것이 걱정 되어서 엄청 서둘렀겠구나, 하고 생각했다. 그녀에 대한 것은 그것뿐이 아니었다. 여전히 반신반의하면서 오직 금괴씩이나 가지고 뛰어다니는 그녀가 얄미울 뿐이었다.

그녀가 차문을 여는 동시에 자리에 앉으면서 말했다.

"빨리 가자! 이제 송금만 하면 LA는 더 볼게 없네."

그는 시동을 걸기 전, 주차티켓을 그녀에게 주면서 말했다.

"그럴까요? 타운으로 모실까요?"

주차장을 빠져나오기 직전 주차요원에게 티켓과 잔돈을 주고 난 뒤 그녀가 말했다.

"너무 늦었으니까 한인 타운에 있는 환전소 갔다가 김밥 사가지고 가면서 차안에서 먹을까?"

"왜, 하필 김밥?"

그는 그토록 간단한 식사에 실망했으므로 말이 짧고 서늘하게 나왔다. 더구나 회사에서 장거리를 뛸 때는 여행객들

점심식사로 김밥을 몇 상자씩 실어 주곤 해서 질려 있던 터였다.

속사정을 알 리 없는 그녀가 말했다.

"한식은 아침에 들른 그 식당에서 가끔 먹었는데 김밥은 오랫동안 못 먹어서."

출근 시간이 훨씬 지났음에도 보행자가 많아 다운타운을 빠져나가는 것이 쉽지 않았다. 그는 이런저런 걸로 짜증이 났지만 내색하지 않았다.

"맞춤 김밥 잘 하는 집 있어. 결코 실망 안할 거야."

그녀의 김밥타령은 계속 되었다.

"이 동네를 떠나면 먹을 기회가 없을 것 같아서."

자동차는 환전소가 있는 올림픽 방향으로 달리고 있었고, 그는 마지못해 거들었다.

"어려서 소풍가던 날이 그리운 거구나?"

"그것도 있고, 아까 그 벽화보고 마음이 찡해서 식탁에 앉아서 정식으로 밥 먹고 싶은 마음도 없어졌어."

"뭘, 벽화씩이나."

"가다가 그 사람들 햄버거 하나씩 사다주고 갈까?"

그는 순간 '다, 너보다 낫거든.' 이라고 말하려는 걸 참는다. 침묵은 실수를 방지한다는 말이 정말 명언이라고 생각하면서, 까탈스런 투로 말했다.

"그냥 가! 지금부터 스무 시간 이상 달려야 돼!"

"그걸 잊었네."

그녀의 목소리가 잦아들었다.

마침 환전소 앞이었다. 그녀는 언제 다시 기회가 될지 모른다는 생각에 평소와 달리 현금으로 가능한 한도액에 수수료를 포함한 만 달러를 송금하고는 차로 돌아오면서 이런저런 생각을 하고 있었다. 할머니 댁 지붕은 새지 않은지, 난방은 잘 되는지, 석사과정을 공부하고 있는 막내는 학교에 남을 수 있을 런지, 본인이 원하면 취직은 될 건지 등을 염려하고 있었다.

혼자 차안에 남아 있던 금 씨는 단 한 번이라도 아들을 위해 양육비를 보내야겠다는 생각조차 해본 적이 없었기에 잠시 자책하고 있었다.

화장실을 들르고, 김밥을 사고, 주유소를 들른 다음 한인타운을 빠져나가고 있었다. 운전 중에 김밥을 무릎 위에 얹어 놓고 먹어야 했으므로 언짢은 마음이 살짝 들었으나 막상 김밥 하나를 입에 넣자 깻잎향이 의외였다.

한인타운의 바운더리이기도한 웨스턴은 엄청 밀리고 있었다. 천천히 먹기에 알맞은 속도였다. 웨스턴과 6가 길을 지날 때 코너 건물 위에 커다란 광고판이 눈에 뜨였다. 그가 음식물을 꿀꺽 삼키며 말했다.

"저 광고판 좀 올려다봐. 랍스터 뷔페를 화요일하고 목요일만 한데."

그는 지난주에도 서울서 온 이 씨 내외 때문에 카지노 호텔이 있는 터메큘라에 다녀왔으므로 랍스터 광고를 한두 번 본 것이 아니었으나 모른 척 화제를 삼았다.

"미끼구나! 카지노 호텔인거 보니까."

"한인타운에서는 그냥 먹고만 오면 되는 거리기도 해. 여기서 한 시간 반 정도 거리야."

"그게 가능해? 먹고만 오는 게? 카지노 손님이 적은 요일을 골라 미끼로 던진 거지."

그녀는 김밥을 씹다가 입을 가리고는 아는 상식만큼 쏟아냈다.

"그럼, 뭘 얻겠다고 한글판 광고까지 했을까?"

그는 김밥을 또 하나 씹다가 삼키면서 내숭을 떨었고, 그녀는 이상도를 떠올리며 말했다.

"현찰 많은 사람들?"

"바보야! 집은 물론이고 전 재산을 다 털린 사람이 한둘인 줄 알아?"

"랍스터를 미끼로 전 재산을 넘보는 거라면 광고비 너무 적게 쓴 거 아니야?"

그녀는 말을 마무리하면서 김밥 하나를 또 집었다.

"너도 쓰는 걸 좀 배워라."

그녀는 그제야 김밥이나 먹게 된 걸 빗대서 한 말이라는 걸로 알아들었으나 개의치 않았다.

유니버설 시티로 빠지는 도로 표지판이 막 지났다. 언덕 위로 유니버설 시티 광고용 빌보드가 보였다. 달려오던 중 유난히 정체가 심한 상태라 고속도로인지 로컬인지 구분이 안 될 정도였다. 그는 정체가 심한 동안 김밥을 마저 끝낼 수 있었다. 물병에 이어 나무젓가락까지 제시카에게 건네주고 나자 때맞추어 차들이 조금씩 속력을 내기 시작했다.

차에 부착된 시계가 오후 1시 28분에 있을 때, 그는 101번 고속도로 북쪽방향을 달리고 있었다. 그녀는 욕심만 부렸지 김밥을 반 정도 밖에 먹지 못한 채 고개가 한쪽으로 쏠리더니 이내 잠이 들었다.

밥호프 비행장을 지나고 있었다. 국내선 소형 비행기들의 이착륙이 가까이서 보였다. 그때 핸드폰에서 진동음이 울렸다. 회사동료였다. 그는 차에 연결된 스피커폰이 아닌 걸 다행으로 생각하면서 잠든 제시카를 생각해서 목소리를 최대한 낮추며 말했다.

“운전 중이야, 괜찮아, 말 해.”

“지난주 자네가 터메큘라에 모셔다 준 한국서 온 이상도 씨 부부 말이야, 날더러 수요일에 LA까지 모셔다 주라던 남자가 오늘 새벽에 입원했어! 나도 정신이 없어서 하루 종일 아무것도 못 먹고 이제야 틈이 나서 전화하는 거라구. 지금 뇌수술 막 끝나고 중환자실에 있는데 그분 회사 직원이 뒤처리 도와달라고 해서 여태 잡혔던 거야. 손님 있는데 나중에 할까?”

“괜찮으니까 말해.”

“자고 있는데 연락이 왔더라구. 첫 비행기로 서울로 돌아가겠다고, 어제 밤부터 두통 때문에 약을 사먹었는데도 점점 더 아프다면서. 그래서 달려가서 픽업을 했지. LA 거의 도착해서 빙빙 돌고 어지럽다고 해서 응급실로 들어왔는데 금방 뇌 사진을 찍더니 뇌출혈이래. 다행히 그 부인이 사인을 해서 수술을 했는데 상태가 안 좋아. 처음으로 미국에 왔다는 부인이 일등석 비행기로 서울로 가겠다고 해서 항공사에 물어보니까 중환자는 안 된대. 그래서 병원 측에 상의 하니까, 그 왜 있지, 환자 호송하는 빨간 적십자마크가 있는 헬리콥터! 응급조치 할 수 있는 장비 다 갖추고 의사와 간호사도 같이 목적지까지 가는 거래. 그걸로만 가능하다는데 비용이 20만 달러야. 알라스카에서 기름 한 번 넣고, 하와이에서, 괌에서 그렇게 기름을 네 번 넣고 간다는 것 같아. 지금까지 그 일로 혼비백산한 부인이 아무것도 모르니까 내가 동분서주했지. 자네 시애틀 가는 게 행운인 줄 알어."

"그 사람 처음 볼 때부터 한쪽 눈이 일그러졌고 전에 살짝 중풍이 왔던 것 같더니, 수고비는 충분히 청구하라고."

"충분히 받기는 이 사람아! 수술 팀이 3시간 마다 교체 되고 척추 신경까지 수술비가 거의 백만 달러가 나왔는데 그 부인이 병원비 한 푼 안내고 하루라도 빨리 보험이 되는 서울로 가겠다는 정도야. 남자는 아직 누워서 말도 못하니까, 내가 그랬지, 사인을 왜 했냐고. 그런 기록 있으면 다시 입국도 못하고 한국으로 컬렉션 한다니까 그때서 겁을 먹더라고. 이 사장 직원이 그러는데 LA에 법인으로 빌딩도 두 개나 된다던데, 그런 부자치고 부인이 일처리 하는 것 보니까 품위가 제로야. 부인 설득해서 병원비 최대한 줄여서 내고 의료전용헬기가 계약되는 대로 서울에 큰 병원으로 호송하게 되는 것까지가 문제로 남아 있어. 지금으로써는 앉아서 간다는 건 상상도 못하니까 누워서 가야지. 조금만 늦었어도 가망이 없었다고 하더라고. 자네야말로 정말 운 좋았어!

이런 귀찮은 일이 생길 줄 알고 멀리 도망가는 거 아니야?"

"미안해. 다음엔 좋은 고객 넘겨줄게."

"공치사하려는 게 아니라 워낙 큰일이어서. 그리고 한 가지, 다시 미국에 들어올 때는 훨체어 신세를 져야하지 않을까 싶어. 다시 올 수나 있겠어? 아무튼 지금 상황이 그래. 저기 그분 부인 나오네. 이상 보고 끝! 조심히 다녀오라고. 목요일 아침에 봐!"

이상도라는 고객 소식이었다. 통화가 끝난 그는 고개를 한쪽으로 꺾은 채 곱게 잠든 그녀를 흘끗 봤다. 통화내용이 길었는데도 꿀잠을 자고 있다는 게 다행스러웠다.

그는 두 손으로 운전대에 집중하면서도 중환자실에 있다는 이상도를 떠올렸다. 작년 봄 언젠가 손님 소개로 알게 된 후, 여러 차례 픽업해준 일이 있었다. 그러다가 이번에는 부부동반인 것도 새로운 일이었고, 장소도 라스베이거스보다는 훨씬 짧은 터메큘라로 바뀐 것이다. 그도 초행길이라 호기심은 있었으나, 수입은 턱없이 작았다. 마침 시애틀이 예정에 있었던 터라 그 일감을 동료에게 밀어버린 거였다. 예순 중반쯤 되어 보이는 이 씨는 부러움을 살 만한 인품은 아니었다. 이 씨를 처음 차를 태우던 날, 누군가와 통화를 하던 내용을 본의 아니게 엿듣게 된 때문이기도 했다.

"세금 좀 더 내더라도 수익을 늘려서 은행돈을 빼돌리는 게 낫지. 절세 같은 순진한 소리는 하지 말게. 지점장하고 행장 좀 집어 주면 되는 걸 답답하긴. 내가 서울서 돈 벌게 된 기초가 뭔 줄 아나? 차관 끌어다 쓰고 부풀린 거야. 우리 선친이 물려 준 거에 비하면 사업 엄청 키워놓은 거 보면 모르나? 은행 중에서도 특히 국책은행이 왜, 년 말마다 결산 보고에서 몇 조 씩 적자를 보고하겠나? 나랏돈 일수록 큰 하수구가 있고 수많은 쥐구멍이 있다는 걸 알아야지. 자네처럼 머리가 안 돌아가는 동기는 못 봤어. 그러다 USC 옆에 있는 건 포기하게 될지도 모른다고. 신세조지고 싶지 않으면 내 머리라도 빌리는 게 좋을 거야."

통화를 끝내자마자 이 씨가 내뱉은 말은 이랬다.

"저런 병신을 동업자라고……"

그는 백미러로 얼굴을 한 번 더 확인했던 것까지 상세히 떠올렸다. 목요일 아침이면 경과를 상세히 듣게 될 거라고, 이 씨 일은 일단 접기로 했다. 비록 부자는 아니지만 터메큘라 정도의 손님은 언제든 양보해도 좋을 만큼 그도 자리를 잡아가고 있었다. 지난 5월에는 회사 가까운 한인타운에 방 두 개짜리 콘도를 살 정도의 여유자금도 모아졌다. 부동산 브로커는 융자를 끼더라도 방 세 개짜리를 권했으나, 그는 그리스에서의 쓰디쓴 경험 때문인지 은행돈을 무서워했다. 그리스의 경제정치에서 경험했듯이 그는 아리스토텔레스의 중용을 지키듯 행복하려면 자신의 능력에서 중간을 벗어나지 말아야 한다는 것과, 낭비도 수전노도 아닌 깐깐할 정도의 절약이 몸에 익숙해져 있었다. 새삼 장거리를 인식한 그는 이 번 일 역시 돈 때문에 욕심을 부린 무리수가 아닌가 하고, 다시는 이런 빠듯한 일정은 잡지 않으리라고 다짐했다.

그 사이 비행장은 다 사라지고 양쪽으로 산등성이만 굽이굽이 지나고 있었다. 금 씨는 잠을 쫓느라 애써 운전대를 잡지 않은 왼손으로 귓불을 잡아당기고 넓적다리를 꼬집었다. 양옆으로 드러누운 누드 같은 황토빛깔 민둥산이 겹겹이 이어지고 있었다. 면도를 한 음부처럼 드문드문 작은 나무들이 겨우 버티고 있는 것 같아 여기까지도 캘리포니아의 가뭄을 실감케 했다. 귓볼에 손톱자국이 남고서야 졸음이 사라지자, 풍광이 제대로 눈에 들어왔다. 하얀 뭉게구름들 사이로 햇볕이 쏟아져 내렸다. 한동안 집이 한 채도 없는 누런 야산들이 끝나자 초록들판이었다. 스쳐 지나치는 너른 채소밭에는 스프링클러 수십 개가 멀리까지 시원하게 솟구치고 있었다. 무슨 채소인지 궁금했지만 옆에 제시카 밖에는 물어 볼 상대가 없는 상황에서 그녀는 아직도 꿀잠에 빠져 있었다.

반대편 차선에는 양파를 가득 싣고 그물망을 씌운 큰 트럭이 4대 연속 지나고 있었다. 도로 양 옆으로는 각기 다른 채소밭이 끝없이 이어졌다.

끝이 안 보이는 넓은 땅에서는 농작물을 엄청나게 키워내고 있었다. 문명의 해택을 외면한, 조상 때부터 탁월한 선택을 한 사람들이 누리는 고귀한 대가라는 생각이 들었다. 태양이 내리 쬐는 한낮인데도 밭일하는 사람들이 보이지 않자 모두 집안으로 들어가 휴식을 취하고 있는 모습이 눈에 그려졌다. 밭일을 할 수 없는 너무 뜨거운 한낮에는 창고에서 뒷일이라도 하던 부지런한 부모님 생각을 하자 문득 버트런드 러셀의 게으름에 대한 찬양을 읽으면서 공감했던 기억이 났다. 과일나무와 채소가 무럭무럭 자라는 동안 잠시라도 근심을 끊고 게으름을 즐길 수 있으련만, 농작물을 자식처럼 정성껏 가꾸느라 스스로 게으름을 용서 안하던 아버지 어머니께 자식노릇 못한 죄스러움과 후회가 밀려왔다. 농사일이나 도왔더라면 현대식 농법을 개발했을지도 모른다는 생각을 하자 인삼밭을 물려받아 성공시킨 곽 씨라는 고객이 떠올랐다. 이제야 너무 먼 길을 돌아 온 기분이었다.

오른쪽으로 어린새끼 같은 묘목들이 쌩쌩 스쳐 지나갔

다. 언제 크려는지 세월이 까마득히 느껴졌다. 가뭄과 태풍에 행여 죽을 세라 지극정성 공을 들인 주인들의 마음이 읽혀졌다. 색다른 농장 하나가 스쳐지나 갈 때마다 대단한 넓이라고 감탄했다. 축구장의 몇 배 크기가 아닌, 몇 만 에이커로 구분지어질 거라고 그는 짐작했다. 쉬지 않고 얼마를 달렸을까, 무의식중에 창을 조금 내렸을 뿐인데, 그래서였는지 화들짝 놀란 그녀가 눈을 뜨더니 곧바로 차창을 바라봤다.

그녀가 민망할까봐, 그가 서둘러 말문을 열었다.

"잘 잤어?"

소 떼들이 한가롭게 풀을 뜯는 모습이 눈에 들어왔다. 그녀를 흘끗 보며 그가 또 애를 썼다.

"저 소들 봐!"

그녀가 작심한 듯 말했다.

"보고 있어."

잠결이었지만 소들을 보는 순간 음메에~ 소리가 정겹던 어린 시절의 외가로 돌아갈 수 있었다.

소목장을 하는 외할머니 댁에는 아저씨들이 아침마다 어미 소들에게서 우윳빛 젖을 엄청 짜내곤 했었다. 소가 새끼를 낳고 조금 있으면 어느새 송아지들은 어미를 졸졸 따라

다녔다. 갈 때마다 무럭무럭 커 있었다. 그때 고사리 손으로 젖을 짜서 송아지에게 주기도 하고, 풀어 놓은 송아지들을 졸졸 따라다니기도 하고, 같이 뛰어다니기도 했었다. 어느 날인가, 트럭에 송아지들을 싣고 가는 것을 보고, 할머니의 치맛자락을 붙들고 엉엉 울던 기억도 났다. 할머니가 숫송아지는 젖이 없어서 파는 거라고 설명한 뒤부터는 우유를 절대 마시지 않았다. 여학교쯤엔 소목장을 가로질러 넓은 도로가 생기자 외가댁에 가는 재미가 전만 못했었다. 새로 지은 양옥집은 생활하기엔 엄청 편리하고 좋았지만 이따금 트럭들의 경적 소리가 들릴 때면 음메에에~ 하고 울던 소들을 더욱 그립게 했었다.

끝도 없이 너른 벌판에서 한가로이 풀을 뜯는 소들을 보며 그녀가 말했다.

"나는 동물들 중에 소 눈이 제일 좋아. 언제 기회 있으면 소들 눈 좀 봐. 큰 눈망울이 얼마나 순한지. 초식만하는 착한 식성에다 사람 몇 몫의 일을 하고 우유도 주고, 죽어선 꼬리에 뼈에 가죽까지 다 주고……"

그는 반가운 나머지 말을 잘랐다.

"내가 소띠잖아. 나도 누군가를 위해서 다 주고 싶은데."

"잘 됐네, 소끼리. 저 형제들 다 가져. 저 정도의 목장이면 대단하잖아. 그걸로 부족하면 땅에 있는 거 전부 다 가져. 난, 하늘 갖을래. 하늘에 있는 건 전부 내거다. 구름도 내 거고. 아, 저기 하늘 높은 줄 모르는 비행기는 너 가져라."

그는 그녀가 잠결에 본 세상을 늘어놓은 것이라고 생각하고는 핀잔하듯 말했다.

"어린애냐?"

속뜻이 통하지 않는 것을 핑계로 그녀가 우측 창가로 고개를 돌렸다. 비행기가 없었다면 미국까지 오진 않았을 텐데, 하고. 비행기를 타던 첫 출장 때, 뽑혔다고 생각한 그날의 어리석음이 부끄러워 비행기 소음조차 괴로웠다. 부러움과 시기의 눈초리를 보내던 동료들 얼굴이 희미하게 떠올랐다. 지금쯤은 엄마로서 한몫을 하며 잘 살고 있겠지 싶었다.

그녀가 과거를 회상하고 있을 때 그는 매순간 변하는 풍광에 충실하고 있었다. 몸집 좋은 얼룩소들이 지나고 이번엔 양 떼들이 보였다. 얼마 지나지 않아 이제는 덩치 작은 염소들이었다. 순하다고 무시했던 놈들이 풀 향기 맡으며 호강하는구나 싶었다. 그는 보여줄 것이라고는 운전 솜씨뿐인 듯 80마일 이상의 속력으로 질주하기 시작했다.

반쯤 기운 석양 때문에 새털구름들의 윗부분만이 온통 붉은색으로 물들고 있었다. 사선으로 조명을 받은 하늘이 지금까지 보아 온 어떤 절경보다 환상적이었다. 커다란 공작의 우아한 깃털인양 멀리까지 붉게 펼쳐지고 있었다. 볼록 나온 새의 가슴인 듯 구름의 두께와 깃털의 엷은 색이 빛의 굴절로 인간의 힘으로는 도저히 흉내 낼 수 없는 특별한 인상을 선물해 주고 있었다. 운전대를 잡은 채 혼자 즐기고 있을 때, 갑자기 하늘에 나타난 하얀 글씨체가 놀라웠다. 'US'라고 제트비행기가 하늘을 날면서 스카이라이팅을 한 모양이었다. 그는 어딘가에 A가 떨어져 있지 않을까하고 주변 하늘을 살폈지만 어디에도 A는 보이지 않았다. 그렇다면 주말도 아닌 월요일 하늘에 '우리'라고 새긴 주인공은 아마도 돈 많은 사람들의 프로포즈거나 기념일이 아닐까 싶었다. 어찌 되었든 스케일이 큰 사람들의 분위기에 초대받은 기분이었다. 그 사이 흰색의 굵은 글씨체가 분필가루처럼 미세하게 흐트러지고 있었다. 빨리 지나기 아까워 속도를 최대한 줄이다가 문득 엄청 큰 연극무대를 떠올렸다. 제트비행기의 꽁무니가 그리면서 떠났을 하얀 글씨와 하늘의 풍성한 색을 그대로 무대배경에 옮기면 기가 막힐 것 같았다.

하얀 글씨가 사라지는 것을 지켜보자니 문득 의도 된 것 같기도 했다. 맹세를 믿느냐는 듯, 하나였던 우리가 섬뜩한 타인으로 바뀌는 건 예정 된 코스라고 가르치는 하늘의 칠

판 같았다. 이제 US는 그렇게 사라져가고 있었다.

그 순간 샤갈의 붉은 톤과 검은 색이 어우러진 강열한 그림을 복사해서 무대미술로 써 먹었던 기억이 났다. 예산이 적었던 탓에 봉사 차원에서 미대학생들이 그렸던 배경이 퇴색도 되지 않은 채 선명하게 오버랩 되고 있었다.

석양이 내려갈수록 구름은 물론 주변의 빌딩들과 멀리 산들의 유난히 고운 파스텔 톤의 변화무쌍함이 감격스러웠다. 그리고 보니 '우리'라는 글씨는 그 시간의 가장 강렬한 하늘색에 맞춘, 모두를 위한 선물 같다는 생각이 들었다. 그는 하늘을 향해 날기라도 할 것처럼 액셀을 힘껏 밟았다.

차창으로 조금씩 찬바람과 바다냄새가 들어오는가 싶더니 그사이 좌측 전부가 짙푸른 바다였다. 태평양이라고 생각하자 그는 찡한 마음에 창을 조금 더 내렸다. 공기가 확연히 달랐다. 차창을 모두 내리고 환기를 시키고 싶었으나 혼자 생각만할 수 없어 그쯤에서 멈추어야 하는 게 아쉬웠다. 태평양을 끼고 구불구불 이어지는 해안길의 숨 막힐 듯한 절경이, 불과 몇 십분 전의 하늘을 절로 잊게 했다.

어스름이 내리자 앞차들의 좌우 후미등이 붉게 빛을 냈고, 반대편 차선에도 노란빛의 전조등을 밝히며 남쪽을 향해 질주하고 있었다.

그는 오고가는 차들의 양 갈래 빛줄기를 바라보며 생각했다. 제시카를 처음 봤을 때의 호감을 준 인상 때문인지, 때늦은 측은지심이 느껴졌다. 먼 길 가는 사람을 작은 렌트카로 했다는 얄팍한 맘이 이제야 들통 난 듯 스스로 부끄러웠다. 이따금씩 그녀의 얼굴을 보며 좋은 공기 보급을 위한다는 이유로 창을 조금씩 내렸다가는, 추울까 해서 다시 올리기를 반복했다.

희미하게 달이 떠올랐다. 구름사이 달무리가 푸근했다. 멀리에선 별이 하나둘씩 반짝이고 도시는 어느덧 어둠과 별빛을 이겨보려는 듯 색색의 전구들이 총동원되고 있었다.

좌측의 검은 바다와 우측 주택가의 밤풍경을 번갈아보면서도 그녀의 얼굴을 한 번 씩 바라보는 것도 잊지 않았다. 장시간의 휴식 때문인지 얼굴에는 분홍빛이 돌았다. 그때, 몸을 좌우로 꿈틀거리더니 두 눈을 깜박거리던 그녀가 말을 더듬었다.

"어디…쯤이야?"

대답하는 그의 목소리는 두어 시간 전보다 훨씬 다정했다.

"좀 전에 산호세 지났고 조금 더 가면 샌프란시스코가 나올 걸."

"아직도 캘리포니아면, 갈 길이 멀었네?"

말 상대가 있어 분위기가 180도 바뀌자 풍경만 좋은 건 아니라고 생각했다. 지쳐가던 몸에 피로가 사라진 듯 말소리조차 힘이 들어갔다.

"한참 멀었지. 그런데 왜, 라스베이거스만 떠나면 되는 거지, 그 먼 곳까지 가는 거야? 경비 많이 써가면서."

그는 궁금했던 것을 배려 차원인 듯이 유쾌한 투로 말했다.

그녀는 딴청을 부리느라 어린아이처럼 혼잣말을 했다.

"목말라."

그녀는 어제 수면제를 먹지 않은 덕에 잠을 설쳤었다. 살던 곳을 떠나면서 며칠째 훑어보고 꼭 필요한 것만 챙기려니 심경이 복잡했었다. 세계적인 명품이라고 귀히 여겼던 것들이 쓰레기로 보이는 순간 꼭 필요한 것만 추리고, 또 추렸었다. 시계도 팔찌도 다 두고 금괴만 챙겼다. 그 일을 하는 내내 물건 하나하나의 기억들이 힘들었다. 그런 과정까지는 다 말할 수 없었지만, 그녀는 편안히 잠을 잤다는 미안한 마음에 친절한 어투로 화제를 만들었다.

"다원상이라는 거 알아?"

"못 들어 봤는데."

"자신의 멍청한 유전자를 스스로 제거함으로써 이 세상에 우월한 유전자만 남기는 데 공헌한 사람에게 주는 상! 미국의 기자가 만든 상이라는데 워낙 어처구니없는 죽음을 당한 사람들이거나 생식능력을 잃은 사람에게 주는 상이라는데 언젠가는 나도 동참해보려고."

그녀의 말소리는 잠끝이라 여길 수 없을 만큼 상큼했다.

"상이라는데 나도 동참하면 안 되나?"

그가 농담으로 뱉어낸 말이었다.

"미국에서 최초로 오리건 주와 워싱턴 주만 안락사가 허가 되었다는 거 알기는 해?"

"키보키언 박사의 죽을 권리는 오래전에 들어 봤지만 난 관심이 없어서 대충만 알고 있지."

"그럼, 안락사법을 가르쳐 줄 필요도 없겠네."

"아니, 가르쳐줘. 백 살까지 살다 보면 필요할 지도 모르니까."

"좋게 말해서 죽음의 선택권인데, 그렇다고 남발하는 건 아니고. 안락사 허용을 엄격하게 해서 그것도 까다로워. 환자의 남은 수명이 6개월 이하여야하고, 내과의사 두 명이 확인하고 불치병 환자로부터 15일 이상 간격을 두고 두 차례 요청이 있을 때만 약을 제공한다나 봐. 약 투여는 본인이

하도록 가르쳐 주고."

그녀의 진지한 설명을 듣고 나자 그가 침울한 음성으로 말했다.

"생명 종식 선택법이라는 거네. 아무리 의사지만 불치병이라는 진단도 그렇고, 더구나 환자의 예상 수명에 대해서 자의적인 판단을 내릴 때의 그 위험성은 또 얼마나 큰 건지 알아? 결국 그 법은 의사의 도움을 받아서 자살을 정당화하는 거잖아. 곧 죽을 줄 알았던 사람이 다시 살아나 기적 같이 건강한 삶을 영위하는 경우가 얼마나 많은데."

그녀가 설명하듯 말했다.

"불치병이라는 진단은 병리검사가 뒤 따르는 거니까 오진에 대한 건 문제가 없어. 재검사 후 병명이 확실해지고 수명이 단축 될 수 있다는 말을 들어 본 사람은 알 거야. 치료가 안 된다고 더 이상 재검사도 필요 없다는 말을 들었을 때, 그게 사형 선고라는 거야. 호스피스병동을 상상하면 이해에 도움이 되겠지."

"너도 그 언젠가를 준비하기 위해서 이 먼 길을 간다는 이야기네, 나는 방조죄고."

그의 말소리는 불안정하게 변했지만 그녀는 달랐다. 마치 남의 이야기하듯 평상심을 잃지 않았다.

"호흡기 달지 말라는 문구를 가슴에 문신으로 새긴 건장한 남자를 수영장에서 본 적 있어. 그땐 그 맘을 몰랐어. 가슴에 청진기를 대는 순간 새긴 글을 읽게 될 의사라면 과연 호흡기를 달아줄까?"

"음."

그는 궁색했으므로 답변이 엉뚱했다.

그녀는 죽음을 오랫동안 생각해 본 사람답게 느긋한 어조로 말했다.

"존엄성에 동의할 걸."

"글쎄."

그는 궁지에 몰릴 때 자주 쓰던 흔한 대답을 이 순간에도 쓸 수밖에 없었다.

"당시에는 문신을 보면서 그 사람이 무슨 생각으로 사는지 생각 못했는데, 지금 생각하니까 용기가 대단히 좋았어."

왠지 그녀에게 성의를 보여야겠다고 생각한 그가 말했다.

"뭐, 우아하게 죽겠다는 거 아닐까. 하긴 의사들도 암이 걸리면 방사선 치료 안하고, 가고 싶은 곳, 보고 싶은 곳으로 마지막 여행 한 번 더 하고 끝에 가선 침대에서 며칠 앓다가 죽는다고 하긴 해. 그래서 여행사가 바쁜 거고, 최고의 사업은 관광지 개발이지."

"나도 병자야."

연이어서 속말까지 털어 놨다.

"충신과 간신을 못 알아 봤어! 나 때문에 죽은 사람은 그래도 단 한 사람인 게 다행이라고 생각해."

그는 무슨 농담이 이래, 하는 마음으로 그냥 듣기만 했다. 그녀가 뱉은 말들을 제대로 조합하지 못하고 있음을 감지함과 동시에 이해하는데도 긴 세월이 필요할 것 같았다. 암담한 그가 걱정스런 투로 말했다.

"시애틀에 아는 사람은 있어?"

"나, 있잖아."

그녀는 태연히 말했다.

"내 몸에 딸려서 가는 나, 둘이 함께 가잖아."

그는 밀려오는 피곤함을 물리치려는 속내를 숨기며 말했다.

"인생이 행복으로 끝나는 사람 봤어? 다 죽어. 그렇지만 마라톤 선수가 골인하고도 힘이 남는 거 봤어? 최선을 다할 뿐이라구."

"죽기에는 젊은 나이니까 다윈 상을 타는 거지."

"도대체 몇 살인데?"

그는 마음속에 잠재 되어 있던 궁금증을 이틈에 쏟아

냈다.

“서른넷. 밥 좀 많이 먹었지?”

그는 가슴에서 뻥 소리가 나는 느낌이었다. 자신보다 훨씬 어린 여자 아닌가. 서른넷에 사연이 이토록 태산 같단 말인가, 하고 잠시 넋을 놓고 있었다.

“넌 나이가 몇 개니?”

딴 생각을 하던 그가 예측을 못했다는 듯 어눌하게 대답했다.

“사 학년 오 반.”

“많이도 먹었네. 젊은 여자랑 타는 거 영광인 줄 알어.”

그녀는 그렇게 태연히 농담을 했다.

“넌, 그것 밖에 못 살 거냐?”

“아예 안 태어난 것 보다는 낫지, 시애틀까지 가고.”

“아, 나도 한 때 너무 힘들어서 이런 구절을 읽었던 게 기억나는데, 전도서 4장인가? 안 태어난 게 축복이라고. 그래도 어른들 하는 말 있잖아. 개똥밭에 굴러도 이승이 낫다고. 여기까지 온 거 후회하면 돌아갈까? 요금 반값! 나도 같이 탔으니까.”

그는 되돌릴 수 없다는 것과 이미 머릿속에 계산 된 왕복 비용을 마음속에 챙겨 넣고 하는 말이긴 했다. 그녀가 답변이 없자 그는 오락가락하며 하루 동안 총체적으로 느낀 복잡한 심정을 간결하게 내뱉었다.

"아, 웃프다!"

"무슨 소리?"

"웃기고, 슬프고, 인생이 그렇지. 지금 상황도 그렇고."

그녀는 애써 명랑하고 싶었다. 그래서 음성을 10대처럼 변조해가며 말했다.

"나 때문이면 다시 금 거?"

"그거 내 이름이야, 함부로 써 먹지 마. 그리고 늦었어. 말 트기는 쉬웠냐? 처음 봤을 때는 라스베이거스에서 제일 예뻤는데."

그 말은 마치 호수의 바닥을 향해 던진 돌처럼 그녀의 기억을 건드려 파장이 일었다. 그녀는 얼굴을 돌리고는 살그머니 눈을 감았다. 그도 부질없는 대꾸였음을 후회하며 양옆으로 펼쳐지는 생소한 길과 풍광에만 집중하고 있었다.

한참을 그렇게 말없이 달렸다.

다시 침묵이 흐르고, 그는 짙어지는 밤바다를 보고 있었다. 하얗게 부서지는 파도가 해안을 따라 계속 이어져 끝이 보이지 않았다. 멀리 고깃배인지 바다위에 불빛들이 보였다. 그래도 무심할 수는 없는지 토라진 건 아닐까하고 그녀를 흘끗 봤다. 그녀는 등을 기댄 채, 차창 밖을 보고 있었다.

드디어 샌프란시스코다. 101번 북쪽 방향을 쉬지 않고 달리다가 샌프란시스코라는 표지판을 보았다. 시내를 돌아보고 싶다는 생각을 꾹 누르고 남의 말 함부로 다루듯 렌터카의 액셀을 마구 밟아 속력을 올리면서 어색한 분위기를 깨려고 한마디 했다.

"누구나 앞 다투어 가긴 가는데, 꼭 가는데, 시간차가 있을 뿐이지. 우린 끝장을 보자."

그 사이 지쳤는지 그녀는 쳐진 음성으로 말했다.

"사람이 뭐라고, 연명하는데 그렇게 많은 비용을 처들이는지."

어설픈 설교를 하려다가 설교를 듣게 된 그가 고집스런 투로 말했다.

"무슨 소리, 그래도 당연 사람이지."

오랜만에 말을 많이 한터라 체력이 딸렸지만 그녀는 지지 않았다.

"변종된 바이러스로 병에 걸린 수 백 년 된 소나무도 선 채로 죽어. 나도 기운이 남았을 때 나무처럼 서서 죽고 싶어."

그는 적절한 말을 찾고 있었다.

"폰 브라운은 아폴로 우주선을 달로 보낸 사람인데, 한 기자가 발사 명령을 내리면서 무엇을 생각했냐고 물었을 때 그 사람이 한 대답이 뭔 줄 알아?”

잠시 기다려도 응답이 없자 성질 급한 그가 대답까지 했다.

“하나님께 기도했대.”

그녀가 짜증 섞인 투로 말했다.

“기도 하라고? 진짜? 송두리째 해방 되는 건 죽음뿐인데도?”

그는 바둑알을 멀리 놓듯 머릿속의 지구본까지 동원하며 말했다.

“인생 한 번 온 여행인데, 이왕 길 위에 떠도는 거 세계여행이나 제대로 해보지 그래? 무거운 금덩어리 들고 다니지 말고.”

그녀는 역시나 했다.

“내버려 둬 줄래. 재수 없게 굴지 말고.”

코너에 몰리자 그도 거칠어졌다.

“넌 도대체 어머니가 어떻게 길렀기에 말버릇이 그러냐?”

그의 당황한 말투에 비하면 그녀는 약이라도 올리듯 차분했다.

“우리 엄만 회장님이셨어, 그래서 무척 바쁘셨지.”

"어디 회장?"

"새마을 운동 회장!"

그녀는 엉터리로 둘러댔고, 그는 진심으로 알아들었다.

"자식이나 돌보지."

그가 무심결에 뱉은 비정한 말 한마디에 그녀는 다시 눈을 감아 버렸다. 1초도 안 걸려서 눈을 감는 건 죽음의 연습이기도 했다. 점점 쉬웠다. 그녀는 다시 눈을 뜨고 고개를 돌리자마자 차창을 내리고는 서늘한 바람에 얼굴을 맡기고, 괴롭거나 슬프거나 분노하거나 원망스럽다기보다 잔잔한 마음으로 지난날을 강물처럼 흘려보내려 애쓰고 있었다. 그래도 이따금씩 생손앓이 하듯 가슴이 콕콕 쑤셔댔다.

오랜 세월동안 수장된 수많은 영혼들의 참다못한 아우성인양 파도소리가 점차 요란해졌다. 바다는 비를, 아니 폭풍우도 두려워하지 않는다는 말을 실감하면서 가랑비 정도에 서러워했던 자신이 부끄러웠다. 허공을 올려다봤다. 밤하늘은 모든 것을 삼킨 채 침묵 중이었다. 유독 선명하게 반짝이는 샛별이라 짐작되는 별이 눈에 들어왔다. 몇 달 사이를 두고 차례로 돌아가신 엄마, 아빠가 사무치게 그리웠다. 큰 별이 자신을 응시하고 있는 것만 같아 외면한 채 멀리 밤하늘을 둘러본다. 저 높이 하늘에서 내려다보는 이 땅은 한 뼘이나 될까, 하는 생각을 하자니 자신의 존재가 점 하나처럼 하찮음을 다시 한 번 실감했다. 언젠가 막내 동생이 늙으신 외할머니가 살아 있어야하는 유일한 이유를, 자손들 따뜻한 밥 해 먹이는거라 하셨다고, 언니, 나와서 같이 살자던 글을 새삼 가슴에 묻는다. 자신의 작은 존재는 죽을 곳을 미리 찾아 헤매는 산짐승처럼 모든 인연들을 놓고 싶은데, 그곳이 가까워오고 있다는 것만이 유일한 위로라고, 세상 어디에도 미련을 갖지 않으려 온전히 관망하듯 느긋한 기분이 되어가고 있었다.

한편 운전대를 잡고 있는 그는 자신이 어떤 화살을 쏘았는지 모른 채, 해안도로를 충실히 달리고 있었다. 거세지는 파도를 보면서 여기서 배를 타고 건너면 만날 것 같은 아직 어린 아들을 생각하고 있었다. 그리스에서 5박 6일 팩키지 관광객들과 섬까지 돌고 오면 피곤으로 지쳐 편도선염이나 치주염을 자주 앓곤 했었다. 노인들의 피곤해서 죽겠다는 말은 피가 곤해서 죽겠다는 말이란 걸 어렴풋이 알아차릴 때도 있었다. 매월 송금하는 것으로 봐서 가족까지 돌봐왔던 제시카의 피곤은 어떤 걸까, 하고 여태까지 늘어놓은 가식적인 말에 미안한 생각이 들었다. 그래도 힘든 이야기를 듣는 건 버거웠다.

멀리 샌프란시스코 시내가 보였다. 산 위에 집들과 불빛이 빼곡했다. 급경사의 언덕 아래를 오르고 내려오는 차들의 불빛이 분주해 보였다. 사진으로 보던 것보다 생동감이 있었다. 샌프란시스코라는 노래가 왜 오랫동안 불려 지는지를 어렴풋이나마 알 것 같았다. 고속도로를 벗어나 시내를 한 바퀴 돌고 싶은 유혹을 억누르기 위해 핸들을 꼭 잡고 속도를 늦추었다.

'시내 구경 좀 할까요?'라는 말은 해서는 안 되는 상황이었다. 아무래도 괜찮았다. 이런 곳을 긴장이 풀린 채 편안하게 지나가고 있다는 것만으로도 고마웠다.

날은 이미 까맣게 채워지고 있었다.

예상치 않았던 골든게이트 브릿지(Golden Gate Bridge)의 푯말이 보였다. 그는 순간적으로 '금문교!'라는 이름을 떠올렸다. 그리고는 '금문교'를 염불하듯 외웠다. 목요일에 맞이하는 서울 컨퍼런스 팀에게는 '금문교'라는 이름을 써야겠다고 머릿속에 입력해 두었다. 그는 이런 상황에서도 얻을 것을 얻는 사람이었다. 언젠가 다시 와서 금문교 위를 걸어보고 싶었다. 멀리 다리 밑을 향하는 대형 유람선이 보였다. 아쉬움이 많았다. 전망이 좋은 곳에 차를 세우고 걷거나 자전거를 타는 이들이 보였다. 야경이 화려했다.

걸으면서 느끼지 못하는 대신 이곳의 공기라도 넉넉히 호흡하겠다는 욕심에 차창을 조금 더 내렸다. 드디어 금문교를 지나고 있었다. 그럴 수밖에 없어서 지나는 길인데 왠지 사치스럽다는 생각이 들었다. 돈을 벌면서도 즐길 수 있는 상황이 또 고마웠다.

누리는 사람은 누린다. 비좁은 차 안에서도 한사람은 우울하고, 한사람은 웃는다는 게, 그의 마음이 차창으로 들어오는 미세한 바람처럼 흔들렸다.

금문교는 녹이 쓸어도 표시가 안 날만큼 짙은 주황색 페인트로 칠이 되어 있었다. 바다를 내다보면서 달렸다. 그리스에서 느끼지 못했던 엄청난 쇠의 힘이 에너지를 발산하는 듯 든든하게 느껴졌다.

자살하는 사람이 많다는 이유로 다리의 난간 가까이 차가 진입할 수 없게 만든 이유를 충분히 알 것 같았다. 그는 2마일 가까운 금문교 위를 달리면서 이름 하나를 얻고, 보고, 느끼고, 다리를 다 건넜을 때는 어린아이처럼 만세라도 부르고 싶었다. 남쪽으로 내려가는 쪽에서만 통행료를 냈으므로 그는 통행료도 없이 다리를 무사히 빠져 나왔다. 왕복을 이용하는 차량들을 위해 한 번만 받는다는 배려겠지만 왠지 즐거웠다. 돌아가는 것은 항공편이기 때문에 다시 이 길로 내려올 일은 결코 없으므로 통행료가 공짜였다는 게 흐뭇했다. 그는 순간 씁쓸한 '공짜'사건 하나를 떠올렸다. 작년 여름인가 여성 셋이서 플로리다로 여행을 갔다가 공짜로 태워주겠다는 선심을 믿고 요트를 탔다가 모녀 셋을 강간한 뒤 벽돌에 묶어 익사시킨 살인 사건이었다. 공짜인 줄 알았다면 이 다리도 피해갔을 거라고. 공짜를 선심처럼 엮은 사기 사건들이 줄줄이 떠오르자 그는 머리를 흔들어 살벌한 생각의 꼬리를 애써 끊었다. 이제 먹고, 자야 할 시간이다. 긴 다리 위를 달리는 동안 긴장했던지 더 이상은 달릴 수 없을 만큼 갑작스레 피곤이 몰려왔다.

숙소를 찾기 위해 고속도로에서 내렸다. 숙소를 먼저 정하고 근처에서 저녁을 먹어야겠다는 생각에 간판들을 읽느라 차를 천천히 몰았다. 고개를 돌려 흘긋 그녀를 봤다. 곧은 자세로 눈은 감은 채였다. 그가 잠긴 음성으로 말했다.

"배 안 고파?"

대답이 없자 그가 다시 말했다.

"8시가 넘었는데 숙소 정하고 저녁 먹읍시다. 저 앞에 호텔로 들어가서 룸 있는지 알아볼까?"

그녀가 느리지만 온전한 음성으로 대답했다.

"너무 피곤해. 내가 돈 드릴 테니까 방 있으면 예약해. 저녁 먹을 곳도 알아보고."

그녀의 음성이 마치 그에게 기대는 연인 같았다. 온종일 좁은 차안에서 말을 트고 같이 지내다 보니까, 아무도 없는 곳에서 의지가 되는 모양이라고 그는 생각했다. 그녀는 지갑에서 벤자민 프랭클린이 그려진 빳빳한 종이 다섯 장을 꺼내 그에게 건넸다.

"작은 룸 두 개!"

그는 차를 주차하자마자 차창 모두를 밑에까지 내리면서,

"질식사하면 안 되니까!" 라며 농담을 했다.

그녀가 배시시 웃었다. 차 안에서 쉬었다고는 하지만 많이 지쳐보였고, 주차장을 걸어가는 그 역시 아침과는 사뭇 다른 걸음걸이였다.

카운터로 다가간 그는 작은 룸 두 개가 없다는 직원의 말에 잠시 망설이다가 싱글베드가 두 개인 룸 하나를 예약했다. 그는 더 이상 그녀를 여성으로 생각지 않았으므로 간단히 처리가 잘 된 듯 싶었다. 방을 예약하고 난 그는 호텔 내에도 식당이 있고 9시까지만 주문가능하다는 직원의 말에 안도했다. 그는 데스크 뒤에 걸린 시계를 올려다봤다. 벽시계 여러 개 중에 현지 시간이 8시 13분을 지나고 있었다. 서둘러 차로 돌아온 그가 말했다.

"호텔 안에 식당이 있는데 9시까지만 주문을 받는다는데 들어가서 식사부터 하자."

"나도 배고파. 방은 있데?"

"여기 영수증하고 잔돈!"

그녀는 거스름돈과 영수증을 확인도 않은 채 커다란 핸드백 안에 밀어 넣었다.

"가방은 저녁 먹고 나서 필요한 것만 꺼낼 거야. 주차하고 차 잠겼는지 확인해줘!"

예민해져서인지 확인 사살까지 하는 말투였다.

"제대로 주차하고 같이 들어가지 뭐."

그 말과 동시에 그는 주차장을 한 바퀴 돌더니 빈자리를 찾아 차를 곧바로 세웠다. 발레파킹이 가능 했지만 그는 애초 자동차 열쇠를 누구에게도 넘길 생각이 없었다. LA 다운타운에서의 그녀의 염려와 지시를 잘 기억하고 있었다. 두 사람은 나란히 걸었다. 로비를 지나 식당 안으로 들어섰다. 그들은 한 쌍의 연인 같았다. 그는 식당에 들어서자 자리 안내를 받으면서도 주위를 두리번거렸다. 혹시 라스베이거스를 경유한 얼굴 아는 관광객은 없는지, 하고.

식당 안은 드문드문 몇 테이블에만 손님이 있었다. 동양인은 한 사람도 없었다. 자리를 안내받자마자 제시카는 화장실을 다녀왔다. 머리를 정돈하고 화장을 고친 티가 역력했다.

그가 맞은편에 앉은 그녀에게 말했다.

"상류사회는 식사 전에도 화장을 고쳐?"

묻는 말엔 대답이 없던 그녀가 메뉴판이 나오자 서둘러 말했다.

"새벽부터 무지 피곤할 텐데 맛있는 걸로 많이 시켜. 맛있으면 뺏어먹을 거야."

우선 웨이터가 음료 주문부터 받겠다고 하자 그는 와인을 주문했고, 그녀는 맥주를 시켰다. 음료수가 나오는 동안 메뉴를 봤다. 그녀는 해물스파게티를 골랐고 그는 16온스짜리 안심스테이크를 시켰다.

접시의 반도 끝내지 못한 그녀는 단 것이 먹고 싶다며 케롤 케이크를 주문했다. 그녀는 식사를 하면서 반쯤 남겼던 맥주잔에 파란 알약 두 알을 넣고 살짝 흔들었다. 그걸 본 그가 당황한 듯 물었다.

"뭐하는 거야?"

"술이 써서."

"싱겁기는."

그는 믿는 척 속아주었다. 비타민이라도 섞는 걸까하고.

그때 그녀가 주문한 치즈케이크가 나왔다.

"좀 가져가."

그녀가 공손하게 권했다.

씹지 않아도 되는 것에는 관심 없는 그는 웨이터를 향해 와인 잔을 들어 올렸다. 눈치 빠른 웨이터가 붉은 포도주병을 들고 금세 왔다. 잔을 들어 와인의 향기를 한 번 더 맡아 본 그가 마시기 직전에 대답했다.

"둥근 시계 판을 조각, 조각 다 써버린 노년처럼, 언젠가 양로원에서 무력해진 치아로 먹어야 하는 내 몫 같아서 싫어."

맛있게 삼키던 그녀가 말을 받았다.

"인생 어차피 짧아. 먹은 것 밖에 안 남아."

식당을 나온 둘은 주차장 쪽으로 향해 걸었다. 그가 트렁크의 문을 활짝 열어 올리자 그녀는 작은 가방하나를 손가락으로 지적했다.

"이것만 내방으로 옮겨줘! 차 잠겼나 확인해."

"돌이야, 쇠야? 왜 이리 무거워."

그는 능청을 떨었다.

그의 굵은 팔목에 힘줄이 솟을 정도로 무게가 느껴졌다.

또 하나의 작은 가방은 그의 제안에도 아랑곳없이 나무젓가락처럼 야윈 손목의 그녀가 들고 앞장섰다. 트렁크를 닫기 직전 그는 트렁크 안쪽에 있던 자신의 가방을 어깨에 가뿐히 둘러메고는 트렁크를 꽝, 닫았다. 그는 걸으면서 이 작으면서도 무거운 가방 속이 궁금했지만 대충 금괴 1kg 짜리가 열 개 이상은 들어있을 거라 짐작했다.

엘리베이터가 3층에서 멈추고부터는 그가 앞장서 걸었다. 복도 중간쯤에 있는 324호 방 앞에 서자 그는 카드를 대고 방문을 열었다. 하얀 커버의 침대 두 개가 나란히 있었다. 방문을 활짝 열어 보이자 그녀가 가방을 든 채 앞서 안으로 들어갔다. 그녀는 창가 쪽에 있는 화장대 위에 핸드백을 얹고, 들고 온 가방은 의자 위에 얹은 뒤 그를 향해 말했다.

"무겁게 왜 들고 서 있어! 내려놔."

그가 가방을 내려놓자 그녀가 말했다.

"피곤하겠다. 가서 푹 자고 아침에 룸 전화로 깨워 줘. 아님, 내 셀 폰 넘버 줄까?"

"필요 없어. 같이 행동하는데 새삼 번호는."

그는 어깨에 메고 온 가방을 문 가까이 있는 침대위에 내려놓으면서 말했다.

"나도 이쪽에서 자야 되는데, 이 호텔에 방이 이거 하나 뿐이래."

그녀가 갑자기 가느다란 허리에 두 손을 얹더니 목청 높여 소리 질렀다.

"야! 꺼져!"

당황한 그는 그녀를 꺾을 작정이었다. 큰 소리가 나도록 쌍기역을 쓸 정도면 꺾어도 상처받을 여자가 아니라고 생각했다. 어차피 젊잖게 굴 단계는 지났다.

"너가 여자야?"

그는 고객에게 할 수 없는 선을 넘고 말았다. 그러나 후회하지 않았다. 그렇게 말하지 않고는 꺾일 기세가 아니었다.

"빨리 나가!"

그녀의 목소리는 안정을 찾았지만 큰 눈이 더욱 커졌다.

"방이 없다고 했잖아!"

"매니저 방이라도 달라고 해!"

그도 더 이상 눌러 붙지 않았다. 그는 자신의 가방을 다시 둘러메면서 말했다.

"차에서 잘게, 아침에 준비 되면 알아서 나와!"

"그럼 왜, 아까 방 없다고 안했어?"

그녀의 톤이 약간은 주저앉고 있었다.

"그런 넌, 왜, 영수증 제대로 안보고 집어넣어?"

"사람 앞에 놓고 어떻게 영수증을 확인 하냐? 넌 그런 사람이야?"

"잘 자! 이 카드가 방 키야!"

카드키 하나를 자신이 차지하려던 침대 위에 던지듯 내려놓으면서 그가 한 말이었다. 그 정도면 예의를 갖춘 인사라고 생각한 그는 지친 표정으로 돌아섰다. 복도를 걸으면서 설마 다시 부르지 않을까하고 기대를 했다. 그 다음으로 생각한 건 방안에 있는 금고였다. 그녀는 금 거래소에서 바꾼 돈을 금고에 넣을 것이고, 더불어 묵직한 금괴도 그 곳에 보관하고 잘 거라는. 밤새 무슨 일이 생기지는 않겠지만 그래도 사고 시에는 자신이 보호자 역할을 하게 될 거라는 한참 빗나간 상상을 하는 동안 어느덧 엘리베이터의 자동문은 로비를 향해 활짝 열려 있었다. 그는 주차장으로 뚜벅뚜벅 걸어갔다. 차문을 열고 자리를 잡은 다음 좌석을 최대한 뒤로 눕히고는 다리를 길게 뻗었다. 비행기를 탄다 해도 이 정도로 누우려면 비즈니스 석 정도는 되는 거라고 스스로를 위로했다. 안전을 위해 차창을 반 뼘 정도 내렸다. 칫솔질도 못한 채 슬슬 잠이 밀려들었다. 멀리서 경비원이 감시하는 것처럼 보였으나 그는 상관하지 않았다. 새벽녘에 LA서 라스베이거스로, 다시 LA에서 일을 보고 쉬지 않고 달려와 겨우 위로가 된 건 태평양의 밤바다를 실컷 보고 금문교라는 이름 하나 얻은 거라고. 각오는 했지만 도착지까지 혼자서 쉬운 일 같지는 않았다. 피곤 때문인지 추위가 느껴지자 그는 차에 시동을 걸고 히터를 틀었다. LA 기온보다 현저하게 떨어진 서늘한 밤이었다. 잡생각을 물리치려고 라디오를 틀었다. 영화 '수면의 과학'의 줄거리가 간략하게 설명 되더니 뒤따라 노래가 흘러나왔다. 처음 듣는 곡이 조금은 장난스러우면서도 유쾌하게 들렸다.

~날 구해 준다면 평생 당신의 친구가 될게요
당신의 침대에 넣어 주세요 겨울에 따뜻하게 해줄게요
즐겁게 장난치는 새끼 고양이들처럼
나도 그렇게 되고 싶어요
당신이 날 구해준다면
난 다시 외톨이가 될 필요가 없겠죠
~난 다시 외로워질 필요 없어요

제법 자신의 신세 같았다. 언젠가 맘에 드는 여인이 나타나면 이런 식의 노래로 막무가내면 되겠다고 그는 가사를 머리에 새기려 애쓰다가 시동을 켜 놓은 채 잠이 들었다. 얼마나 지났을까, 주차장의 밝은 등이 없었다면 귀신인 줄 알았을 터였다. 어찌하다가 코까지 골며 잠이 들었을 때 열린 차창으로 그녀의 가느다란 손이 들어와 그의 가슴을 노크하듯 톡톡 치고 있었다.

그는 잠결에 눈을 떴다. 깨끗하게 화장을 지운 가냘픈 여인이 긴 머리를 늘여 트리고 좁은 차창에 손을 집어넣은 채 서 있었다. 그는 운전석 의자의 버튼을 조절하면서 상체를 일으켰다. 그녀의 손이 차창을 빠져나가는 동시에 두 사람의 눈빛이 차창 틈을 뚫고 마주쳤다.

"떠날까요?"

아직 잠결임에도 불구하고 새벽으로 착각한 그가 임무에 충실한 운전기사답게 말했다.

"맞는 말이야, 내가 무슨 여자겠어. 사람도 아니지. 들어와서 자!"

모자라던 수면과 피곤이 함께 몸에서 가벼이 빠져나가는 순간이었다.

"진작 그러지."

그렇게 대답한 그는 속으로는 '너 근처도 안 간다'는 비웃음을 숨기고 다시 옷가방을 어깨에 둘러멨다.

그렇게 멀리 경비원의 눈에는 두 사람은 다시 화해한 연인처럼 보였다.

그들은 다시 엘리베이터를 타고 3층에서 내렸다. 그는 방에 들어서자마자 화장실로 들어가서 찝찝했던 이를 닦고 샤워도 했다. 욕조에 따뜻한 물을 받고 싶었지만 늦은 시간에 물소리를 더 이상 길게 낼 수도 없거니와, 욕조에 들어갔다간 더운 물 속에 빠져 금세 잠이 들 정도로 전신이 느슨해져 있었다.

타월로 몸을 두른 채 벽장 가까이 다가갔다. 그녀는 이내 잠이 들었는지 돌돌말린 이불로 가녀린 몸을 숨긴 채 창가를 향해 반 정도 엎드려 있었다. 방안은 두껍게 닫쳐진 커튼 덕에 충분히 아늑했다. 그는 희미한 빛을 위해 현관 쪽 불 하나를 남겨 두었다. 평상시 투어 때마다 호텔에 들면 그랬듯이 그는 벽장에 걸려있는 가운을 걸쳤다. 비싼 호텔답게 질 좋은 실크 가운이 몸을 가볍고 부드럽게 감쌌다. 그는 시트 위로 쏟아지듯 누웠다. 이불을 덮지 않아도 좋을 정도의 실내온도였다.

의외로 잠이 쉬 오지 않았다. 불과 1시간 정도 차 안에서 불편한 잠을 잤을 뿐인데 다시 잠들지 못하고 눈을 뜬 채 수첩을 대하듯 하루를 떠올렸다. 그녀가 주절거렸던 많은 말과 캘리포니아의 풍광을 떠올렸다. 라스베이거스의 덩치 큰 호텔들과 카지노들. 언젠가 딱 한 번 태운 일이 있었던 수지라는 여인과 두 다리가 모두 없던 특별한 인상을 심어준 커플도 떠올랐다. 지금쯤은 고무의족은 달았을까, 하는 생각과 함께 다리 없는 사내와 자신을 비교했다. 자신만만해진 그는 몸을 돌려 창가를 향해 돌아누운 여인의 실루엣을 바라봤다. 꼭 끌어안고 싶다는 생각에 가슴이 쿵쾅거리기 시작했다. 이런 기회도 없다고. 수영장의 조각상이 눈앞에 선명해지자 가까이 있는 그녀의 살결을 느껴보고 싶었다.

방 하나만 예약했을 때도 이런 생각을 한 건 아니었다. 그녀가 준 돈으로는 큰방 두 개는 예약할 수 없었다. 방 하나가 349불이었다, 가이드로서 공짜 여행만 하던 그로서도 놀랄만한 액수였다. 팩기지 여행사 상품에는 이런 좋은 호텔이 없었다. 돌아가는 비행기 편을 예약할 때 호텔도 예약을 할 까 했지만 목매달듯이 짜놓은 시간에 간신히 도착하려고 애쓰고 싶지 않았고, 단체관광도 아니고, 주말도 아니어서, 웬만하면 싼 방 두 개 정도는 쉽게 얻을 거라 생각했었다. 더구나 책임감을 전혀 느끼지 않는 홀가분한 여행객이고 싶었던 게 이런 상황을 만들었다고 잠시 후회했다. 먹고, 즐기고, 보고, 끝없이 달리는 며칠이 벅차기는 하겠지만 최대한 간편하고 단순해지고 싶었던 게 떠나기 전의 마음이었다.

마음을 다잡아 보지만 그는 끝내 잠이 오지 않았다. 시계의 추처럼 그의 갈등은 멈추지 않았다. 그때 그녀가 일어나 화장실 쪽으로 조심스럽게 걸어가는 움직임이 희미한 불빛 덕에 윤곽이 그대로 보였다. 짧은 원피스 같은 잠옷이었다. 팬티는 입었을까. 잠시 후 두 차례 연속 변기의 물 내리는 소리가 시원하게 그의 정신을 바짝 깨웠다. 그녀가 그의 발 아래 침대 옆을 막 지났다. 기다렸던 것처럼 그가 침대에서 스프링처럼 훌쩍 일어나 그녀를 힘껏 끌어안았다. 그녀는 두 팔을 빼내려고 버둥거렸지만 충분히 할 수 있는 못된 욕을 입 밖으로 쏟아내지는 않았다. 그는 가벼운 그녀를 침대 위로 엎어 눕혔다.

엎드린 채 고개를 한쪽으로 돌리고는 그녀가 다급하게 말했다.

"나의 가장 큰 트라우마가 뭔지 알아? 나의 백색 꿈이 날아보지도 못하고 강제로 짓밟힌 거야. 다시 그때를 떠올리게 하지 말아 줘. 제발, 제발……"

그녀는 팔다리 근육이 막대가 되도록 힘을 주고 있었다.

"말하지 마! 우리 내일이면, 아니 내일모레면 마지막이야! 움직이지 말고 가만히만 있어!"

그는 그녀의 명주처럼 가벼운 옷을 벗겼다. 한 줌도 안 되는 팬티까지 벗기자 충격이었던 검은 벽지 그림과 사이즈가 닮아 있었다. 몇 해 전, 곽 씨라는 고객과 같이 갔던 전시장에서 본 여자의 엎드린 엉덩이, 남녀의 생식기를 하얀 분필로 스케치한 검은 벽지. 지금은 단 한 쌍의 커플이 어둠속에서 그림의 실체를 드러내고 있는 꼴이었다. 그는 한 주먹에 쥔 잠옷과 팬티를 화장대를 향해 던졌다. 무드를 망가트리고 싶지 않은 그는 짧은 한 마디를 보탰다.

“진짜 예쁘다! 너를 닮은 그 조각상을 만져보고 싶었거든. 다들 그러고 싶을 거야.”

그는 오른손 검지로 그녀의 S라인을 따라 선을 그으며 내려갔다. 마치 검은 바탕에 하얀 분필로 여인을 크로키 하듯이. 그녀의 한 줌 허리를 지나 둥글게 솟은 엉덩이를 따라 내려가고 있었다. 끊임없이 꿈틀거리는 지렁이처럼 그의 손가락이 위치를 바꿔 등 가운데 척추를 지나 꼬리뼈를 향해 내려갔다. 그녀는 베개에 얼굴을 묻고는 미동도 하지 않았다.

그녀의 가느다란 넓적다리 위에 살짝 걸쳐 앉은 그는 손바닥을 그녀의 젖가슴 밑으로 넣었다. 양 손에 꽉차오는 그녀를 뒤집어 안고 싶었다. 얼마만인가. 하지만 그는 그녀의 몸을 뒤집지는 않았다. 그녀의 뱃살이며 허벅지가 점점 경직되는 것을 그는 감지했다.

그녀의 몸은 끝끝내 이성적인 마음을 알아차리듯 방어하는 자세로 모든 근육이 단단해졌고 머릿속은 비참한 생각으로 가득했다. 애초 맘에서 싹트는 사랑이란 게 있는 건지, 짝사랑이라도 흠모해본 사람은 있었던 건지, 껍데기의 허울에 지친 허전함과 자신의 처지가 너무 처참해서 삶을 가능한 빨리 포기하고 싶을 정도가 되자 근육이 서서히 완화되어 갔다.

그는 더 이상 견딜 수가 없었다. 첫 거래를 트던 날의 특별한 느낌을 주던 세련된 인상이 떠오르자 그의 몸이 한층 뜨겁게 달아올랐다. 더구나 라스베이거스에 조각상을 남겨 두고 온 여신이 아니던가. 벽에 붙은 에어컨에서는 약간의 서늘한 기운이 새어 나오고 있었으나 그의 더위는 식을 줄 몰랐다. 아직 벗지 않은 실크 가운이 방패 역할을 하고 있었다. 입술이 바짝바짝 말라갔다. 그러나 그의 이성이 여신과의 동행으로 만족하자고 타일렀다. 그 순간 그녀가 낮에 했던 말이 떠올랐다. 사랑은 해도 아무도 믿지 않는다는. 그 말의 찬기 때문인지 엑스 와이프의 마지막 모습이 겹쳐졌다. 결혼 생활 동안의 체취가 묻은 반쪽으로 잘려진 이불이 생생히 떠오르는 동시에 곽 씨의 핸드폰에서 울리던 음성이

성우가 아니고는 흉내 낼 수 없는 엑스 와이프의 독특한 음색이라는 평소 확신이 되살아나자 팔다리의 힘이 쭉 빠지면서 전신의 근육들이 순식간에 이완되고 있었다.

몹쓸 악몽인 듯 그의 온몸에 식은땀이 흘렀다. 등에서 엉덩이로 여러 차례 이어지던 그의 손길이 서서히 무뎌지더니 잦아드는 소리로 말했다.

"미안해! 조각상을 만져 보고 싶었어! 미안하다!"

곧 이어 그녀의 가녀린 등위로 육중한 형체가 무너져 내리는 것이 거울 속에 희미하게 비치고 있었다.

잠든 그의 모습은 천하를 얻은 듯, 풀어헤친 가운 사이로 늘어진 사지가 보였다. 심하게 코까지 골고 있었다. 헝클어진 속옷과 잠옷을 챙겨 입은 그녀는 자신의 침대에 누워 코 고는 소리를 듣고 있자니 방금 전까지 긴장하며 움츠려 있던 게 억울하기만 했다. 같이 추는 춤처럼 아름다운 것이 섹스라고 상상하던 사춘기가 있었다. 하늘을 향해 길게 뻗은 검지손가락 끝에서 바닥에 닿는 엄지발가락까지 전신으로 이어지는 리듬을 위해 다양한 음악을 듣던 무용시간이 떠올랐다. 친구들과 깔깔 거리던 철없던 시절이 흑백필름처럼 지나갔다. 지난날들의 가치는 짧은 기억으로만 보상받는다는 게 억울했다. 사무치도록 그리워, 그때로 돌아가고 싶다고, 속으로 울부짖었다.

그녀는 눈을 감아 버렸다. 약 기운이 아니었다. 수량을 늘리고도 최근엔 3알을 먹어야 겨우 잠들 정도였다.

겨우 진정된 그녀는 서늘한 마음을 달래려는 듯 가볍고 부드러운 오리털 이불을 목까지 끌어안고는 벽을 향해 돌아누웠다. 담당 내과의 간호사는 언젠가부터 그녀의 혈액을 채취하려면 그녀가 보는 앞에서조차 서슴없이 장갑 하나를 더 끼는 것을 당연시 했었다. 자신의 처지를, 끝없는 추락을, 실체가 없는 그림자 보듯 차츰 주변의 상황을 객관적으로 바라보려고 애쓰기를 반복했었다. 그러라지. 그녀는 더 이상 부끄럽지도, 자존감이 상하지도 않았다. 애초에 눈치 보도록 살고 싶진 않았으니까. 하지만 문득 문득 어린 시절을 온전히 잊을 수는 없었다. 근육을 만들어준 그 시기의 어른들의 사랑 때문에 아직까지 버티어 왔는지도 모른다는 생각에 가슴이 미어지도록 아팠다.

코고는 소리를 다시 의식하는 순간, 죽었는지, 살았는지, 있는지, 없는지도 모를 만큼 미약한 소리보다는 건강하다는 증표여서 차라리 목적지까지의 동행을 위해서라도 든든하다 싶었다. 불빛 휘황찬란한 화려한 도시의 적막한 공간에서 숨죽인 채 살았던 어제까지를 생각하자니 거친 숨소리에 부러움을 느끼기까지 했다.

애써 눈을 감았지만 여전히 잠을 이룰 수가 없었다. 어둠 속에서 눈을 뜨자 방안이 차가운 물 속 같았다. 호텔 수영장에 누워있는 조각상이 분신처럼 눈에 밟혔다. 그녀는 갑자기 한기가 느껴져 이불을 얼굴까지 끌어안으면서, 수영장의 물이 따뜻했으면 좋겠다고 생각했다.

조각상이 일반인들에게 선보인 바로 다음날 카지노 고객 중 한 남자가 물속의 여인을 정신없이 들여다보다가 수영장에 빠졌던 사고가 있었다. 호텔 측에서 옷을 드라이클리닝해주는 동안 가운을 갈아입은 채 조각상 주변을 여전히 배회했다는 것을 비서를 통해 들었었다.

나는 여신이다, 라는 그녀의 소리 없는 외침이 방안을 가득 메웠다. 여신도 아프다고. 그녀는 뒤죽박죽 많은 것을 생각하다가 겨우 잠이 들었다.

방을 예약할 때 그가 부탁해 두었던 웨이크-업 콜이 울렸다. 그는 습관처럼 자리를 박차고 침대에 걸터앉았다. 저쪽 침대에는 그녀가 없었다. 모든 짐은 그대로였다. 대단한 믿음이라고 그는 생각했다.

샤워를 마친 그가 드라이기로 머리를 말리는데 외출했던 그녀가 들어왔다. 아직까지 보지 못했던 그녀의 환한 모습은 마치 오래전 전시장에서 본 단아한 웨딩드레스의 주인 같았다. 목이 없던 마네킹 대신 챙이 넓은 모자를 쓴 모습도 그랬고 굳었던 얼굴에 신경이 되살아난 약간의 표정도 그를 놀라게 했다. 화장과 긴 머리를 다듬은 솜씨 또한 비길 곳이 없었다. 그는 머리를 말리던 채로 눈인사를 했다. 그녀는 어색한 미소로 아침 인사를 대신했다. 저 미소는 어젯밤의 일로 어색함을 지우려는, 배려하는 마음에 온몸을 짜내서 간신히 웃어 주는 거라고 고맙게 받아 들였다. '꺼져!'라는 말을 들었을 때가 차라리 편했다고. 쓰레기보다 더한 말을 듣는다 해도 놀라지 않으리라고 그녀의 변신에 대응할 각오가 되어 있었다. 야윈 몸에는 숨은 상처가 의외로 가득할 것 같아 가슴이 아려왔다. 그는 주섬주섬 옷을 입는 척 고개를 내려야 했다.

조식은 호텔 뷔페를 먹었다. 커피도 두 잔이나 마셨다. 방으로 돌아와 침대 옆 사이드 테이블에 1 달러짜리 3장을 팁으로 놓고는 착한 짐꾼처럼 화장대 위에 그대로 놓여 있던 그녀의 작고 무거운 가방을 너끈히 챙겨들고는 다른 쪽 어깨에 자신의 가방을 메고 호텔방을 나왔다.

아침이어선지 바깥날씨는 싸늘했다. 샌프란시스코만의 특색이 마치 유럽에 온 듯 착각이 일 정도로 이색적이었다.

역시 샌프란시스코라고, 그는 감탄을 나눌 겸 오늘을 각인시키고 싶은 마음으로 말했다.

"전에 샌프란시스코 와 봤어?"

그녀가 순한 얼굴로 대답했다.

"LA 북쪽은 처음이야."

그는 마치 휴가차 온 연인들인 양 나누는 말도 순해지고 있었다.

오늘아침 택한 길도 101번 고속도로였다. 차안에는 그녀가 사용한 향수인지 솔잎향이 은은히 번지고 있었다. 멀리 산에는 밤새 덮었던 이불을 걷어내듯 산안개가 서서히 걷히고 있었다. 양쪽으로 조금씩 열어 놓은 차창 틈으로 제법 쌀쌀한 바람이 불어왔다. 바람은 세상의 사연을 모아오는 듯한 소리와 함께 창틈을 비집고 차안으로 들어와 조용히 숨었다. 침묵의 어색함은 어색한대로 양쪽 차창으로 바람과 바람이 부딪치면서 몰아오는 소리를 느낄 수 있었다.

바람 탓인지 체감온도는 어제보다 훨씬 낮았다. 오리건과 워싱턴에서의 날씨를 생각지 않은 것이 덜컥 걱정스러웠다. 얇은 점퍼정도로 될 것인가, 하고 염려하고 있을 때 그녀가 내렸던 한 쪽 창을 슬그머니 올렸다.

이른 아침, 천혜의 드라이브코스를 즐기자 세상 부러울

게 없었다. 집채만한 구름떼들이 높게 떠 있는 하늘이 지중해를 연상케 했다.

애초 계획을 짤 때는 시간 상 101번 고속도로를 타지 않으려고 했었다. 그러다가, 언제 다시 이런 기회가 있겠는가 싶었다. 시간과 기름을 더 쓰는 만큼 달려오는 동안 보고 즐긴 게 많았다고 그는 대만족했다. 이러다가 시간을 너무 많이 초과하지 않으려면 이제부터라도 101번 해안 도로를 벗어나 내륙으로 방향을 틀어야했다.

어제에 비하면 운전대를 잡은 손이나 액셀을 밟는 다리가 가뿐했다. 어제 아침, 지나온 과거를 이야기하며 조잘거리던 그녀의 음성이 오래전 일 같았다.

그녀가 잠을 청할까 싶어 라디오 볼륨이 많이 내려져 있었던 탓에 신경을 써야 겨우 알아들을 정도였다. 광고가 끝나고 '글루미 선데이(Gloomy Sunday)'가 전파를 타고 있었다. 7살의 안젤리나 졸던 양의 노래라는 소개가 아니었다면 의심의 여지없이 성인 가수와 똑같은 음색으로 착각될 정도였다.

한편 그녀는 낯선 풍경들을 유심히 바라보면서 롤러코스터 같던 자신의 과거를 돌아보고 있었다. 살아오면서 예기치 않던 변수가 한둘이었던가. 불공정 거래를 감히 맞서 볼 수 있을 것 같던 철없던 시절이 떠오르자 자신도 모르게 코웃음이 쳐졌다. 다 크도록 머리를 쓰다듬어 주던 아빠, 자수성가로 이룬 것을 다 잃은 아빠는 저 세상에서 다시 만날 면목조차 없다고, 구차스럽게나마 아직 살고 있다는 게 죄스러워 눈알이 붉어지고 있었다.

그녀의 침묵이 버무려진 절규를 알 턱이 없는 그는 무거운 분위기를 이겨내느라 라디오의 채널을 FM으로 바꾸는 동시에 볼륨을 조금 올렸다. 라흐마니노프의 피아노 협주곡 3번이 흐르고 있었다.

5번 표지판이 나오자 그는 북쪽방향 고속도로를 향해 차선을 바꾸었다. 5번으로 달려야 시간을 단축해서 시애틀까지 쉽게 진입 할 수 있었다.

우측으로 멀리 높고 푸른 산이 보였다. 옆으로는 병풍처럼 늘어진 나무들이 끝없이 이어졌다. 나무 한 그루로 아담한 집 한 채는 지을 만한, 몇 백 년을 자랐을 거목들이 빽빽이 스쳐 지나고 있었다. 침엽수들 사이 자작나무 잎들이 은빛 손을 흔들 듯 반짝거렸다. 그는 라디오를 끄고 좌우 차창을 마저 내리고는 은빛자작나무 숲속을 향해 귀를 기울였다. 그는 순간 달려오는 내내 들었던 지구의 미세한 소리와 색깔들이 엄청난 축복이고 위안으로 느껴졌다. 할 수만 있다면 차를 세우고 숲에 엎드려 아득한 곳에서의 울림을 듣고 싶었다. 사람의 그림자조차 보지 못한 게 몇 시간째라고 생각하자, 그때서야 양 옆으로 속력을 내고 있는 운전자들이 보였다.

해가 정상에서 내려 쪼일 무렵 '오리건 주에 오신 것을 환영합니다'라는 푯말 'Welcome to Oregon'이 반마일 정도 앞에서 보였다. 반대편 차도는 남쪽 방향으로 내려가는 차들이었다. 북쪽을 향하는 차량보다 두 배는 많아 보였다. 그 사이 오리건 주라는 커다란 안내 표지판을 지났다. 임무의 반 이상을 수행했다는 안도감이 들었다.

한 시간 이상 더 달리자 오리건도 낯설지 않았다. 시간이 지날수록 기온이 내려가는 것이 차안에서도 느껴졌다. 내일은 얇은 점퍼라도 걸쳐야겠다고 그는 생각했다.

높고 험악한 산을 깎아 만든 산악지대를 지나고 있었다. 오리건 코스트의 절경들을 보면서 오르락내리락 달리자 기분 전환이 되면서도 그녀의 침묵에 완전히 무관심 할 수는 없었다. 얼핏 본 그녀는 여전히 무거운 표정이었다.

고속도로 옆으로 기찻길이 보였다. 낡고 작은 집들이 촘촘히 지났다. 한참 그렇게 기찻길과 나란히 달리자니 기차역이 보였다. 클래머스 폴스(Klamath Falls, OR)라고 써진 기차역이었다. 미국에 와서 이처럼 역사 있는 기차역을 보는 것도 처음이었다.

같은 방향으로 기차가 지나고 있었다. 기차 중간쯤에 코스트스타라이트(COASTSTARLIGHT), 그리고 이어서 시애틀이라고 쓰여 있는 걸 보니 반가웠다. 시험 답안지를 미리 훔쳐본 것처럼 이 길을 계속 따라가면 시애틀로 들어간다는 확신이 선 것이다.

21세기답게 세련된 외향을 갖춘 기차는 16세기의 느림을 재현하듯 천천히 달리고 있었다. 이층 전망대 칸이 그의 차 바로 옆을 통과하고 있었다. 이층 침대칸 옆으로 열리지 않는 커다란 유리창을 향해 밖을 바라보는 사람들이 안락해 보였다. 심술이 난 그는 많은 사람들이 갇힌 곳에서 균이 득실거리는 에어컨 바람을 쏘이는 것과, 생생한 대지의 향기가 섞인 시원한 바람을 맞는 것과는 비교가 안 되는 거라며 부러움을 달랬다. 그 순간, 인간이 불행을 자각하며 슬퍼하게 된 것은 비교하기 시작하면서라는 전설이 그를 웃게 했다. 비교하는 자 = 패배한 자 = 후회할 것이 많은 자. 그것의 바로미터는 자신이라고. 그는 무엇이든 여전히 비교할 만큼 편치 않았던 것이다.

차창 밖으로 고개를 돌리고 있던 그녀는 기차가 시야에서 멀어지자 푸른 숲 사이사이 검은 색의 고목들을 볼 수 있었다. 선 채로 시커멓게 말라 죽은 것으로 봐서 이 지역이 아마도 아주 오래전에 천재지변으로 죽었다 살아난 도시가 아닌가하고 추측했다. 그러자니 좀 전에 지나온 높고 낮은 산언덕도 그때 융기 된 거라고 연결 지었다. 몇 백 년쯤 자랐을 시커먼 고목들이 푸른 숲 사이사이 기죽지 않고 꼿꼿하게 선 채로 섞여 있어 묘한 느낌을 주었다. 죽을 고비를 넘기고도 다시 이룬 푸른 숲속에는 길게 누워있는 검은 색의 고목들도 적지 않아 보였다.

Chapter 11

상상을 초월하는 모든 방법을 동원해 멀리 보냈더라도 던진 자리에서 한 발짝도 피하지 못하고 받게 되는 거라고. 인생은 부메랑이라더니. 제프는 내색도 못한 채 심정이 복잡했다.

회장 제프는 출근 즉시 심각한 보고를 받았다. 호텔과 호텔, 두 건물 사이를 이었던 구름다리 형식의 천정에 균열들이 보인다는 보고였다.

컬러 사진 카피를 들여다보던 회장이 총괄팀장이 된 매니저를 불러 직접 물었다.

"이런 사진을 누가 찍었나?"

매니저는 얼어붙은 표정으로 말했다.

"독일에서 온 관광객으로 마침 건축공학을 전공하는 학생이라고 했습니다."

듣는 순간 회장의 자존심이 땅에 떨어진 듯 비참한 표정이 되었다.

"큰일이군. 학교에 리포트를 쓰기 위한 거야, 뭐야. 사진이 왜 이리 많아. 그 학생 우리 호텔에 묵고 있으면 방값을 크레딧으로 주고 외부에 사진 유출하는 것은 막아!"

"그렇지 않아도 물어 봤는데 사진을 전공하는 친구들과 그랜드 캐니언으로 해서 아치스 캐니언, 세도나까지 배낭여행을 하기 때문에 일정이 빠듯하다고 로비에서 사진만 프린트해 주고 떠났습니다."

"사진 가지고 우리호텔 이미지 망치는 건 아니겠지?"

"시공에 문제가 있는 것 같다며 전문 업체의 엔지니어를 불러보라고까지 한 걸로 봐서는 진심 어린 조언 같았습니다. 배영하는 조각 작품과 천정의 유리공예가 독특하고 좋았다면서 일행들과 급히 자리를 떴습니다."

매니저의 긴장한 음성에는 바이브레이션이 느껴질 정도였다.

겨우 평상심을 되찾은 제프는 균열 정도라고 애써 마음을 가라앉히고는 매니저에게 지시했다.

"당장 시공에 참여했던 업체 연락해서 조사해보라고 해. 그까짓 틈쯤이야 아무리 많아도 한두 시간이면 커버가 될 거야. 손님들이 적은 시간에 작업하도록 해."

여전히 기세가 등등한 목소리에는 누군가에게 노기가 서려 있었다. 업자, 인부, 그 누구도 아니었다. 아무도 모르게 쏘아 보냈던 화살이 왠지 자신에게 돌아오고 있는 것 같은 불길한 예감 때문이었다.

건설사의 엔지니어링 부서에서 일하는 두 사람이 현장에 도착해서는 광범위하게 조사를 시작했다. 호텔 바닥면과 두 건물 사이의 이음새며, 몇 년 전 시공 당시의 도면까지 샅샅이 살피고 있었다. 기둥과 천정에 사용된 콘크리트와 철근 두께까지 철저히 점검 했으나 정작 균열이 간 높은 천정의 상태는 단순한 문제 같지가 않았다. 수평 자를 천정을 잇는 기둥에 대자 1/2 인치 정도 기울어 있었다. 이어서 꼼꼼히 살피던 엔지니어들은 깜짝 놀랄만한 현상을 발견했다. 천정의 균열들은 그 아래 동전이 수북이 쌓여 바닥이 보이지 않는 수영장 밑바닥의 심각한 균열로 인한 누수 때문이라고 진단을 내렸다.

엔지니어 중 한사람이 일일이 옆에 따라 다니고 있던 매니저에게 말했다.

"최근 이 호텔 수도국의 고지서에 이상한 점 없었습니까?"

"그건 제 담당이 아니라서요."

긴장한 매니저의 대답이었다.

엔지니어는 지진으로 인한 지각변동에서나 볼 수 있는 심각한 정도의 균열에서나 오는 지반 액상화 현상으로 언제든 건물이 통째로 넘어갈 수도 있다는 걸 짐작하면서도 정밀검사 결과까지는 말을 아껴야했다.

"그럼 경리과에 확인해 보시던지 수도국에 직접 전화해서 1년 치, 아니 3년 치를 달라고 해 보세요. 오랫동안 누수로 인한 피해 원인으로 지반 융기가 어느 정도인지 기계를 동원해서 더 정밀한 조사를 해야 할 것 같습니다. 흔히 수영장 물이 증발 되는 걸 생각해서 물이 자동 채워지는 시스템 때문에 표면상으로는 모릅니다. 수영장의 일반적인 균열이라면 청소부들이 쉽게 발견하는데, 저기 수북이 쌓인 동전들이 그걸 발견하는데 방해가 되었을 수도 있었을 겁니다. 조각의 받침대가 원래부터 한쪽이 적어도 3인치 이상 기울어진 모양이었는지는 모르겠습니다. 수영장 청소업체를 불러서 바닥의 동전들을 걷어 주시면 확인이 쉽겠습니다. 그리고 상수도세의 수 년간에 걸쳐 매월 격차도 살펴보십시오. 그동안 저도 기계를 가진 기술자를 불러서 주변 누수 상황을 정확히 파악해 보겠습니다."

매니저는 대답과 동시에 경리실로 급히 뛰었다. 만약 수도료가 엄청나게 차이가 났을 정도의 누수라면 건물 자체가 재앙이란 생각이 들었던 것이다. 그 정도가 아니라도 자신의 징계 사유가 될 수도 있다는 생각에 젊은 매니저의 발걸음이 휘청거리고 있었다.

엔지니어의 직감대로 수도료가 한 달에 거의 삼천여 달러 이상의 차이를 보인지가 최소 이 년 이상이 넘고 있었다. 수도요금 고지서에는 그래프가 지속적으로 오름세를 향해 표기되어 있었으나 경리과에서는 갑자기 늘어난 수도료가 호텔의 실적과의 비례현상이라고 간단히 처리했던 것이다. 그 엄청난 물이 수영장 밑을 빠져 어디로 스며들었단 말인가. 미국인 평균치 IQ보다 조금 높은 수준인 매니저의 안색이 점점 하얗게 질려가고 있었다.

매니저로부터 상황을 보고 받은 회장 제프는 애초 수영장 공사를 서두른 것에는 수긍하면서도 난감한 표정을 감출 수 없었다. 회장 제프는 엔지니어를 직접 만나기로 했다.

건설사에서 나온 엔지니어는 그 사이 컴퓨터로 작성한 조사보고서의 복사본을 제프에게 내밀었다.

다 읽고 난 회장은 엔지니어의 이야기를 직접 듣기 시작했다.

"아직 단정 지을 수는 없지만 문제의 발단은 수영장 같습니다. 수영장 바닥을 보고나서 피해가 어디까진지를 확인해야 하는 게 우선입니다. 수영장의 바닥 균열로 최소 2, 3년에 걸쳐 양쪽 건물의 기초까지 피해를 입었을 가능성으로 서둘지 않으면 건물 붕괴로 이어져 투숙객들의 안전도 장담할 수 없을 만큼 심각한 상태가 예상됩니다."

보고서와 똑같은 설명이었으나 두 번 확인하게 된 제프는 당황하고 있었다. 몇 년 전처럼 멍한 상태가 되었으나 그때와는 비교할 수 없는 충격 상태였다. 공사가 진행되려면 조각을 치우게 될 것이고, 조각대를 걷어내고, 수영장 바닥의 콘크리트를 걷어내고, 흙을 파내고, 거기에 뭐가 있었지. 제프는 다음 생각을 이어가지 못한 채 넋을 놓고 있었다.

금괴로 채운 금고가 있고, 그 밑에 인부의 썩은 시신이 있다고 생각하자 멘붕 상태에 이른 것이다. 어쩌면 시신은 클로락스 덕에 형체가 없어졌겠지만 건장한 남자의 굵은 뼈와 클로락스를 담았던 빈 통은 100년이 가도 썩지 않을 플라스틱이었다. 다 모른다 치자. 금고는, 그것도 모르는 일로 친다 해도 소유지에서 나온 거니까, 금괴는 굴러 들어온 복으로 놀라는 척하고, 극히 일부를 불우 이웃에 장학금으로 기증한다고 장학생 모집 광고를 내면 되겠지, 하고 회장 제프는 와중에서도 유아적인 상상만을 했다.

제프는 순탄하지만은 않을 앞으로의 공사 기간 동안을 추리하기엔 그간에 벌려놓은 이리저리 얽힌 사건이 너무 많았던 것이다. 돈으로 해결해야 하는 공사비용과 영업을 못하는 동안의 손실 같은 건, 엄청나다해도 지금의 그에게는 고민할 가치도 없는 것이었다. 회장 제프는 평소답지 않게 시간을 끌고 있었다.

그때, 엔지니어가 눈빛을 잃은 회장을 향해 말했다.

“결정을 못하시면 저희도 바쁘니까 일단 가보겠습니다. 수영장 바닥의 동전들을 청소하는 즉시 연락 주시면 장비팀하고 다시 오겠습니다.”

거기까지 말하고 일어서려던 엔지니어는 답답한 듯한 표정으로 제프에게 물었다.

“건물 보험은 들어 있겠지요?”

“한 번도 사용한 일이 없어서, 지금 확인하겠습니다.”

매니저가 대답했다.

엔지니어가 나간 뒤에야 제프는 정신을 차린 듯 매니저에게 수영장 청소업체에 연락하는 것과 경리과에 보험료 납부 현황을 확인하라는 지시를 내리고는 자리에서 겨우 일어섰다.

로비로 내려간 제프는 멍하니 서서 높은 천정의 가늘고 긴 균열들을 올려다보고 있었다. 그때 수영장 청소업체 직원 두 사람이 방수복 차림으로 들어섰다. 작업 전에 수영장으로 가는 수도를 먼저 차단시킴과 동시에 몇 년 만에 수영장 하수구의 잠금장치를 풀었다. 수영장의 물이 빠르게 줄어들었다. 부유물정도 제거하기 위한 필터가 달린 청소기로는 어림없는 일이었다. 청소부들은 준비해온 갈퀴와 삽, 플라스틱 통 등을 가지고 물속으로 들어갔다. 5갤런짜리 플라스틱 통들이 동전들로 가득, 가득 채워지고 있었다. 바닥에 깔린 동전들이 거의 걷어지자 바닥이 보이기 시작했다. 세계 각국의 동전들을 담은 5갤런짜리 통들이 수영장 밖으로 올라오는 만큼 물이 빠른 속도로 줄어들고 있었다. 수면이 조각대 중간 이하까지 내려가자 조각상과 조각대가 기운 모습이 확연해 보였다.

제프는 동전들 때문에 가려졌던 움푹 파인 커다란 균열을 제일 먼저 알아 봤다. 조각상의 투명한 받침대를 가로지르는 골 사이로 동전들이 길게 틀어박혀 있었다. 동전들이 굵은 띠를 이루는 곳에서 개울물 흐르듯 수영장 물이 쉬지 않고 흘러가는 게 보였다. 지금까지 퍼 올린 동전들보다 더 많은 동전들이 땅 밑을 파고 든 게 확실해 보였다.

회장 옆에 서서 작업을 지켜보던 매니저의 두 다리가 지진의 진동처럼 떨리고 있었다. 호텔 건물이 진흙탕 위에서 기울고 있다고 확신했다. 매니저는 숨겨왔던 공황장애의 발작 전조 증상으로 떨림과 어지럼증과 구토로 곧 쓰려지려는 것을 겨우 버티고 있었다.

Chapter 12

또 하나의 이정표를 위해 눈 부릅뜨고 달리는 중에 비틀즈의 팝송 'Let it be'가 작게 흘러나오고 있었다. 그냥 내버려둬, 흘러가는 대로 그냥 내버려둬, 흘러가는 대로… 그런 마음으로 달리고 있을 때 이제 막 포트랜드, 오리건(Portland, OR)이란 푯말이 반갑게 눈에 뜨였다. 여기만 지나면 워싱턴 진입이 멀지 않았다고 생각한 그는 긴장을 풀고 액셀을 조금 더 밟으면서 속으로 'Let it be'를 반복하면서 따라 부르고 있었다.

좌측과 우측, 양쪽으로 산을 보며 지나고 있었다. 지금까지 보아온 숲과는 차원이 다른 울창한 숲을 이루고 있었다. 가파른 산길에 지그재그로 난 좁은 차도를 달리자니 운전이 엄청 조심스러워 아무 것도 들리지 않았다.

산을 내려오자 해안 쪽으로 길게 구름들이 띠처럼 줄지어 솜꽃을 피우고 있었다. 펼쳐지는 풍광은 생각을 몰아낼 만큼 더 없이 평화로웠다. 라스베이거스의 엄청난 예산과 노력을 들인 수많은 쇼들보다 산과 들의 형태와 색깔이 훨씬 장엄하다는 것을 새삼 확인하는 여행이었다.

옆으로 또 기차가 지나고 있었다. 이번에는 남쪽 방향으로 내려가는 화물칸들이었다. 길게 연결된 화물칸에는 목재가 가득가득 실려 갔다. 제재소에서 잘 다듬은 목재들이 셀 수 없이 지나자 뒤쪽 칸들은 밑동만 절단한 굵은 통나무들이 대단한 나이테를 자랑하며 실려 가고 있었다. 무게 때문인지 속력은 그다지 빠르지 않았다. 아름다운 거래라는 건 저런 거구나 하는 생각이 그의 머릿속을 스쳤다. 우기 철이 긴 덕에 잘 자란 나무들이 저 멀리 남쪽으로 공급되는 거라는 고마운 생각에 그는 고개까지 돌려가며 엄청난 양으로 실려 가는 목재들을 세심히 바라봤다.

좌측으로는 기차가 지나가고 우측에는 좀 전의 구름 떼 대신 백여 마리의 새들이 까맣게 무리지어 날고 있었다. 하늘을 열심히 저어가는 날갯짓을 보자 살아 있는 건 모두 움직이는 수고를 해야 아름답게 제 구실을 한다는 생각이 들었다. 수십 마리의 새들은 군대의 열병식처럼 V자로 날고 있었다. 누가 선두에 서더라도 묻지도 않고 따르는 믿음만이 존재하는 관계가 신기한 듯 그는 멀리까지 부러운 눈으로 쫓고 있었다.

그녀는 고개를 우측으로 돌린 채 오랜 시간 조용했다. 그는 그녀에게 새들을 보라고 말하고 싶었지만 꾹 눌러 참았다. 사람도 두 다리로 열심히 뛰거든, 하고 분위기를 깰 것 같아서였다. 열심히 날갯짓하는 새들 때문인지 운전대를 잡은 두 손맛이 새삼스러웠다.

때를 맞추듯 한동안 조용하던 그녀가 말했다.

"우리 많이 온 거야?"

"그래. 거의 다 왔다. 소원대로."

"내가 왜 갑자기 마음이 고요해지지."

"피곤해서 그렇지. 적당한데 내려서 밥이나 먹자."

"이 동네 밥이 있게 생겼니? 빵이나 감자겠지!"

"좋아! 패스트푸드도 좋아."

그는 말은 그렇게 하면서도 고속도로를 내리면서부터는 먹을 만한 식당을 눈여겨보며 지났다. 해안가로 내려가 얼마만큼 지나자 식당가가 보였다. 굴뚝이 높은 식당건물 주차장으로 차가 미끄러지듯 들어섰다.

"차문 잠그는 거 잊지 마!"

이 말을 남기고 먼저 차에서 내려 걸어가는 그녀의 뒷모습에는 여전히 흐트러짐이 없었다. 그녀는 두 다리를 똑바로 붙여 걷기 위해, 한 마리의 죽은 벌레를 먹느라 줄지어 모여드는 수많은 개미들을 그대로 밟고 지나는 바람에 개미떼들이 혼비백산하며 사방으로 달아나는 그 작은 무리들이 그의 눈에 띄었다. 뒤쳐져 따라가던 그는 나무의 흔들림에 얼굴을 들고 높은 나뭇가지 끝에 우뚝 서 있는 독수리를 보았다. 독수리를 많이 봐왔지만 이처럼 가까운 곳에서 보는 것은 처음이었다. 독수리의 눈이 세상 멀리까지 흘끗거리고 있었다. 시력이 사람의 열배라는 것이 기억나자 새삼 부러웠다. 그런 시력과 강한 부리와 단단한 발톱에 날개까지 단, 자신감 넘치는 독수리의 자태에는 위엄이 배어 있었다. 그렇게 한참을 바라보던 그는 식당 안으로 들어갔다.

식탁 위에는 벌써 따뜻한 스프가 놓여 있었다.

"화장실 다녀오는 줄 알고 내가 알아서 시켰어."

그녀가 스프를 두고 한 말이었다.

"좋지!"

따뜻한 걸 몇 스푼 먹고 나자 또 음식이 나왔다. 웨이터가 들고 온 접시는 시장기를 없애고도 남을 정도였다. 두 접시 모두 먹음직스럽고 푸짐했다. 랍스터와 찐 야채들이 그의 코를 자극했다.

색깔도 냄새도 모두 만족스러운 그가 말했다.

“여자들은 다 모성애를 타고나? 많이도 차렸네.”

“사람사이는 밥 먹는 사이까지가 최고 좋은 거래.”

그는 뜻을 곱씹지 않으려고 딴청을 하듯 말했다.

“먹는 거에 돈을 너무 많이 쓰는 거 아니냐?”

그녀는 순간, 스위트룸에서 회장 제프와의 첫 대면을 떠올렸다. 두 사람만을 위한 요리사가 있을 정도로 호화로운 식사였다. 그날, 식사만으로 끝냈어야했다는 후회 때문에 잠시 동안 뒷골이 묵직했다. 부질없는 회상이란 걸 알아차린 그녀가 속마음을 숨기려 자신의 접시에 놓인 연어를 한 조각 입에 넣고는 손으로 입을 가린 채 말했다.

“음, 맛있어! 연어 맛있게 요리하기 쉽지 않은데……”

그녀는 과장된 표현까지 써가면서 식탁분위기를 돋구었다. 그도 거들었다.

“단둘이 먹는 식사도 괜찮네. 투어 중에는 거의 뷔페를 먹고 쉬는 날은 혼자서 라면이나 끓여 먹다가 웬 호강이냐?”

그렇게 말하던 그는 우연히도 건너편의 테이블에 앉은 세 가족을 보았다. 중년 부부로 보이는 어른들은 백인이었고 열

살 쯤 된 곱슬머리 사내아이는 흑인이었다. 아들의 얼굴이 떠오른 그는 유쾌하지만은 않았다. 그는 곱슬머리 아이가 따뜻한 보살핌으로 잘 자라기를 바라면서 식탁 위로 눈을 돌렸다.

그는 랍스터 한 점을 씹으면서 생각했다. 자신은 과연 마음을 담아 음식을 주문한 제시카에게 계산이 빠진 따뜻한 사람이었던가, 하고. 결코 아니다. 타인은 냉정과 온정 사이를 저울질하는, 아니면 더 지독하게 사르트르의 말처럼 정말 타인은 지옥일까? 그녀가 생각하는 자신은 어느 정도일까, 하고 생각하자, 가위바위보 중에 항상 가위를 준비했던 자신이 부끄러웠다. 마음이 잠시 복잡해지자 그는 칼질과 함께 부지런히 먹기에만 열중했다.

접시 위에 덩그마니 남은 랍스터의 딱딱한 껍질을 보자 포만감과 다르게 마음 한 편이 쓸쓸했다. 이제 몇 끼 같이 식사하는 게 끝이라는 생각과, 결국 타인은 랍스터의 살을 맛있게 파먹고도 껍질에 대해선 아무런 가책도 하지 않는, 상대는 먹잇감에 불과하다고 생각하는 순간 지껄였던 카지노 호텔의 랍스터 광고가 떠올랐다. 그제야 그녀의 이유 있는 배려를 생각하자니 몹시 민망스러웠으나 그마저 내색하지 않았다.

식당을 나오자 지구의 왕자인 독수리는 표적을 찾았는지 온데간데없고 주위는 완전히 어두워져 있었다.

식사를 마친 두 사람이 다시 차에 오르자 그가 운전대를 잡으며 말했다.

"가끔 만나서 식사라도 하는 사이면 좋겠다."

"난, 빼주세요."

소화불량인 듯, 그녀의 말이 까칠했다.

그가 말 대신 헛기침을 하자 입안에서 버터 냄새가 났다. 그는 과식을 한 탓에 한동안 숨만 쉬기로 했다.

차가 고속도로에 진입하고 한참을 달리도록 두 사람은 입을 열지 않았다.

라스베이거스에 가면 한동안은 텅 빈 도시처럼 쓸쓸할 것 같았다. 기억을 더듬어 조각상을 찾아가 보겠다고 다짐했다. 그 순간, 그 조각이 수지의 남자가 만든 작품일 거라는 확신이 들었다. 그리고 뭔가 연결될 듯한 것들이 있을 것만 같았다.

무거워진 머리에 부담을 느낀 그가 겨우 말했다.

"사람이 할 수 있는 일이 뭔지 알아? 기억을 편집하는 거야."

농담치곤 지루했지만 그녀가 생기 돋는 음성으로 반응했다.

"잘라 버리라고? 그건 내가 너무 잘 알아. 다 버렸기 때문에 여기까지 온 거야."

"기운이 좀 생기나보네. 기운 날 때 들어. 내가 제일 좋아하는 단어가 뭔 줄 아니? 이벤츄얼리!(Eventually), 드디어! 결국은 다 죽음에 골인 해! 결혼도 결국은 종말이 오더라구. 모든 건 종말이 오지. 그래서 모든 건 과정이 중요한 거야."

그는 어렴풋이나마 그녀의 분위기를 알아차리고 있었다. 한 공간에서 지낸 것이 벌써 이틀째였다.

"애쓰지 마!"

"복잡한 얘기 듣기 싫지. 나도 그래. 우리 세계여행이나 다니다가 스위스에서 안락사나 할까."

"정말 가지가지다. 너는 아니거든."

"그런가?"

"하던 대로 운전이나 해. 길 위에서 길을 바꾸는 게 아니거든. 아무리 좋은 것이 보여도 바꾸는 게 아닌 이유는 아니? 더 좋아 보이는 건 여태까지 좋았던 것의 최악이야."

"운전이나 하겠습니다."

옆 자리에서는 더 이상 아무 답변이 없다. 몇 마디 했다고 피곤한 기색이 역력하더니 그 사이 잠이 들었다. 그는 혼자 하는 여행인 듯 워싱턴의 끝을 향해 달리고 있었다.

삼십 여분 벗어나자 곧 산악지역이라 운전이 쉽지 않았다. 그는 무리하게 달리고 있었다. 기름이 눈금에 달랑달랑하도록 달린 경험도 처음이었다.

도로변 코너에 있는 주유소에서 기름을 넣고 못 마신 커피 한 잔을 마시고 다시 운전대를 잡았다. 그녀는 여전히 눈을 감고 있었다.

어둠이 짙게 내리고 있었다. 달려 갈수록 먹구름이 늘어갔다. 회색빛이 진한 게 무거워서 쏟지 않고는 못 지나갈 구름들 같았다. 앞차들이 서서히 밀리기 시작했다. 반마일쯤 앞에 파랑과 빨간 빛을 강열하게 뿜는 여러 대의 경찰차가 보였다.

그 때문인지 차량들의 정체가 심화되고 있었다. 사고 차량 석 대가 쭈그러진 채 차선 두 개를 막고 있었다. 병원용 응급차도 두 대나 보였다. 사고 현장을 지나면서부터는 밀리던 차들이 순식간에 사라져갔다. 맘 놓고 액셀을 누르며 달리고 있는데 드디어 워싱턴 주라는 푯말이 나타났다.

비가 내렸다. 그는 와이퍼를 조절하기 위해 손을 뻗쳤다. 앞이 보이지 않을 만큼 차창 위로 굵은 빗방울이 퍼붓듯 쏟아졌다. 맞이할 사람 아무도 없는 도시에 비라도 태평양을 건너왔나 보다고, 비가 펑펑 눈물을 쏟는 것처럼 느껴졌다.

그녀는 천둥과 번개가 치는 순간 꿈이라도 꾸는지 안전벨트를 맨 채 거의 3초 가까이 몸서리쳤다. 그러다 다시 평온한 모습으로 잠이 들었다.

그때 주머니 속의 핸드폰에서 메시지 음이 울렸다. 왼손으로 운전대를 잡은 채 조심스럽게 오른쪽 주머니에서 폰을 꺼냈다. 빗길이었으므로 그는 폰을 손에 든 채 빨간 신호등과 대면하기를 기다렸다. 이윽고 차가 멈추었을 때 폰을 열었다. 회사 직원이 목요일부터 주말까지 이어지는 투어 일정과 87명이라는 학회 팀 인원수를 재확인 차 메시지로 보내 온 거였다. 이틀 후 서울서 오는 라스베이거스 컨퍼런스 팀에 대한 내용은 그도 외우듯이 기억하고 있었다.

뒤에서 크락션이 울리는 바람에 잠결에 놀란 그녀가 몸을 움츠렸다. 그는 다시 액셀을 밟았다. 북쪽으로 오는 사이 맑게 개인 밤하늘이 보였다.

달리다가 도로 바로 옆에 있는 호텔 간판이 보였다. 더 이상 운전하는 건 무리라는 생각이 들었다. 우측 깜박이 등을 켜자 그녀가 눈을 두어 번 깜박이더니 완전히 떠버렸다.

눈을 커다랗게 뜨고는 주변을 살피던 그녀가 안도하는 표정으로 말했다.

"설마 시애틀에 다 온 건 아니지?"

비는 완전히 멈추었고, 그는 지친 음성으로 말했다.

"더 멀리는 못 가겠다."

그는 사나이의 자존심을 걸고 오른쪽 다리가 쥐가 난다는 말은 차마 하지 못했다.

"얼마나 남았는데?"

꿈속에서 완전히 빠져나온 그녀가 말했다.

그는 대로변 옆에 체인은 아닌 듯 낯선 호텔 간판을 바라보며 말했다.

"내일 아침부터 넉넉잡고 5시간 정도 달리면 될 것 같애. 이 호텔 작긴 해도 깨끗해 보이는데, 어때?"

"알아서 해. 나는 왜 피곤한 거지?"

"장거리 타고 다니는 게 쉬운 일이냐. 저기 네가 좋아하는 거지 있다."

신호등 앞에서 차가 멈추자 거지가 다가 왔다. 운전석 쪽 차창을 향해 컵을 내밀었다. 그가 차창을 내리고는 호주머니속의 동전들을 몇 개 넣어 주자 거지는 인사와 동시에 뒤차를 향해 발걸음을 옮겼다. 그가 생색을 내듯 말했다.

"영어를 잘하는 녀석도 나보다 못하네."

참을 리 없는 그녀가 바톤을 받았다.

"개하고 사람하고는 동급인 것 알지? 돈이 없으면 개고, 돈이 있으면 정승이 되는 거야."

"개하고 사람이 동급이란 이야기는 처음 듣네."

그는 대꾸는 그렇게 했지만 진땀이 났다. 1달러라도 지폐를 줬을 걸 하고 후회했다.

차는 어느새 호텔 주차장을 한 바퀴 돌고 있었다.

"오늘도 방 하나만 얻어."

"걱정 마. 건들지 않을 게."

그가 주차를 마치자 그녀는 기다렸다는 듯 남겨봤자 종이일 뿐이라고 생각하는 지폐 다섯 장을 건넸다.

그는 차창을 모두 닫고는 호텔 쪽으로 걸어갔다. 기온이 10도 이상 떨어졌다는 것을 체감할 수 있었다. 이 지역에는 비가 오지 않았는지 아직 별은 보이지 않았지만 섹시한 여인의 눈썹같이 완전히 가느다란 그믐달이 떠 있었다. 주차장을 걸어가다가 달을 올려다 본 그의 머릿속에 한마디가 떠올랐다.

'아빠, 쓰레기통에 버린 내 손톱이 왜 하늘에 떠 있지?'

세 살 박이 아들이 했던 말이 떠오르자 그는 고개를 내리고 걸었다.

그는 방 하나를 예약했다. 그녀를 탐할 생각을 아예 접어두자 마음이 편했다. 낯선 사람들이었지만 주변 보기도 편했다. 카운터 아가씨가 아침 7시부터 10시 사이 블랙퍼스트가 있다고 말해 주었다.

차로 돌아온 그가 잔돈과 영수증을 그녀에게 주면서 말했다.

"방값이 굉장히 싸. 129불이야. 준 돈 가지고 방 3개를 얻을 수 있겠던데. 호텔도 지은 지가 일, 이년 밖에 되지 않았는지 깨끗해 보여. 아침식사도 된데."

그녀는 돌려받은 돈과 영수증을 가방 속에 밀어 넣으며 말했다.

"추워, 들어가자."

호텔 주차장에 차를 정식으로 세운 그는 어젯밤처럼 그녀의 가방 중에 가장 작은 가방 하나를 챙겨 들었다. 무게가 여전히 만만치 않았다. 지쳐 있어 그런지 20kg 짜리 쌀 한포보다 무겁게 느껴졌다. 그녀는 트렁크에 있던 가방들의 꼬리표를 읽더니 그 중 하나를 더 끄집어냈다.

방은 어제와 비슷한 크기였다. 그녀는 당연한 듯 어제와 똑같은 창가로 갔다. 취침을 위한 준비는 평화롭게 진행되었다. 그가 먼저 샤워장으로 들어갔고, 그 사이 그녀는 옷을 갈아입고 화장을 지웠다.

샤워를 마친 그가 등 돌아서 가운을 걸치며 말했다.

"나는 다 끝났으니까 샤워해."

"그냥 잘 거야. 이만 닦고."

"어제처럼 굴지 않을 거니까 편하게 자."

"지나간 이야긴 하지 마. 나는 명쾌한 사람이 좋아. 학교 다닐 때 내 친구들 이름이 명쾌, 유쾌, 통쾌, 상쾌였어."

"너도 지난 이야기 했잖아."

그가 침대에 걸터앉으면서 말했다.

그녀는 사내 녀석이 얄밉다는 생각에 불쾌감을 줄 정도의 큰 소리로 말했다.

"라스베이거스 떠나면서 무거운 짐 벗어 던지고 싶어서 말한 건데 그걸 써먹어?"

그가 침대 위로 벌렁 누우면서 애교부리 듯 말했다.

"아무 것도 몰랐으면 더 좋았을 걸."

그녀는 더 이상 말이 없었다.

"너는 복수하고 싶은 생각 없냐? 남자들은 모여서 농담하다가 죽을 날이 며칠 만 남았을 땐 3일 전에 총을 사서 원수를 먼저 보내는 거라고 하던데. 근데 넌……"

자신의 갈등을 알아차리기라도 한 듯한 느낌에 그녀는 말머리를 멀리 돌렸다.

"누굴?"

"왜 그렇게 천사냐?"

"천사도 아파?"

농담이라고 생각한 그는 잘 살고 있잖아, 라는 말을 하려다가 입을 다물어 버렸다.

그가 어느새 코를 골기 시작했고, 그녀는 세면대에서 이를 닦고 세수를 하고는 화장실 전구만 빼고는 모든 전등을 껐다.

그녀는 잠옷이 아닌 티셔츠와 면바지를 입고 자리에 누우면서 습관처럼 이불로 몸을 둘둘 말았다. 마주보는 벽이 허전했다. 어두운 벽에서 온갖 숨은 그림들이 튀어나왔다. 생시에 단 한 번 보았고, 꿈에서 여러 차례 본 박 사장의 희미한 모습도 보였다. 왜 여기까지 떠나와서야 생각한 건지. 경찰이 스위트룸까지 올라왔을 때, 어젯밤 옥탑 수영장에서 박 사장을 보았다고, 함께 있다가 그림자들과 함께 사라졌노라고 한마디만 했더라면… 그러나 그때는 금괴가 걸려 있었다. 그래도 그렇지, 금괴 때문에 신고할 기회를 잃다니.

지금 밝힌다 해도 과거의 상황이 위증이랄 것도 없다. 옥탑의 스위트룸까지 올라 온 경찰은 카메라 위치와 옥탑 아래를 내려다 본 것 뿐 아무런 질문도 없었으니까. 아직도 하늘에서 편히 쉬지 못하고 연옥에 있을 박 사장의 한을 풀기에는 제프에게서 배운 카드 한 장으로 복수까지 겸할 수 있는 절호의 기회기도 했다. 그녀가 생각이나마 용기 있고 자유로워진 건, 라스베이거스를 멀리 떠나와 조각상을 잠시 잊을 수 있었기에 가능했다. 자신의 배신으로 조각상이 난도질당하는 것은 여전히 상상조차 두려웠다. 그래서 새삼스레 정의를 위해 애쓰고 싶지 않았다. 어차피 죽은 사람을 살릴 수는 없는 거니까. 죽은 사람의 한과 분신 같은 조각상의 이미지 사이에서 오락가락 그녀는 잠을 이루지 못하고 있었다. 이제라도 약을 먹을까 싶었다. 시계를 봤을 때는 벌써 새벽 2시 30분이 넘어가고 있었다. 정적 속에서 눈을 감았다 떴다를 반복하다가 다시 폰을 열어 시간을 봤다. 3시 28분이었다. 늦어도 세 시간 후에는 일어날 그를 생각하면서 백부터 일까지 세고, 또 셌지만 잠이 오지 않기는 마찬가지였다. 더 이상 자려고 애쓰지 않았다. 오랫동안 옆으로 누운 자세 때문에 팔이 저려 돌돌 말았던 이불 한 쪽을 풀었다. 얼굴을 벽 쪽으로 두고 양 팔을 벌린 채 엎드려 누워 있자니 따뜻한 품인 듯 가족 생각이 났다. 얼마 전 결혼한 동생이 세쌍둥이를 낳아서 엄마아빠, 자신까지 비운자리를 한꺼번에 채우기를, 그래서 새 생명에 대한 감동의 순간 모든 걸 다 잊고 천하를 다 얻은 듯 행복하길 바랬다. 그러자니 두 동생의 당당히 꾸려가는 삶이 부러웠다. 자신도 한때는 세상을 다 얻은 듯 했고 남들의 부러움도 샀었다. 사랑으로 잉태한 것이 아니라 돌을 깍은 조각상이었기에 자랑거리일 뿐 애틋할 수는 없다는 걸 이제야 어렴풋이 알 것 같았다. 애착과 감동은 옷을 벗은 모델도, 돈을 댄 물주도 아닌 조각가 에릭의 몫이었다는 것이 지독스런 냉정함으로 깨우쳐 지고 있었다.

남은 계획은 한인이 많은 곳에서 잠시 머무는 동안 한식도 실컷 먹고 수입되는 한국 과일이나 아이스크림도 먹고 과자도 실컷 먹을 것이다. 울어도 모자랄 순간에 과거를 차분히 정리하느라 잠이 더 멀어져 갔다. 죽으면 잠만 자는 게 시체의 임무라고. 궂은 날씨의 예고편인지 손가락과 손목, 무릎 등 관절마다 통증이 느껴지자 엄마 생각에 가슴이 뻐근해 왔다. 어깨가 살짝 흔들리고 있을 때 어느 사이 잠이 깼는지 그가 침대 사이를 건너 슬그머니 그녀의 이불 안으로 들어왔다. 그는 잠결이었지만 그녀가 잠들지 못한다는 것을 알아챈 것이다. 아직 잠결인 듯 잠긴 목소리로 그가 말했다.

"피곤하지?"

반항하거나 토라지면 어쩌나 했던 그의 걱정은 기우에 불과할 만치 그녀는 잦아드는 듯한 목소리로 대답했다.

"아니."

"그래도 눈 좀 붙여봐."

"죽으면 잠만 잘 건데."

"무슨 병이든 요즘 병이 병이냐. 증상이지. 골골하면 더 오래 산데. 넌, 너무 길게 살아서 걱정할 거다."

"괜찮아."

기운 빠진 대답이었으나 심지가 들어 있는 말 같았다. 그는 아쉬운 듯한 여운으로 말했다.

"아깝다."

아무런 대꾸가 없자 그가 또 말했다.

"내가 시애틀에 우리 회사 지사 하나 내자고 할까?"

"라이프 썩스!(Life sucks!) 인생은 확실히 구려!"

순간적으로 뱉은 이 말은 오래 전부터 느낀 그녀의 심정이었다.

평상시보다 잔잔한 그의 말소리에 비해 그녀의 음성은 냉랭하고 몹시 낯설게 들렸다. 인생 별로거든, 이라고만 해도 좋을 걸 굳이 인생이 구리다니. 그는 더 이상 입을 열 수가 없었다. 너 따위가 시애틀에 지사를 내잔다고 회사 사장이 사전 조사도 없이 일을 맡기지도 않겠거니와 인생 그렇게 살지 말어 자식아, 라는 속뜻이 들어 있는 것 같아 그는 잠시 무안함을 느꼈다. 이래도 저래도 괜찮다는 듯 그녀의 등 뒤에서 어깨를 꼭 끌어안았다. 그는 문득 대학 때 친구들과 내기를 하던 생각이 났다. 동기, 후배 할 것 없이 연극배우라는 이유로 자신을 따르던 여학생들을 하루 다섯 명까지 자취방에 끌어다가 농락하던 때가 자신으로서는 신기록이었다. 남자는 여자 얼굴만 바뀌면 하루에도 얼마든 가능하다는 걸 시험한, 지금 생각하자니 어처구니없던 시절이었다. 주변에 유행하던 '존재의 가벼움'을 위해 최선을 다하던 시절이었다.

그는 지금, 따뜻한 체온을 느끼게 해주고 싶은 게 다였다. 그는 어린 새처럼 가냘픈 그녀의 날개를 오래도록 품고 있었다. 둘은 아침 여섯 시가 다 되도록 말도 끊긴 채 꼼짝하지 않았다. 새로운 날을 알리려는 듯 창이 갓 밝아지고 있을 때 그가 그녀를 풀어주며 말했다.

"욕조에 따뜻한 물 받아줄 테니까 몸 좀 담가."

그녀가 옆으로 누운 탓에 두 눈의 눈물이 한쪽으로만 흘러 베개를 동그랗게 적시고 있었다. 그녀는 콸콸 쏟아지는 물소리를 들으며 맘 놓고 울고 있었다.

그는 욕조에 따뜻한 물이 채워지길 기다리면서 변기에 걸터앉아 있었다. 문득 두 다리가 없던 수지의 남자가 생각났다. 수지는 그 남자를 어떻게 목욕 시킬까하는 궁금증과 함께 은근히 질투심이 생겨났다. 탕 안에 물이 반쯤 차오르자 그는 서둘러 그녀를 불렀다.

"물 다 받았어!"

그녀는 천천히 일어나 화장대 위에 휴지로 눈과 코를 훔치면서 말했다.

"그래, 갈게."

그녀가 얼굴을 숙인 채 천연덕스럽게 옷을 다 벗고 물속으로 들어앉자 그가 말했다.

"내가 등에 비누질만 해줄게."

그녀는 관절들이 시원해 오는 것을 느끼며 따뜻한 물을 받아준 그가 고마웠던 터라 말한다.

"고마워."

그녀는 사양은커녕 온순하게 대답했다. 욕조에 들어앉은 그녀의 몸은 촉감보다 훨씬 야위어 보였다. 배가 허리에 붙은 듯 가늘었다. 팔과 다리는 나무젓가락 같고, 아이를 낳지 않은 탓인지 가슴만 볼록했다. 그는 바디 젤을 등과 앞가슴에 거품이 나도록 고루 발라 주었다. 손가락만한 샘플 통의 젤이 다 없어지도록 꾹꾹 짜가면서 팔과 손, 어깨 까지 문질렀다. 그러다가 겨드랑이 밑 부분에 난 두툼한 피부발진들이 그의 손에 닿았다. 뭔가 아차, 싶었지만 그는 모른 체하고 작은 타월에 물을 적셔 그녀의 몸에 비눗기를 말끔히 씻어주었다. 그는 끝까지 사양하지 않는 그녀가 신기만 했다.

둘은 서둘지 않았다. 서로 말은 하지 않았지만 헤어질 시간이 다가오는 것이 반갑지만은 않았다. 어찌하다가 샴푸로 머리까지 감겨주고 나서 마른 타월로 몸을 닦아 주었다. 가벼운 그녀를 번쩍 안아 침대에 눕히고 그도 옆자리에 누웠다. 두 사람은 벌거숭이인 채 천장을 올려다보며 나란히 누워 있었다.

천장을 바라보는 두 사람의 우주 공간은 작고 포근했다.

속 커튼 사이로 여명이 밝아오고 있었다.

그가 빛을 느끼며 말했다.

"우린 그래도 빛에 빚진 사람들이야."

그녀가 답했다.

"다, 괜찮아."

그는 괜한 말을 했다고 후회했다. 마음 한 구석을 찡하게 울렸다.

그녀에게도 과연 죽음이 축복일까. 죽음이 삶의 온갖 올가미로부터의 해방일까. 대지는 우리에게 형체를 주어서 우리를 수고롭게 한다는 장자의 말도 맞지만, 쿠자누스의 죽음은 다른 존재 방식으로의 이해라는 말도 맞지 않은가. 그래 죽음이 우리를 쉬게 한다는 말이 정답일지도 모른다. 인생의 7, 80 퍼센트는 괴로움이라는 통계도 있으니까.

이른 아침부터 생각한 죽음을 털어내며 그가 말했다.

"나 먼저 일어나서 준비할게."

그는 말이 끝남과 동시에 일어나면서 커다란 목욕타월로 그녀의 맨다리와 배와 선명하게 붉은 유두가 있는 가슴까지 덮어 주었다. 먼저 화장실로 간 그는 이를 닦고 면도를 했다. 그는 화장실을 오랫동안 차지하다가 나왔다.

그녀는 그 사이 일어나 발진부위에 처방용 스테로이드 연고를 바르면서 부위가 줄어든 것이 신기하게 느껴졌다. 의사 말이 맞았다면 면역력 결핍이 라스베이거스를 떠나오는 동안 좋아지고 있다는 증거라고 생각 되었다. 이어 옷을 다 챙겨 입었다. 그는, 그녀의 사진을 한 장 남겨두고 싶을 만큼 예쁘게 보였다. 5년 후 쯤엔 어떤 모습일까 하고 궁금하기도 했다.

그는 아래층에서 식사를 마치고 다시 방으로 가서야 화장대 앞에 놓여있던 가방이 열려 있음을 보고 귀중품을 허술히 관리하는 그녀의 방심에 놀랐다. 뒤 따라 들어오는 그녀보다 앞서 가방을 챙기려던 그의 눈이 휘둥그레졌다. 가방 속에는 커다란 통의 마사지 크림이며, 영양크림, 향수, 상상도 못했던 온갖 화장품들과 약병들로 가득 들어차 있었다. 금괴가 아니라는 것에 실망한 그는 바닥 쪽에 몇 개라도 있겠지, 하고 내색하지 않은 채 가방의 지퍼를 잠그고는 번쩍 들었다. 어젯밤에 비해 훨씬 가벼운 듯 했다. 그는 금괴 심부름을 하던 날을 떠올렸다. 그때의 위압감이라니, 황금이라는 무게감에 주눅 들어 있던 자신을 다시 보는 것 같았다. 그는 자신의 비루함이 드러나는 것 같아 얼굴이 화끈 달아올랐다. 금전 때문에 노골적으로 친근하게 다가갔던 꼴을 더는 보이고 싶지 않았다. 그는 이런저런 생각을 하며 자신의 옷가방도 챙겨 들었다. 두 가방을 양쪽 손에 들고는 습관처럼 또 무게를 가늠했다. 당연한 듯, 그녀의 가방이 더 무거웠다. 그래, 금 쪼가리라도 있어서 다행이다, 라고 맘먹었다. 멀리 떠나와 두고 가야 하는 가냘픈 여자에게 대한 애증이기도 했다.

짐을 챙겨 나오는 그들의 옷 차림은 어제보다 한결 포근해 보였다.

그녀는 차에 타자마자 안전벨트를 매는 동시에 그가 말을 걸 틈을 주지 않으려고 눈을 감아 버렸다. 밤을 지새운 날이 하루이틀이 아니었으나, 지금은 단지 혼자인 듯 방해받고 싶지 싶었다. 그녀는 눈을 감은 채 엔진소리와 함께 시작한 라디오에서 흐르는 음악 소리에 귀를 기울이고 있었다. 점점 빠져들고 있었다. 어려서 두드리던 희고, 검은 피아노의 건반들이 이쪽에서 저쪽으로, 다시 오른쪽으로, 높게 낮게 잔잔하게 튕기고 있었다.

베토벤의 로망스 2번이 끝났다. 베토벤의 사랑과 천재성에 관한 해설자의 이야기에 이어 발레를 위한 에로이카 변주곡이 흐르고 있었다. 피아노곡을 듣던 그녀는 문득 베토벤 영화의 한 장면을 떠올렸다. 폭풍우가 치는 밤이었는지, 물웅덩이에 빠진 마차의 바퀴를 힘들게 끌어올리면 다시 빠지고, 죽을 힘을 다해 또 다시 올리면 또 빠지고, 늦은 밤이 되어서야 마차는 달리지만 시계를 바라보며 베토벤을 기다리던 여인은 떠나고 마는 장면이 재현되고 있었다. 지금 흐르는 곡이 그 장면을 연상케 할 만큼 굴곡이 느껴졌던 것이다. 소리가 벅차 오르는 순간, 그녀는 베토벤의 힘겨운 싸움의 순간을 느낄 수 있었다. 잠시 후 연한 소리가 들릴 때 그녀의 마음도 잔잔해지고 있었다. 여자 때문에 운명이 바뀐 예술가는 베토벤 말고도 많았다. 그녀 자신은 누구 때문에 운명이 바뀌었는가를 생각했다. 이런 음악을 못 듣는다 해도 다시는 태어나고 싶지 않았다.

그는 그녀가 당연히 잠을 청한다고 생각하고는 말을 꺼낼 엄두도 내지 않았다. 그는 차창을 모두 닫은 채 미약하게 히터를 틀었다. 곧 죽어도 스커트만 입는 그녀를 위해서였다.

도로 옆으로 늘씬하게 잘 자란 초록빛깔 나무들이 빠르게 줄지어 지났다. 멀리 산 위로 하얀 구름이 파란색을 거의 가릴 정도였다. 시시각각 변화무쌍한 하늘을 보며 달리던 재미가 오늘로 끝난다는 게 못내 아쉬웠다.

매우 고풍스런 붉은 색의 높은 시계탑이 기차역이라는 것을 알 수 있었다. 붉은 벽돌 건물이 오래된 역사 같았다. 역사 옆을 지나고 얼마 되지 않아 얕아 보이는 호수 위로 육지를 잇는 오래된 철교가 보였다. 저걸 건너는가 보다고 생각하다가 문득, 긴 길이 끊어지지 않고 물 위로 연결 된 것만도 얼마나 다행인가, 하고 그는 생각했다. 파도를 걱정하지 않아도 되는 잔잔한 호수를 몇 차례씩 지나오는 동안 마음이 가라앉는 것을 느끼면서 그는 이런 결론에 이르렀다.

역동적이던 풍랑을 눈에 그리면서 그리스와 페르시아의 전쟁사를 구입한지 하루 만에 독파 했던 기억과 잔잔한 호수가 이토록 편안하게 느껴지는 걸보니 젊음이 다 지나갔는가 싶었다.

호수를 바라보며 낡은 철교를 건너는 느낌이 어릴 적 어느 시골의 낯익은 풍경처럼 정겨웠다. 소음도 매연도 없는 한적한 곳에서 물오리들이 한가로이 노니는 광경과 호수 건너편의 집들이 그림 같기만 하다. 이런 곳을 보지 못하고 잠만 자는 그녀가 안타깝다는 생각을 하던 그가 문득 자신이 주인공이었던 연극 햄릿을 떠올렸다. 그리고는 햄릿의 독백을 아주 작은 소리로 입술만 움직일 정도로 읊조리기 시작했다.

"어느 쪽이 더 고결한가? 죽는 것은 잠드는 것. 오직 그 뿐. 한 번 잠으로 인간이 물려받은 마음의 아픔과 수천가지 육신의 고통을 끝낼 수 있다면, 그것이야 말로 간절히 원해야 할 종결이 아닌가? 죽는 것은 잠자는 것, 잠자는 것은 어쩌면 꿈을 꾸는 것. 그래, 거기서 걸리는 구나. 살 것인가, 살지 않을 것인가. 그것이 문제로구나."

그는 거기서 멈추었다. 연극무대를 위해서 외웠던 3막 1장의 독백, 사느냐 죽느냐를 지금도 술술 외우고 있었다. 그때는 햄릿처럼 불행하고 우유부단한 인간의 복사본처럼 처절한 모습으로 읊어야했었다. 그 무렵엔, 착한 척하는 인간이 주변에 있으면 피해를 보게 된다는 말을 자주 지껄여 댔었다. 착한 인간은 정말 위험해, 라고.

착한 척하는 너는 살아야 하느냐, 죽어야 되느냐, 그것이 문제로구나, 라는 생각을 하며 고개를 돌려 그녀를 흘끗 보다가 앞을 보자 수십 여 마리의 새들이 선두에 선 동지를 따라 동쪽을 향해 맑고 파란 하늘의 바람을 힘차게 가르며 날아가고 있었다. 저렇게 살아야지. 살아야지. 그는 자신이 결정내린 이 말을 그녀의 가슴에 꽃밭처럼 가득 심어 주고 싶었다.

햄릿과 제시카는 왜 시기적절할 때 복수를 하지 않은 걸까, 하고 그는 엉뚱한 생각을 하다가 멈추고는 작은 소리로 읊조렸다.

"살 것이냐, 살아야지."

그러는 사이 100미터 앞쯤에 밴쿠버, 워싱턴(Vancouver, WA)이라고 쓰여진 표지판이 보였다. 2박 3일 동안 많은 도시를 지났다. 스쳐만 가는 도시는 모두 아름다웠다. 오랫동안 기억에서 떠나지 않을 것 같았다.

예상보다 빨리 타코마를 지나고 있었다. 정오가 되어오는지 해가 눈부셨다. 이제 정말 다 왔구나, 하는 생각에 긴장이 풀리고 있었다. 그는 렌터카를 저녁 6시 반까지 돌려주고 공항에 7시까지 가면 55분 비행기를 충분히 탈 수 있겠다는 계산을 했다. 제시카를 애초에 부탁한 시애틀 시내 한인타운 근처 호텔에 내려주기까지 시간은 충분할 것 같았다. 헤어지기 전에 맛있는 밥 한 번 사주려면 시애틀에 도착하는 대로 폰으로 한식당을 찾아야겠다고 머릿속에 입력했다. 이번 여행은 혼자서만 기대 이상으로 매순간 색다르고 좋았다는 게 미안스럽기까지 했다. 때로 졸음을 견디느라 힘들었지만 그런 건 기억에서 사라졌을 정도로 만족스런 여행이었다. 지금도 길가에는 단감나무 익어가듯 오색으로 물든 단풍잎들이 줄지어 지나고 있었다. 꽃보다 단풍이 아름답다는 말이 실감날 정도였다.

영원할 것만 같은 길이 끝나가고 있었다. 왜 중간에 발견하지 못하는 걸까하고 미진한 무언가 구멍 난 부분들을 생각하고 있었다. 제시카를 수도 없이 태우고도 진즉에 아픔을 인식하지 못하고, 알아 챈 뒤에도 진진한 말 한마디 하지 못한 것도 미안했다. 그 때문인지 어릴 적의 아버지 말씀이 떠올랐다.

'말에는 귀신이 있으니 불행을 자초하지 않으려면 입을 꾹 다물 줄 알아야한다. 침묵하면 우주가 다 알아듣는다. 금언이 우리 집 가훈인 것 잊지 마라.'

'금언'을 이름으로 자주 사용하는 이유기도 했지만, 가짜 이름을 쓰고, 가짜 마음을 주고, 이루 말할 수 없는 후회가 몰려왔다. 4년여 넘도록 봐온 옆에 앉은 제시카의 모습을 초면이던 날부터 찬찬히 떠올렸다. 어릴 적 모습까지 보는 듯 애잔한 마음이 들어 운전대를 잡은 손에 땀이 고였다. 자신도 한때는 사랑받던 아들이었고, 애지중지하던 아들의 아빠였다. 이 여자도 세상이 뭔지 모를 적엔 얼마나 귀여웠을까. 그 부모는 딸에게 얼마나 애틋했을까. 그러던 여자애가 이처럼 무섭도록 변한 거겠지. 너 때문에 죽었다는 그 사람은 누구이며, 어떻게 죽은 걸까. 그는 이제야 그런 생각이 들자 주인공의 이름을 걸고 무대 위에서 햄릿의 독백을 연기할 때처럼 전신에 땀이 나기 시작했다. 현실과 연극이 크게 다르지 않다는 걸 이제야 알 것 같았다.

시애틀이라는 표지판이 눈에 들어왔다. 얼마 쯤 더 달리자 내내 같이 달리던 기찻길이 좌측으로 사라져갔다. 기찻길이 마치 먼 길을 안내하고는 자기 집인 플랫폼을 향해 가버린 것처럼 느껴졌다. 헤어지게 될 제시카와 자신의 두 갈래 길처럼, 구질구질 따라가지 않는 기찻길의 냉정함이 맘에 들었다. 그는 얽히는 일은 만들지 않기 위해서는 고객과의 관계에서 이번 일을 끝으로 냉정해야겠다고 마음을 다졌다.

막상 시애틀 진입이 다가오자 아는 사람이 아무도 없는 곳이 날씨만큼이나 싸늘하게 다가왔다. 제시카는 물론이고 자신의 동료나 친구, 그 누구도 없는 낯선 도시에 그녀를 내려주고 가야 한다는 게, 그러나 믿을 만한 사람은 없지만 사람보다 믿을만한 금을 가지고 있다는 게 얼마나 다행인가 싶었다.

샌프란시스코 이후 비교적 한가롭던 고속도로는 큰 도시라는 걸 암시하듯 차량이 늘어나고 있었다. 그때서야 시애틀에 대해 자세히 설명해 주던 직원의 말이 떠올랐다. 시애틀이라는 지명이 이 일대에 거주했던 두아미쉬라는 인디언부족의 추장 이름이라는 것도 생각났다. 그는 운전석 쪽 차창을 약간 내렸다. 기온은 서늘했지만 어제 걱정했던 것보다는 화창했다. 근데 왜 커피 냄새가 안 나는 거지, 하고 코를 살짝 킁킁거렸다. 시애틀엔 꿀꿀한 날씨가 많은 탓에 한 블록에 커피 전문점이 평균 두 군데 정도 입점해 있다고 들었던 기억 때문이었다. 설거지할 때 하수구에 부은 커피들이 바다로 흘러들어가 물고기들이 커피에 찌들어 살 정도라면 커피 굽는 냄새가 진동할 줄 알았던 것이다. 아무리 바빠도 일 다 마치고나면 스타벅스 테마파크에서 커피는 꼭 한잔 마시고 오라던, 여직원의 말이 당부처럼 들렸던 것이다. 그는 큰 도시로 진입하는 과정에서 시시각각 바뀌어가는 풍경들을 보느라, 이런저런 생각을 하느라, 내릴 준비를 미쳐하지 못하는 바람에 이제야 깜박이 사인을 주면서 그녀를 흘끗 봤다. 점멸하는 깜박이 소리에도 눈썹 하나 꿈쩍하지 않았다. 어젯밤 못 잔 잠을 자느라 잠속에서 헤어 나오지 못하고 있다고 생각했다.

길고도 멀었던 5번 고속도로 안쪽 차선을 달리던 그는 연속적으로 깜박이 신호를 주면서 우측으로, 우측으로 차선을 갈아타고 있었다. 막상 5번 고속도로를 빠져나오자 그는 더 헛갈렸다. 그렇게 잠시 헤매는 중에 그는 도로 옆으로 5층 정도의 건물 외벽에 붙은 간판을 봤다.

'CANCER CARE CENTER'

지나치면서 순식간에 읽느라 잘 못 볼 수도 있었으나 그는 안경이 필요치 않는 2.0이던 자신의 눈을 믿기로 했다. 저런 곳이라면 그녀가 무슨 병에 걸렸든 완치로 돌이킬 수 있을 것 같았다. 기가 좋은 여기라면. 그러나 입도 뻥끗하지 말자고. 바램은 우주의 에너지가 알아들을 거라 믿고 싶었다.

그는 생각 중에도, 순간순간 백미러를 보며 지나쳐버린 건물의 위치를 기억하려 애를 썼다. 제시카와 헤어질 때는 고집을 부려서라도 꼭, 그곳에 내려 주리라고. 그러려면 헤어질 때의 시간이 촉박해서는 안 될 것 같았다. 호텔방을 예약하듯 그렇게 쉽고 간단 할 것 같진 않았다. 한국 직원이라도 있으면 좋겠고, 남자 간호사라면 더 좋겠다는 생각을 하자 제시카가 한인 타운에 데려다 달란 이유가 한국인과 한국말이란 걸로 해석이 되었다. 그러자 미라보 다리 위에서 센 강을 내려다보며 자살한 파울 첼란의 통증을 삼키며 했을 말이 어설프게 떠올랐다. '갖가지 손실 가운데서 오직 그것, 언어만이 다른 이에게 가닿을 수 있는 것으로, 내 곁에 상실되지 않은 것으로 남았습니다.' 그 말 때문인지 가족끼리 소통하던 모국어라는 게 애틋한 심정으로 느껴졌다,

그녀 성격상 언젠가 안락사를 택한다면 임종하는 순간엔 우리말로 유언을 하겠구나, 그건 아니지. 살아야지, 살려야지, 하고 생각했다.

그는 이제야 그곳에 내려주고, 수속이 끝난 뒤 헤어지면서 할 말이 떠올랐다.

'언제든 전화 해. 데리러 올께!'

그 말을 여러 차례 떠올렸다. 관광객들 앞에서 길게 30분

이상 지껄이던 어떤 말보다 어려워서 까먹을 것만 같았다. 그는 한 줄 외우기를 반복하면서 그녀가 치유 되었을 때의 모습을 더 멋스러워진 쪽으로 상상했다. 어쩐 일인지 마치 자신의 여자처럼 느껴졌다. 밤잠을 못잔 것과 보태서 많이 지쳐있는 그녀의 얼굴을 흘끗 보면서 그때서야 정신적이든 육체적인 것의 고통의 무게가 결코 얕은 게 아니라는 것을 실감했다. 그젯밤의 미친 짓이 떠오르자 미안한 마음이 들었다. 한편, 이혼의 상처 후에 친구들과 술자리에서 사랑은 미친 짓이라고 떠벌리던 기억이 났다. 그젯밤, 그럴 수 있었다는 사실은, 짐승임을 인정해야하는 미친 짓이 틀림없었다. 지능은 상대를 알아보라는 데 쓰기 위함이고, 사랑은 동물로서의 유전자 때문이라고. 사람과 동물이 어미 뱃속에서 나오는 것이 같은 이유라고, 그의 마음이 갈팡질팡 하느라 길을 빨리 찾지 못하고 있었다.

가도 가도 신호등이나 길 안내판이 나오지 않았다. 뒤차들 때문에 계속 달리는 수밖에 없는 상황에서 차선까지 줄어들고 있었다. 연속 직진을 하고 있을 때 생각지도 않게 평지를 달리던 도로가 갑자기 다리로 이어졌다. 다리 밑이 바다였다. 멀리 좌측으로 시애틀의 상징인 듯 높은 빌딩들이 보였다. 외계인의 UFO 비행접시가 제일 높은 건물 위에 얹힌 것이 도드라지게 눈에 띄었다. 한눈에 펼쳐진 복잡해 보이는 큰 도시는 그 어디에도 일, 이백 년 전에 살던 인디언들을 떠올릴 수 없을 만큼 초현대적이었다. 마이크로 소프트의 회장 빌 게이츠가 이곳에 산다는 건 첫째고, 스타박스 1호점을 개점한 곳이 이곳에 있고, 보잉사는 시애틀의 가장 중요한 산업중의 하나이고, 코스트코도 여기서 창업을 했고, 아마존이 그렇고, 닌텐도 미국지부가 여기에 있을 정도라는 걸 시애틀에서 살다 간 직원으로부터 자세히 들었었다. 기가 좋다는 땅이라는 것을 절감할 수 있었다. 우측 언덕으로는 그리스에서처럼 부호들의 별장 같은 저택들이 해안 가까이 빼곡했다. 배들이 모여 있는 선착장이 보이고 멀리 커다란 유람선과 고깃배들이 물위를 지나고 있었다. 물을 끼고 도시가 발전하는 건 세계 어디나 마찬가지구나, 하는 생각이 새삼스러울 정도였다. 다리를 거의 건널 무렵 동쪽과 서쪽, 그리고 가운데 직진까지, 여러 갈래의 길 표지판이 나왔다. 거기까지 왔을 때 저 멀리 정중앙에 하얗게 우뚝 솟은 산이 보였다. 헷갈리는 길 위에서 갈피를 못 잡는 중에 그는 마치 이정표처럼 하얀 만년설산을 보았던 것이다. 자신도 모르는 사이 그는 감탄하고 있었다.

'누구를 숨겨 두셨기에 저토록 눈부시게 고운 눈꽃 이불을 두텁게 덮으셨을까. 어느 여신을 숨겨 두었기에 피라미드보다 견고하게 하얗게 쌓으셨을까. 촘촘한 눈을 얼마나 오랜 세월동안 내리셨기에……' 그러는 순간 그는 도시 한가운데 솟은 만년설을 무대배경으로 써도 좋을 것 같다는 생각을 하고 있었다.

도시 한가운데서 뜻밖에 보게 된 만년설에 반한 그는 그제야 직원의 주의 사항에 속하는 당부를 떠올렸다.

'시애틀 어디에서나 보게 되는 마운틴 레이니어(Mt. Rainier)라는 만년설산이 있는데 올라가지는 마세요. 차로 올라가는데만도 3시간은 더 걸려요. 보기는 가까워 보이는데 찾아가다 보면 산이 안보여요. 날 찾아 봐라, 하는 것처럼 올라가는 길도 여러 길이고, 겹겹이 산이어서 거기 올라갔다가는 제 시간에 비행기 못 타요. 아껴두셨다가 우리 회사 단합대회 때 기차여행으로 다 같이 가기로 하고 멀리서만 보세요. 시내에서 멀리 보이는 흰 봉우리가 더 신비로워요.'

그는 상관하지 않았다. 일 끝마치고 커피 한 잔은 꼭 마시고 오라던 직원의 배려를 무시한 채 커피는 안 마셔도 저 만년설은 꼭 가보고 싶어졌다. 그리스를 떠나고 오랜만에 보는 설산이었다. 3일 동안 여름을 건너고 가을을 지나고, 기대하지도 않은 만년설을 눈앞에 두고 있었다. 그는 마치 만년설산이 애초의 목적지인양 산이 보이는 방향으로 무작정 달리고 있었다.

그는 멀리서나마 혼자 보기 아까워 복잡한 신호등을 통과한 뒤 그녀를 깨울 참이었다.

넓은 오거리 신호등에서 차가 오랫동안 멈춰서있자 그녀가 선글라스를 벗으면서 조용히 말했다.

"다 온 거야?"

"넌, 밤에 무슨 생각하느라 못자고 이제 자느라고 좋은 풍경들을 다 놓치냐."

"잠자는 것은, 어쩌면 꿈을 꾸는 것! 너 혼자 떠드는 소리 들었어. 너무 애 쓰고 살지 마! 죽은 다음에라도 송장 대접이 다른 줄 알면 착각이야. 한 개, 두 개, 세 개, 시신은 숫자에 불과하고 나이도 숫자에 불과해."

"살아 있다는 표시로 눈을 뜨지 그랬어?"

그녀는 멀리까지 운전해준 노고를 생각해서 말투를 부드럽게 했다.

"본 거나, 안 본 거나, 내 마음에도 길이 많아서 나도 바빠. 사람 마음 길에 비하면 땅 위에 길은 쉽고 뻔하지. 물이 있고 물이 많으니까 나무가 잘 자라고, 무성하면 벌목하는 사람이 있고, 그걸로 집짓고 먹고사는 사람이 있고, 동물을 키우니까 그 비료 흔해서 농작물도 잘 되고, 세금 내니까 대형 하수구로 목돈 챙기는 놈들 생기고, 그래서 난 세금 내는 일은 안 만들어. 세수 늘리려고 종이돈을 마구 찍어낸 걸 수습하려면 미국도 금으로는 감당이 안 될 데니까 최소 은본위제도는 해야 하고 은 상승률이 훨씬 좋을 때가 올 텐데도 금을 은으로 바꾸는 재테크 안 했잖아. 4차 산업이 발달할수록 은 소비는 더 늘 것 같은데, 은이 만만해 보이질 않아. 은행들 종이돈 버리고, 간판에서 행자 내리고 은 창고 사업하는 게 나을 것 같은데, 그런 건 보여."

"너, 오래 살아야겠는데, 은본위제도 만들고 노벨 경제학상이라도 받으려면……"

"이런 얘기하기엔 풍경들이 아깝다. 시애틀 시내는 정말 눈뜨고 볼만하네. 저기 산에 하얀 눈 좀 봐! 저 설산 하나가 도시를 만든 인간의 힘을 무색하게 하네. 와!"

"이왕 온 길에 만년설까지는 보여 주려고. 활화산이래."

"어디서 밥은 먹고 올라가야지. 아저씨 힘들 텐데."

"아저씨? 오랜만에 듣기 좋네. 올라가다 보면 먹을 데 있을거야. 일단 진입로부터 들어서고 보자."

"맘대로."

그는 맘 놓고 차창 네 개를 끝까지 내렸다. 바닷바람의 아쉬움도 사라졌다. 산으로 오르는 표지판 여러 개 중 하나를 택한 그는 하늘을 가릴 정도의 높고 울창한 숲 사이를 쉬지 않고 올라갔다. 여기저기서 들리는 새 소리에 그들은 차마 입을 열지 못했다. 그들이 산을 오르는 동안 내려가는 차량들도 많았다. 1시간 반 정도 오르자 폭포수가 보였다. 그는 차를 세우기에는 턱없이 부족한 시간이 될까봐 그대로 액셀을 꾹 밟았다.

산에 오를수록 그녀의 눈에는 굽이굽이 넓은 산길이 융단길 같았다. 3시간 쯤 올라갔을 때, 드디어 평지로 들어서자 넓은 주차장이 보였다. 주차장엔 차들이 몇 대밖에 없어 한적해 보였다. 자동차로는 더 이상 올라갈 수 없는 곳에서 그는 차를 세웠다.

몇 시간 만에 땅에 발을 디딘 그녀는 가까이서 하얀 산을 마주본 순간 가슴 가득 편안함이 배어들었다. 기대 이상, 그 이상이었다. 엄청나게 큰 산이 하얗게 버티고 서서 모든 걸 막아주는 듯했다. 라스베이거스와는 전혀 다른 세상, 사람 때가 묻지 않은 하얀 보석 같은 극과 극의 세상을 발견한 느낌이었다. 머리를 쳐들고 산 위, 더 높이 하늘을 올려다보았다. 만년설산을 보호하려는 듯 흰 구름떼들 사이 서슬 퍼런 하늘이 보였다.

그녀가 전체를 둘러보다가 넓은 주차장 한 쪽에 파라다이스라는 관광안내소의 목재간판을 보았다. 안내소 옆길로 등

산을 마치고 내려오는 사람들이 드문드문 보였다. 그들은 약속이라도 한 듯 절로 낮은 언덕길을 향해 걷고 있었다. 설산을 배경으로 어린 아이들과 가족사진을 찍는 이들도 있었다. 등산로가 여러 갈래로 표시 되어 있었다. 뜻밖에도 갖가지 꽃들이 지천이었다. 세상의 모든 불평등이 사라진 듯 만년설이 녹아내린 물을 먹고 자란 야생화들이 추위도 모른 채 저마다의 고운 형태와 색상을 뽐내고 있었다. 그녀의 눈에 들어오는 모든 것이 처음 눈을 뜬 것처럼 맑고 깨끗했다. 계획에도 없던 이곳에 올 수 있었다는 것이 기적처럼 느껴졌다. 그녀는 아무것도 첨가되지 않은 맑고 찬 공기를 마셨다. 마시고 또 마셨다. 눈물이 날만큼 편안했다. 몸도 가벼워지는 것 같았다. 잠시 동안 등산로 진입로까지 걷던 그들은 이내 내리막길로 돌아섰다.

관광 안내소로 들어간 그녀는 숙소를 알아보기 위해 안내서 한 장을 집어 들었다.

"여기에 방 있으면 좋겠다. 방 결정 되면 같이 식사하고, 넌 돌아가."

차분한 말투였다. 그녀 본래의 모습을 보는 듯, 살짝 당황스러우면서도 반가웠다.

가이드란 직업의식 때문인지, 아직까지 책임감을 벗어나지 못한 그는 촉박한 시간을 염두에 두고는 프런트 데스크로 다가갔다.

"내 여동생(My Sister)인데 혼자 묵을 방 있나요?"

그녀가 뒤에서 듣고 있자니 가관이 아니었다. '마이 시스터'라니. 이어서 하루 얼마입니까, 조식은 포함이 되나요, 길게 묵을 수 있나요, 여자 혼잔데 안전한가요 등 말이 길어지고 있었다.

두 남자가 주고받던 이야기가 정리되자 그녀가 앞으로 다가가 지갑을 열었다. 마침 취소 된 방이 있어 그녀는 취소 된 날짜만큼 3주간을 계약했다. 방 키를 받고 돌아선 그녀가 환한 미소로 답례했다.

"이런 산에서 예약 없이 방을 잡은 게 행운 같애. 방으로 짐들 좀 옮겨 줘, 옷부터 더 껴입어야겠어. 너의 시스터가 너무 춥데!"

그가 호탕하게 웃으며 주차장을 향해 갔다. 방문 앞 가까이 주차를 마치고난 후 짐 가방을 옮기던 그가 방 번호를 입력할 겸 장난스럽게 말했다.

"107호, 느낌이 너무 차분한데. 007이었으면 좋았을 걸!"

그녀는 피식 웃으며 방문을 열었다. 방안은 깔끔하고 아늑했다. 그녀가 먼저 들고 온 가방을 뒤지는 사이 그는 짐 가방들을 마저 옮기고 있었다. 그 사이 제법 멋있는 가을 자켓을 찾아 입은 그녀는 방문을 잠그고는 그와 함께 식당을 향해 서둘러 걸었다.

"일단 갔다가 부르면 다시 올게. 좋은 공기 마시고 건강해져라. 너무 말랐더라."

그녀가 농담처럼 웃으며 말했다.

"안 먹고 미라가 될 까도 했는데, 그것보단 살이 쪄서 우연히 스쳐도 못 알아 볼 정도가 될 수도 있겠다 싶어. 나 여기 내려놔줘서 정말 고마워."

식당 안은 전체적으로 굵은 목재들을 사용한 탓인지 아늑했다. 높은 천정의 서까래가 튼튼하고 촘촘해 한눈에도 눈 폭풍을 대비해서 설계된 것 같았다. 그가 식당의 실내를 훑어보는 사이 메뉴판을 보던 그녀가 말했다.

"여기 메뉴도 맘에 들어."

"내 것도 알아서 시켜!"

그녀 앞에 놓인 야채오믈렛과 꼬마감자 요리가 맛깔스러워 보였고 그의 몫인 스테이크와 감자 요리도 고급스러워 산장이라는 걸 잊을 정도였다.

그는 산을 내려갈 것을 생각해서 음주를 자제하는 대신 이번엔 추위를 핑계로 시애틀의 시내에서 마실 커피까지 두 잔째 마셨다.

"옷이 걱정이다. 목도리도 없지?"

식당 안의 등산객들이나 관광객들의 방한복 수준에 비하면 그녀의 차림새가 추워 보였던 것이다.

"걱정 고마워. 오늘은 잠이 잘 올 것 같애."

웨이터가 계산서를 들고 다가오자 지갑을 열면서 그녀가 물었다.

"저녁식사는 몇 시까지 하나요?"

웨이터는 8시라는 대답을 하는 동시에 깨끗하게 비운 두 사람의 접시를 들고 주방 쪽을 향했다. 그녀는 식당과 통하는 바로 옆 가게가 방한복과 장비 등을 파는 곳이라는 걸 눈여겨보았고, 그는 그녀의 눈빛이 웨이터의 뒷모습을 쫓는 거라고 질투를 느끼느라 모든 계획을 까맣게 잊고 있다가, 습관처럼 손목시계를 봤다.

"산을 내려가는 속도에 따라서 내일 운명이 갈릴 수도 있겠어. 전화하면 데리러 올게."

말끝에 마음이 싸했다. 무엇보다 3일 동안 지켜본 안색 중에, 아니 몇 해 동안을 다 합쳐도 지금처럼 밝은 그녀의 표정을 본 일이 없었으므로 그나마 안심이 되었다. 비록 직원이 경고하던 만년설산에 오르기는 했지만 최근에 한 일 중에 제일 잘 한 짓 같았다.

그녀는 식탁에서 일어나기 직전, 가방에서 하얀 봉투를 꺼내 그에게 건네면서 어색함을 피하려 입을 열었다.

"멀리 떠나온 게 이제 실감나. 고마워. 진심이야."

그는 하던 대로 받았으나 봉투 챙기기가 쑥스러운 기색이 역력했다.

"같이 한 여행이었는데 받아야 되나? 그래, 너가 불편할 것 같아서 받는다."

그녀는 대꾸를 피하려 미소를 지으며 먼저 일어섰다.

그도 요란한 인사를 생략한 채 초조한 마음에 걷기를 서둘렀다. 그녀를 방 앞까지 데려다 주는 것으로 인연도 끝이 나는가, 라는 생각에 그의 마음 한 구석이 쓸쓸했다.

산을 내려가 렌터카를 반납하고 공항까지 가는 셔틀을 타고, 4시간으로도 모자라는 상황을 생각하자니 감정을 앞세울 처지가 아니었다. 시애틀 시내에서 길이 막히기라도 한다면, 내일 아침 스케줄을 장담할 수 없다는 생각이 들자 아찔했지만 도망가듯 서둘지는 않았다. 통나무로 지은 숙소 옆을 지나자 제시카가 이곳에 있는 동안이라도 함께 묵고 싶다는 유혹이 잠시 머리를 스쳤다.

그녀는 방 앞에 다다르자 어릴 적 그랬듯이 장난기로 돌변

했다.

"잠깐 눈 좀 감아!"

그가 아이처럼 눈을 감자 그녀는 핸드백에서 아이라인을 그리던 붓을 찾아냈다. 그리고는 거울도 없이 코 양옆으로 검은 수염을 재빨리, 되도록 많이 그린 뒤 마지막으로 동그란 코끝을 꺼멓게 칠했다. 붓 뚜껑을 닫는 동시에 그의 어깨를 툭 치며 그녀가 말했다.

"눈 떠!"

"이게 뭐야?"

"이 얼굴을 기억해. 멍청한 늑대를 산에 내려놓고 가는 거다! 조심히 잘 가!"

그 말과 동시에 그녀는 휙 돌아서 방으로 들어갔고, 그 한마디를 농담처럼 생각한 그는 마지못해 돌아서면서 3일전 아침, 식당 앞에서 헤어지던 언니라는 사람을 떠올렸다. 그 언니보다 따뜻하게 오랫동안 제시카를 안아주었어야 했는데, 기회를 놓치고 말았다고 서운해 했다.

차가 떠나는 것을 커튼 사이로 확인한 그녀는 아무런 사이도 아니었음에도 마음 한 구석이 허허로웠다. 자동차가 가렸던 시야에 하얀 산이 든든하게 버티고 있었다. 그녀는 천천히 돌아서 냉기가 가득한 방에 히터를 틀고는 방을 정리하기 위해 짐 가방들에서 다 구겨진 겉옷들을 챙겨 옷걸이에 걸었다. 이번엔 가방들의 바닥을 뒤지기 시작했다. 가방들마다 나누어 넣어둔 두터운 면양말 속에서 노란 금괴를 하나씩 꺼냈다. 가방마다 다 뒤지고 난 뒤 마지막으로 열어 본 핸드백 안에는 송금하고 여러가지 경비를 쓰고도 남은 뭉치 돈이 있었다. 전에 있던 종이돈들도 합세하자 한동안은 버틸 수 있을 것 같았다. 생활비가 되는 동안은 자원봉사라도 하다가 일자리를 구할 수 있으면 좋겠다는 생각이 들었다. 짐을 다 정리하고 난 뒤 궁리를 해야 할 것 같았다. 어디서, 어떻게 살지를.

그녀는 이곳저곳 찾아봤지만 호텔과 달리 금고가 있을 만한 곳이 없었다. 그녀는 잠시 한쪽으로 모아 놓은 금괴들을 응시했다. 드디어 생각난 듯 자리에서 벌떡 일어나 화장실로 향했다. 변기의 물탱크 뚜껑을 들어 올리자, 절수 목적인지 붉은 벽돌 한 장이 놓여 있었다. 젖은 벽돌을 꺼낸 그녀는 금괴를 물속 한켠에 옮겨 놓느라 분주하게 오고 갔다. 이곳에 살 수 있다면 청소 일이라도 좋겠다는 생각과 동시에 물속에 두 줄로 쌓은 금괴들을 보며 속삭였다.

"물속에서 잘 커."

금괴를 향한 그녀의 말은 마치 지난날 엄마가 화초에게 하던 분위기와 닮아 있었으나, 곧이어 소비밖에 할 줄 모르던 엄마로서는 도저히 할 수 없었을 말을 덧붙였다.

“너희 몸값이 10배 될 때까지 꼭꼭 숨어있어!”

이 말은 미래에 대한 확신인지, 맹신인지, 바램인지 그녀조차 알 수 없었다.

금괴 위에 벽돌을 얹고 물탱크의 세라믹 뚜껑을 제자리에 올려놓는 동안도 그녀의 생각은 끊이지 않았다. 물탱크에 고였던 물들이 변기로 흐르는 내내 금괴에 달라붙은 피와 죄가 씻기기를 바라면서 한차례 펌프 손잡이를 누르자 물소리가 소용돌이치듯 쏴하고 들려왔다. 그녀는 돌아서서 세면대에 손을 닦다가 거울을 봤다. 자신의 얼굴을 들여다보던 그녀는 늑대처럼 그린 수염을 지울 생각도 않은 채 대뜸 거울에게 말했다.

“거울아, 거울아, 세상에서 누가 제일 예쁘지?” 백설 공주 놀이를 하던 어린 시절이 기억났던 것이다. 오두막도 그려본다. 그토록 가난하면서도, 온~ 세상의 금을 다 주어도 백설 공주는 누구에게도 줄 수 없다던 난장이의 말이 생각나자 정곡이 찔린 듯 때늦은 부끄러움과 자책감에 눈가가 젖는다.

잠시 후 안정을 찾은 그녀는 방문을 열고 단층인 숙소 주변을 둘러 봤다. 어디에도 인기척이 없었다. 더 늦기 전에 주변을 돌아보고 싶었다. 그녀는 방문도 잠그지 않은 채, 입은 채로 낮은 언덕을 향해 걷기 시작했다. 관절염으로 무릎이 아팠다는 것도 까맣게 잊고 있었다.

여기저기 물감으로 점을 찍은 듯 분홍, 보라, 노랑, 가지각색의 야생화들이 시린 얼굴로 반기는 듯 했다. 걸음을 멈추고는 만년설의 정상을 올려다보았다. 밑자락에 순한 꽃들을 남겨둔 채, 도시를 향해 반란을 꿈꾸던 철없는 동물들과 가시달린 나무들과 독을 품은 풀뿌리들을 향해 엄청난 눈이 내려와 모두 얼려버린 것 같았다. 안전할 거라는 믿음에 더 걸어 올라갔다. 오랜 세월 낙엽으로 켜켜이 덮인 산길엔 발자국이란 게 없었다. 바람을 타고 나무인지 꽃인지 모를 향기가 코로 스며들어왔다. 향기가 옷에도 베일 것 같았다. 방으로 돌아가면 잊지 않고 가방 속의 작은 향수병들을 모조리 버려야겠다며 길가의 향기를 쫓고 있는데 어디선가 시냇물 흐르는 소리가 우주를 떠도는 맑은 음악처럼 들려왔다.

찬 공기 중에도 어깨와 등짝과 가슴속에 천근만근 무거웠던 응어리가 녹아내렸다. 오염 된 폐 속을 교체하려고, 맑은 공기를 마시느라 더운 입김을 숨이 차도록 토해냈다.

한참 걷다가 주변을 돌아보자 곳곳에 듬직한 나무들이 버티고 있었고 그 위로는 하얀 산자락의 시작이었다. 하얀 산의 찬 기운에 취한 그녀가 혼잣말을 했다.

"아, 좋다! 사람 하나 없는 풍경이 정말 좋다! 최초, 그 분도 후회하셨다잖아. 사람 만든 걸……"

그녀는 늑대 얼굴을 그린 탓인지 한없이 자유로웠다. 수 년만의 느끼는 한기가 고향의 바람인 듯 온 몸이 따스해지고 있었다. 야윈 얼굴에는 어릴 적 혈색이 되살아나고 있었다. 턱없이 얇은 복장이었으나 천지를 다 얻은 듯 했다

산장에서의 하루하루가 새 날이었다. 눈이 수북이 쌓인 날은 헬리콥터가 산장의 투숙객을 위해 식재료를 날랐다. 주변의 모든 것이 하얀 산처럼 믿음직했다. 당장 추위를 견디느라 겨울옷도 여러 벌 장만했다. 털 장화와 털 장갑, 귀마개와 털 모자까지 샀다. 식당에 갈 때마다 구직을 시도해볼까도 했지만 자신보다 어린 사람들이 일을 즐기고 있는 것 같아 뺏고 싶지 않았다. 그러는 사이 숙소 계약은 여러 차례 연장 되었다. 아마도 최장기 투숙객으로 기록 될 것 같았다.

Chapter 13

종이돈에 새겨진 위대한 인물들이 다시 살아난다면 과연 이 지경의 상황에도 만족할까.

구겨지고 찢겨지고 더럽혀지고 온갖 냄새가 찌든 지폐들을 만지작거리던 그녀는 문득 소꿉놀이 하던 때를 기억해냈다. 그때와 다른 건 새 돈이 아니라고 투정부릴 수 없는, 스스로를 지켜야하는 어른으로서 지독스럽고 무서운 현실을 익혔다는 것, 그 키만큼의 차이는 슬픔 덩어리일 뿐이었다. 종이돈이 더럽긴 하지만 신용카드조차 없는 그녀로서는 언제든 고립될 수 있는 만년설산이라는 것을 고려해서라도 현금을 확보해 두어야겠다는 생각이 들었다. 몇 달간의 숙박비는 충분할 것 같았으나 그녀는 기어이 화장실로 가서 변기의 물탱크 속에 숨겨두었던 금괴 하나를 집어 들었다. 금괴를 마른 수건으로 닦으면서 한 손으론 택시를 불렀다. 어제 미리 검색해둔 금 거래소를 가겠다는 결단 때문이었다. 마침, 드물게도 날씨가 좋았다.

시애틀 시내의 번화한 거리에서 차가 멈추었다. 차창 밖으로 유난히 반짝이는 간판이 한눈에 들어왔다. 택시에서 내린 그녀는 금방 안으로 들어갔다.

실내등이 화려한 장식장 위에는 마치 스마트 폰 가게의 폰들처럼 금괴들이 노출되어 있었다. 그녀는 호기심을 느끼며 다가갔다. 크기가 각기 다른 금괴 종류는 1kg, 500g, 100g, 50g, 10g 순이었다. 그녀가 거리를 둔 채 주시하고 있는 것을 눈치 챈 중동계로 보이는 여직원이 말을 걸었다.

"만져 보셔도 돼요. 가짜 금이에요."

그녀는 뜻밖에도 가짜 금이라는 말을 듣는 순간, 까맣게 잊고 살았던 제프의 마지막 말을 번개처럼 떠올렸다. '언제든 현찰이 필요할 땐 금을 내가 매수 하겠소'라던 제프의 말이 마치 귀신들린 사람처럼 이 순간에 기억이 나다니. 그녀는 멍한 채로 가짜 금괴를 바라보고 있었다.

직원이 친절한 제스처로 말을 이었다.

"고객들이 찾으시는 사이즈를 위해서 견본으로 만들어 놓은 거예요. 찾으시는 물건 있으세요?"

정신을 차린 그녀가 핸드백에서 1kg 짜리 금괴를 꺼내 보이자 주인으로 보이는 남자가 다가 왔다. 그녀는 아직은 여윳돈이 있었으므로 생각을 바꾸었다.

"돈이 필요할 때 나누어 팔 수 있게 100g짜리 10개로 바꾸고 싶어서 왔어요, 어떻게 계산하면 가능할까요?"

중동계로 보이는 남자가 의심에 찬 눈초리로 말했다.

"하나를 열 개로 바꾸는 것은 공전이 열 번 들어가니까 그만한 차액을 내시면 바꿔는 드리는데, 먼저 순도를 확인해도 될까요?"

가짜 금으로 인생을 바꿀 계기를 맞았으니 비용 정도에 망설일 때가 아니라는 결론에 그녀는 자신 있는 투로 말했다.

"순금인건 확실하지만, 당연히 그러셔야지요."

"감별기로도 되지만 워낙 큰 물건이니까 잘라 봐도 되겠습니까?"

"원하시면 그렇게 하세요."

대답과 동시에 주인 남자가 전기 기구를 사무실로 부터 가까이 옮겨왔다. 그녀가 지켜보는 앞에서 남자가 조심스레 기계를 돌리는 동안 그녀는 직원을 향해 말했다.

"가짜 금이 있을 거라고는 상상도 못했어요."

금 덩어리를 내놓아서인지 직원이 화색을 띠며 말했다.

"텅스텐과 구리 등을 사용한 가짜 금들이 시중에 많아요. 저희 가게도 몇 번 당했으니까요. 그래도, 금시장이 가장 정직하다고 봐요. 석유회사들이 유조선에 쓰면 안 되는 기름들을 물 섞듯이 섞는 거에 비하면 가짜 금의 비율은 양심적인 거죠."

명쾌하리만치 거침없는 한마디, 한마디가 그녀의 이성적인 두뇌를 깨고 들어갔다. 마치 인생이란 교과서를 한 줄로 요약해 읽어 준 느낌마저 들었다. 왜 이제야 이런 명연설을 듣게 된 것인지, 운명의 날처럼 여겨졌다. 그때 주인인 듯한 남자가 반쪽으로 잘린 금 쪼가리를 들여다보며 흡족해진 표정으로 말했다.

"9가 네 개인 만큼 좋은 금을 가지고 계셨네요. 다른 것도 있으시면 언제든 저희 가게로 오세요. 솔직히 말씀드려서 이런 좋은 금은 쉽지 않아요. 다른 금속들과 섞어서 순도가 약한 장신구를 만드는 데는 최고죠. 그런 이유로 오늘 차액은 조금만 받겠습니다."

금거래소 치고는 문턱이 낮은 듯한 분위기로 봐서 기회를 놓칠 수 없는 그녀는 적극적인 태도로 나섰다.

"보석디자인을 공부했는데 작은 돌들을 다루는 건 적성에 안 맞아서 금세공을 배우고 싶은데 여기서 가능할까요?"

이런 거짓말의 근거는 오래 전, 조각 위에 도금을 하던 작업 광경을 잠시잠깐 보았던 것이 용기가 된 셈이었다.

주인 역시 반기는 표정이었다.

"좋습니다. 영어도 문제가 없고 매장이 바쁠 때를 위해서 도움도 되실 것 같네요. 요즘 세공사 구하기도 하늘의 별따기죠. 저기 창고 쪽에 계시는 세공사에게 제가 소개하겠습니다."

뜻밖이다 싶은 그녀는 절로 눈을 크게 뜨며 말했다.

"감사합니다. 빨리 배워서 도움이 되어 드리겠습니다."

그러자 실습 전, 오리엔테이션 같은 강의가 이어졌다.

"빨리 만들거란 기대는 없습니다. 잘 만드는 게 중요하지요. 금세공은 속이 비던, 무엇으로 채우던 우선 멋있어야 혹하거든요. 오죽하면 살아서는 금관을 쓰길 원하고 죽을 때를 위해 미리 금으로 관을 만들고 싶어 했을까요. 금가루를 뿌린 요리를 먹고, 그릇에 금테를 두른 것에 비싼 값을 치루는 이유가 뭐겠습니까. 금을 두르는 순간 격이 다르게 느껴지기 때문이지요. 잘만 만들어 보세요."

"믿어 주셔서 감사합니다."

주인은 말하고 듣는 사이에도 치밀하게 계산서를 작성하는가 하면 진열대 밑의 금고에서 100g짜리를 하나씩 꺼내 올려놓고 있었다.

"좋은 물건을 들고 오신 분을 안 믿고 누굴 믿겠습니까. 여기 계산서하고 숫자 확인해 보세요."

그녀가 영수증에 적힌 숫자를 현찰로 지불하고, 100g짜리 10개를 확인한 다음 가방 안에 넣자 마침 손님이 없던 터라 주인이 직접 세공사가 일하는 창고 쪽으로 안내했다. 그녀는 세공소의 작업분위기가 한 눈에 맘에 들었다, 조각상에 도금하던 옥탑의 분위기를 익힌 터라 장비나 도구들이 낯설지 않았다.

그녀는 산장으로 돌아가는 길에 하얀 면장갑을 구매했다. 언젠가 제프에게 넘기게 될 물건에 지문을 남기지 않기 위해서였다.

두터운 청바지 차림에 면장갑을 낀 첫 출근부터, 그녀는 중동계의 나이든 세공사를 스승으로 모시듯 깍듯이 대했다. 작은 공구를 놓고 쓰는 낡은 놋접시 등, 장신구들의 문향이 독특하면서도 많이 낡아 있었다. 그 탓인지 세공소 분위기 전체가 더욱 친근감이 느껴졌다. 스승인 세공사는 매장으로부터 주문이 들어오면, 쌓여 있는 텅스텐과 구리는 자유로이 사용할 수 있었지만, 순금 알갱이는 필요한 함량에 따라 매장의 금고에서 주인만이 출고하는 엄격하고 철저한 방식을 따랐다. 저울로 달은 후 장부에 서명까지 하고서야 받아 쓸 수 있었다.

그녀는 세공 작업과정에서 바닥으로 떨어지는 눈곱만큼의 금가루도 철저하게 모아둠으로써 짧은 시간에 많은 것을 전수 받을 수 있었다. 그것뿐이 아니었다. 틈이 나서 매장으로 나가게 되면 고객이나 거래처와의 대화를 엿듣는 것만으로도 닥아 올 달러의 위기와 금에 대한 새로운 지식을 접할 수 있는 절호의 찬스를 맞곤 했다. 한마디도 놓쳐서는 안 되는 숨은 부자들의 미래를 내다보는 혜안이 귀동냥, 눈동냥으로 경제의 산 공부가 축척되어갔다. 그럴수록 세공을 배우는 일이 절박하게 생각 되었다.

오늘 처음으로, 엄청난 화력으로 텅스텐을 녹여 준비된 주물에 채운다음 냉각과정과 도금까지의 전체 과정을 지켜볼 수 있었다. 완벽해 보이는 가짜 금괴의 탄생에 탄성을 지를 수는 없었지만 심장이 몇 배로 뛰는 순간이었다. 그녀는 스승인 노인에게 자신 소유의 금으로 직접 해 보고 싶다고, 용기 내어 말했다. 허락과 동시에 고열로 인한 화상에 대비하느라 갑옷 같은 두터운 작업복과 장화를 신고, 작업용 긴장갑을 끼고, 보안경까지 끼는 등 지시하는 대로 안전사고 대비를 위한 준비부터 했다. 실습이 시작 되자 안심하지 못한 스승의 지시와 동시에 감시가 이어졌다. 준비해준 엄청난 화력에 텅스텐을 녹이는 일부터 실행에 옮겼지만 틀에서 빼낸 물건의 형체는 엉망이 되곤 했다.

몇 날 며칠, 연거푸 실패만 하던 그녀는 결국 1kg짜리 가짜 금괴를 만드는데 성공했다. 스승은 '당신 같은 여자는 처음 본다.'며 칭찬을 아끼지 않았다. 재료 준비부터 저울에 얹어 보았으나 전과 후가 정확했다. 무게며 매끄러운 질감하며 GOLD라고 새겨진 것까지 크기와 색깔이 진품과 똑같다는 눈대중에 바라보는 감회가 말로 표현할 수 없었다. 텅스텐의 회색 덩어리가 완벽하게 감춰진 것이 신기한 한편, 얇은 막으로 치장만한 황금빛이 자신의 원치 않는 인생처럼 슬프기도 했지만, 이제 와서 돌아설 수는 없었다.

금값은 뛰고 있는데도 불경기 탓인지 매장의 주문은 한가로웠다. 이때다 싶은 그녀가 100g짜리 순금을 재차 가져오자 스승은 자리를 비웠고, 그녀는 눈치 보는 일 없이 혼자서 눈에 익히고 손에 익어가는 순서대로 차분히 작업할 수 있었다. 완성품들은 퇴근시마다 하나씩, 둘씩 숙소로 옮겨져 한 자리에 쌓여갔다. 석 달 만에, 100g짜리 2개로 1kg짜리 가짜 금괴 20개를 완벽하게 만들어 낼 수 있을 만큼 매장의 주문이 없기도 했지만 공부하는 척 매끄럽게 갈아내는 작업 등 요란한 소리를 내가며 그녀가 원하는 물건을 다 만들어 낼 수 있었다. 여유가 생기자 가짜 금괴들의 순금 사용 양을 계산한 그녀는 대리석 조각상의 도금은 넉넉한 두께로 했어도 금괴 서너 개면 충분했을 거라는 확신이 섰다. 그 순간, 제프가 첫 대면하던 날에 했던 말이 기억났다. 도금하고 남은 금괴를 반씩 나누자던 말은 옆 건물을 헐값에 사려던 계략을 감춘, 무서운 사람이 작업상 꾸민 말을 충심인 듯 착각할 만큼 황금이란 실물 앞에서 조급했던 자신이 어처구니없고 부끄러울 뿐이었다. 그런가하면, 자포자기 상태에서도 살아있자니 거둘 때가 있구나 하고, 어려서 읽은 성경구절이 자기 편인양 위로하기도 했다.

가짜 금괴들을 쌓아놓고 며칠 동안이 지나서는 식사도 제대로 못하고 주먹을 쥐었다 폈다하며 가슴앓이를 했다. 그러다가 오늘은 용기를 내어 제프의 명함에 찍힌 번호로 전화를 걸기로 했다. 적어도 명함을 준 사람은 기억을 한다는 듯이 절차 없이 통화가 이루어졌다.

"저, 제시카 기억하세요?"

"아, 반갑군요. 어쩐 일로 전화를 하셨습니까?"

"제가 떠나던 날 하신 말씀 기억 하시지요? 서울로 돌아가려니까 금괴들을 가지고 출국하려면 걸림돌이 되어서요. 주신 것 전부, 그대로 매수하실 거라 믿고 전화 드렸습니다."

그녀는 결코 떨지 않고, 마지막 기회라는 작심으로 침착하게 매도 의사를 또렷하게 말했다.

"아주 반가운 소식이군요. 언제든 좋습니다."

제프의 음성에는 조급증이 느껴졌다. 그녀는 상황을 포착한 듯이 중요한 용건을 위해 다시 입을 열었다.

"물건을 받는 동시에 한국의 계좌로 전자이체 해 주실 수 있나요?"

제프는 그것 역시 흔쾌히 수락했다. 금값은 그녀가 책정했다. 금괴 한 개당 천 달러밖에 들지 않은 것을,

"요즘 최하 시세로 6만 달러씩만 받겠습니다. 20개입니다."

라고 하자 제프가 재빠르게 계산했다.

"120만 달러를 입금하면 되겠군."

적지 않은 금액이었으나 그녀는 오히려 통 크게 답변했다.

"2011년 가을, 그때 바로 매도했더라면 손실이 크지 않았을 텐데, 여러 가지로 후회하고 있습니다."

더 이상 말꼬리를 끌고 싶지 않은지 제프가 서둘러 말했다.

"물건은 바로 보내 주실 겁니까?"

"물건이 도착하려면 며칠 걸릴 거예요. 급히 뉴욕으로 오느라 연락을 못 드렸습니다."

"뒤늦게 보고를 받았소. 콘도에서 떠나셨더군."

그녀는 본론만 말했다.

"빨리 받으실 수 있도록 하겠습니다."

라스베이거스를 떠난 것이 다행스럽고, 고맙게까지 생각하던 제프가 말했다.

"서울로 돌아가거든 행운이 있길 바라오."

그녀도 뜻밖의 인사에 예의를 갖추기로 했다.

"감사합니다. 사업이 번창하시길 바랍니다."

"고맙소!"

통화를 끝낸 그녀는 소름 돋던, 그날 밤에 죽은 박 사장을 흐릿하게 떠올리느라 잠시 고개를 흔들었다.

얼마 지나서야 안정을 찾은 그녀는 조금 전과 전혀 다른 음색으로 서울의 막내 동생에게 전화를 걸었다.

"나 서울로 곧 가. 그리고 며칠 안으로 통장에 목돈이 입금되더라도 놀라지마."

"언니, 정말 결정 잘했다. 돌아와 줘서 고마워."

앞머리만 잘라 들은 동생의 반가운 기색이 말투에서 느껴졌으나 동생의 말에는 반응하지 않은 채 전화통화가 도청되기에는 극빈한 서민들이라고 생각한 탓에 맘 놓고 말했다.

"송금하던 통장을 언제, 어떤 방식으로 정리할지는 다시 알려줄게.”

“응.” 동생의 목소리가 기어들어갔다.

오래전, 제프의 계획이 순조로웠듯이 그녀는 일생일대의 기회를 일사천리로 진행하고 있었다. 하얀 면장갑을 끼고 세공소에서 숙소로 옮겨온 20개의 도금된 쇳덩어리들을 제프로부터 받았던 모양새처럼 밀봉하지 않은 채 단단한 플라스틱 박스 안에 차곡차곡 담았다. 그리고는 다시는 볼 일이 없을 것 같았던 금 씨에게 오랜만에 연락을 했다.

거래를 위해 가장 많이 투자된 부분은 운반비용이었다. 금 씨는 목숨을 건 일처럼, 제프가 물건을 앞에 둔 자리에서 서울로 입금 처리한 것을 확인하고는 액수를 사진으로 찍어 그녀의 폰으로 보내기까지 했다.

무난히 작전에 성공한 그녀는, 이 정도로는 서울로 가기 억울하다는 생각에 복수의 기회를 넓히기로 했다. 자신을 이용해 모든 것이 순조로웠고, 그러기위해 아버지의 숨통을 막은, 이상도의 LA 번호를 오랜만에 찾아냈다.

“이 사장님!”

살짝 떨리기 시작하는 그녀의 손 저편에는 뜻밖에도 여인의 음성이 들렸다.

"이 사장님의 아내 되는 사람인데, 이 번호를 알고 계실 정도면 누구신지 여쭈어도 될까요?"

"저는 10년 전 비서실에 입사했던 강은혜입니다. 사장님께서 사업 확장 초기에 해외차관을 들여올 때부터 도와 드렸던 사람이기도 하고요."

그녀는 한 맺힌 사연을 태연한 목소리로 뱉어냈다.

한편 부인은, 10여 년 전 유학파가 아니면서도 외국어 실력으로 칭찬이 자자했던 그녀의 이름을 기억해내고는 편안히 대했다. 남편인 이 사장이 미국에서 쓰러진 후 서울에 장기입원 중이어서 대신 미국지사를 관리하고 있다고까지 털어놓고는 이어 말했다.

"도움을 많이 주셨나본데 무슨 일로 전화를 하셨나요?"

"사장님께서 항상 돈 세탁 방법을 제게 의논하곤 하셨어요. 그런 목적으로 라스베이거스의 카지노를 이용하신 셈이시지요. 이쯤에서 투자방법을 바꿔 보시면 좋을 것 같아서요. 저의 경우 투자로 시세차를 좀 봤고, 장기 보유하시면 어떤 투자보다 보람이 클 거라고 확신해서요. 특히 훗날, 상속세와 증여세는 물론 취득세나 양도세도 없고, 더구나 이 사장님께서 보유하신 LA 부동산을 다 처분하실 경우 엄청난 세금을 내시게 될 것 같고, 세계적인 불황이 사이클처럼 올 것을 대비해서 일부라도 보험차원의 안전한 방향으로 가시는 게 어떨까 하고 전화 드렸는데 슬픈 소식을 듣게 되었네요. 그럼 이만, 전화 내려놓겠습니다."

대화는 길어지는 쪽이 단점을 보일 확률이 높다는 것쯤은 아는 그녀가 그쯤에서 말을 멈추려하자 저 쪽의 음성이 다급하게 들려왔다.

"아, 아니에요. 만나서 아이디어를 주시면 안 될까요? 제 주변에서는 그런 말을 들어보질 못했거든요."

"쉬쉬하는 거지요. 재벌 사모님들이 은행이나 매장을 가시기나 하나요. 찾아뵙는 건 쉽지 않습니다. 제가 엘에이 떠난 지가 오래 되었습니다."

"그럼, 어떻게 구매할 수 있나요?"

"거래하는 사장님이 계시는데, 소문날 염려도 없고, 이 사장님이시면 두 번 생각 안하시고 금괴로 갈아타실 것 같아서 전화 드렸던 겁니다. 서로 믿어야 하니까 생각해 보시고 결정되시면 중간 역할은 끝까지 맡아 드리겠습니다. 워낙 큰 손인 분이라 작게는 안 움직이세요. 1톤씩 구매하는 분들도 있지만 전 재산을 다 하시라는 건 아니니까요. 달걀은 한 바구니에 안 담는다는 걸 누구나 알지만, 바구니만 튼튼하면 금괴는 한 바구니에 담아도 자자손손 괜찮을 거라고 생각합니다. 요즘 시세로 1키로바 하나가 6만 달러가 훌쩍 넘는 것 같아요. 최근 들어 다시 오르고 있기는 하지만 최상일 때 비하면 구매가치가 충분하다고 봅니다. 금값이 너무 저평가 되어 있고, 수직 상승할 날이 곧 오게 될 거고, 머지않아 현찰을 가지고도 실물 금을 구매하기 힘든 시절을 목격하게 되시지 않을까 싶네요. 더구나 환율변동에 부가가치세까지 계산 되는 유럽이나 한국 금시장에 비하면 미국 시세가 훨씬 이득이 될 겁니다. 많고 잦은 양적완화로 결국 하이퍼인플레이션이 올 것이고, 그렇게 되면 달러가치도 폭락할 거고, 금으로 선택하신 걸 후회 안 하실 겁니다. 재벌의 경제교육은 인내부터 가르친다잖아요. 사모님께서 기다리실 수 있는 여력이 되시는 만큼 사 놓으시는 게 어떨까 싶네요."

상대가 가까이 다가오는 걸 눈치 챈 그녀는 갑이 된 듯한 통 큰 설득에 스스로 놀란 한편 길어지던 순간 튀어나온 사모님이란 호칭에 구역질이 날 지경의 찰나에서 멈추었다. 금방에서 일하는 동안 현찰과 금의 연동관계를 귀동냥한 것이 은연중에 그대로 기억된 것이 신기하기도 했다. 한편, 기가 한풀 꺾인 이 사장의 부인이 말했다.

"지불방법은 어떻게 하는 거죠?"

"서울서 들어올 돈을 서울에서 바로 입금하시면 세탁도 쉬

우실 거니까, 그쪽에 부탁해 보겠습니다. 이 사장님은 항상 그런 문제를 저와 의논하셨거든요."

"그런 길이 있으면 저희는 감사하지요. 서울 잔고 확인하고 곧바로 알려드릴게요."

오후가 되자 50개를 부탁한다는 응답이 왔고, 1시간 후, 서울 통장엔 선수금으로 총액의 반이 입금 된 것을 확인했다. 애쓴 결과 피에 절은 복수를 일부나마 갚을 수 있었다는 통쾌함과 게임은 항상 조급한 쪽이 지게 되어있는 거라고, 황금에 눈이 어두워 허겁지겁 조각상의 모델을 결정했던 때를 기억하자 쓴 웃음이 지어졌다. 세상에서 가장 독한 건 황금이라고 단정 지을 수 있었다.

생각보다 쉽게 많은 양의 주문을 받은 그녀는 해냈다는 자축 이전에 어깨가 늘어지고 아파오는 것을 느꼈다. 쇳덩어리를 지글지글 끓이는 작업이 끔찍하게 여겨졌지만 그래도 이번 금괴에는 99.99 표기는 물론이고 일렬번호까지 넣어 제작해야겠다는 각오를 했다. 그녀는 이번 기회에 세공소의 기계는 모두 사용해 볼 계획이었다. 순간, 어려서 드나들던 아빠의 제조 공장을 떠올리며 세심한 그 피를 닮았는지도 모른다는 생각을 했다.

사소한 실수도 없었고 화상도 입지 않았지만 뜨거운 화력으로 피부가 급격히 건조되었고, 잠수복 같은 작업복과 작업용 보호안경을 썼지만 눈까지 충혈 되어가는 혼자 감당하는 작업의 버거움을 실감하지 않을 수 없었다. 엄청난 화력으로 매일매일 텅스텐을 녹이면서 순간순간 기억속의 절절한 한을 불속에 태우기도 했다. 마지막 작업인 도금을 위해, 100g짜리 순금을 녹일 때는 이 담에 금값이 너무 오르면 껍데기로 쓰인 이 작은 양의 금조차 아까울 거라는 생각이 들었지만 도금이 쉬 벗겨지거나 텅스텐이 드러나지 않을 정도의 두께 유지를 위해 순금 양을 더 이상 줄이지는 않았다.

이번에도 금 씨가 먼 길을 오고 갔다. 입금내역을 확인한 그녀는 놀란 상태인 막내 동생에게 전화를 걸어 당부했다.

“잔고 전액을 빠른 시간 안에 순차적으로 빼고 계좌를 없애버리려면 부가세를 물더라도 은행들이나 정부가 인정하는 금거래소에서 금을 실물로 사. 가짜가 많으니까 확실한 곳에서, 렌터카로 전국을 다녀서라도 구매해서 할머니 댁 변기들 물탱크 속에 분산해서 숨겨 두고 물탱크 위에 타월이나 화장지를 쌓아 둬. 전세계 불황이 동시에 오거나, 지구전체가 불이나 물난리가 나서 음식을 바꿔 먹더라도 금하고 은뿐이야. 은을 사들이기에는 부피와 무게로 운반이 쉽지 않고, 그만한 보관 장소도 없으니까 일단 금을 집중적으로 매입해. 혹시 은행이나 금거래소에서 ETF나 증서로 매입하라고 하면 듣는 척만 해. 월가에서 파티 할 때 건배사를 OPM이라고 한단다. Other People's Money 라고 외친다고 생각해봐. 남의 돈이란 그런 거야. 살 때, 팔아줄 때, 앞뒤로 커미션 챙기고 보너스 받고, 때론 곧 사라질 원금인 줄 알면서 남이야 죽든 말든, 자기들만 챙긴다는 씨가 있는 농담 아니겠니. 서로 잘 아는 사람도 한 다리만 건너면 다 사기꾼이라고 생각하고 살아. 내가 이 정도면 세상은 망한 거고, 돈은 쓰레기 취급을 받을 거야. 애초에 은행이란 게 생긴 게 문제지. 믿을 건 금뿐이야! 얼마 전에 영화 바람과 함께 사라지다를 다시 보다가 깜짝 놀랐어. 대사가 정확히는 기억은 안 나지만, 남북전쟁으로 폭삭 주저앉은 스칼렛 오하라에게 세금 고지서가 나오니까, 그 하인이 '아씨, 유산으로 받은 금 있어요?'라고 하는데 이거구나 싶더라. 우리도 아빠 사업이 잘 될 때 엄마가 외제차나 명품 핸드백 대신 금이나 은을 사뒀더라면 다시 일어설 수 있었을 텐데 말이야."

동생은 통장의 숫자에 불안을 느끼던 터에 그녀의 지시를 듣고 있자니 벅찬 동시에 두려움을 느끼는 눈치였다.

"언니, 언니 올 때까지 통장만 잘 보관하고 있으면 안 돼?"

"상승폭이 하루가 달라. 내가 서울 갔을 때 구매하면 손해가 심할 거야. 통장에 돈을 돈으로 생각하지 말고 서둘러. 당장 생활할 돈만 현찰로 찾고 통장은 제로로 만들어서 분쇄기에 파기해버려. 자리 잡을 동안 당장 살아갈 돈은 나도 가지고 갈 거야."

그녀의 말투에는 전보다 단호하고 강력한 에너지가 쏟아 부어졌으나 동생은 정반대였다.

"하는데 까지 해보겠지만 그 많은 돈을 다 뭐 할 건데?"

"금이 자라는 긴긴 시간 동안 숨도 갈아 쉬고 생각해 보자. 금 외엔 급하면 망해."

"알았어……"

통화가 끝난 그녀는 멍한 상태로 앉아 있었다. 그렇게 많은 날들이 흐르는 동안 희석되고 삭제되었어야할 시점에서, 피해자로서 억울하게 돌아가신 엄마를 향해 원망 섞인 말을 뱉고, 말투까지 독해진 자신이었지만 아장아장 두 손을 잡아 발을 떼게 해주고, '맘마맘마'하며 숟가락이 작은 입으로 향하도록 수백 번 이상의 손을 붙들어주고, 수 천 번 안아준 엄마가 기억나도록 동생을 꼭 껴안아 주고 싶었다. 느리고 낡은 기차를 타고 긴 여행을 함께하면서 스쳐지나가는 모든 것들에 불평을 다 들어주고, 그 사이 종착역인 것을, 어느덧 종점인 것을 확인시켜주고. 돌아오는 길에는 천국 갈다는 특급열차의 1등석을 타고, 반짝이던 동생의 눈을 마주 보며 향기 나는 차를 마시리라고.

당당하게 편도 항공권을 예약한 그녀는 입국 날짜를 알려주느라 동생과 한 번 더 통화를 하고는 간만의 휴식을 위해 산으로 올라가다가 혹시나 하여 핸드폰의 매뉴얼을 확인하다가 음성메시지 7개를 발견했다. 다행히도 전부가 금 씨로부터였다. 황금에서 썩은 돈 냄새를 맡은 것임을 짐작한 그녀는 삭제와 동시에 쓴 웃음을 토하면서 붉은 박스의 메시지 쪽을 봤다. 역시 금 씨의 메시지였다. 활자의 첫줄이 제목처럼 떠 있었다.

'박 사장 목격자를 위한 현상금 벽보를 이제…'

몸서리쳐진 그녀는 '오지랖은 이제 그만' 이라는 속말을 자신 스스로에게 날리면서 불쾌한 감정으로 전원을 길게, 확실하게 꺼버렸다. 산길을 다시 오르다가 사람들의 발길이 안 닿은 하얀 산 밑자락에 핸드폰을 호미삼아 흙을 파고는 이리저리 상처 입은 핸드폰을 깊이 묻고는 이내 돌아섰다.

정든 숙소에 들어서자 긴장이 풀리는지 몸살이 날 것 같았으나 내친김에 출국 전까지의 여유 시간을 물속에 잠겨둔 금괴들로 장신구를 제작하는데 알뜰히 써야겠다는 생각을 했다. 제프에게서 애당초 받았던 진품들을 매도한다 해도 고액 현찰인 경우 송금이 불가능하고, 고액의 금괴든 현찰을 들고는 출입국이 불가능할 것이므로 장신구를 만들어 착용하고 출국하는 게 가장 안전할 것 같다는 판단에서였다.

제일 먼저 손에 쥔 금으로는 쉬운 작업부터 택했다. 그동안의 긴장과 무서운 화력에 기구들의 무게로 인한 고생에 비하면 되는대로 만든다는 재미가 있었다. 도금하고 남았던 100g짜리로 옷 가방 안에 넣을 겨울옷의 단추를 금 단추로 교체하고는 은박지로 감쌌다. 그렇게 하루하루 떠날 준비로 박차를 가했다. 1kg짜리 목걸이를 작품처럼 만드느라 정성을 쏟았다. 이렇게 해서 물탱크에 숨겨둔 금괴들이 차례로 녹여졌다. 짐 가방들과 손가방의 손잡이는 굵은 금으로 장식한 뒤에 가죽을 덧대기도 했다. 뱀 모양으로 1kg짜리를 하나씩을 길게 녹여 허벅지 굵기에 맞게 두들겨 팼다. 많은 양의 금을 자유자제로 사용한 만큼 솜씨가 급격하게 늘어갔다. 스승인 세공사의 결근이 길어지자 웬만한 주문은 혼자서 해결했다. 최근에는 주문받은 작은 장식품 몇 개만을 보고도, 역시 보석디자인을 공부한 사람이라 물건이 다르다며 매장 직원들이 칭찬할 정도였다.

숙소로 들어서자마자 변기의 물탱크 뚜껑부터 확인했다. 금괴 두 개가 남아 있었다. 두 개를 양손에 나누어 들고는 가슴 사이즈에 맞게 각각 1kg짜리 쌍으로 된 접시 모양의 브라를 만들어야겠다고 생각하자니 작업이 재미있을 것 같아 웃음이 나왔다. 아닌 게 아니라, 오후가 되어 금방 안에 간식거리를 사들고 들어가자 '연애하니?'라는 인사를 받기도 했으니까. 그녀는 의심을 사도 좋을 정도의 미소를 지었을 뿐이었다.

마무리 작업을 위해 금괴 두 개를 가방에 넣고 출근한 그녀는 금부터 녹였다. 아직 추운 겨울이었으나 세공소 안은 열기가 식을 날이 없었다. 얼마 후, 두들겨서 만든 접시모양에 스승의 작은 도구들이 담겨져 있는 쇠그릇의 이슬람 문항을 대충 카피해 넣기 시작했다. 오랜만의 여유로운 작업이었다. 기회가 있으면 이것을 두르고 배영을 해도 가라앉지 않을 자신이 있겠다는 상상에 자기도 모르는 사이 씁쓸한 웃음이 나왔다.

순금의 장신구들이 완성되고, 이제 뒤처리만이 남았다. 그동안 앉아서 작업하던 주변에는 금가루가 제법 노랗게 쌓여 여기저기 반짝거리고 있었다. 오랜만에 붓으로 알뜰히 쓸어 모았다. 때로 피곤하다고, 때로 유행성 감기에 걸렸다고 출근하지 못한 날들이 많았던 스승의 서랍 속에 비어있던 통 두 개가 가득 차도록 꼭꼭 쓸어 담았다. 그녀가 소비한 텅스텐 값과는 비교가 안 될뿐더러 스승이라면 어떤 작품을 만들어도 가능한 양의 금가루였다. 인사대신이었다. 청소를 말끔히 끝내고 나서 주변을 둘러보자 천천히 눈가가 젖고 있었다. 어쩌면, 스승은 늙은 것이 아니라 그녀가 가짜를 실컷 만드는 것을 묵인해 주기위해 자주 병가를 냈던 것은 아니었을까하고. 정중히 인사하지 못하는 것에 아쉬움을 달랬다.

요즈음 들어서도 매장으로부터의 주문이 거의 없었다. 그녀는 약속이라도 있는 듯이 여느 날보다 이른 대낮에 마지막 완성품을 챙긴 묵직한 숄더백을 메고 자연스레 퇴근을 했다. 세공 수련생에 불과했지만 내일부터 출근을 못한다는 말도 남기지 못한 채 도망가는 심정이었다. 말끔히 정돈 된 세공소를 보게 되는 순간 알아챌 거라고. 가짜 금에 놀라지 않는 사람들이라면 지나다가 잠시 머문 나그네 정도는 이해하리라고. 연락처라야 전화번호가 전부였는데 전화연락이 안 되는 것만으로도 대충 이해하겠지 싶었다. 우연히 방문했던 곳에서 많은 도움을 받았던 것에 속으로만 감사해 하고 오래도록 잊지 못할 것 같았다. 번호 키로 연결된 세공소의 뒷문을 이용해 금방을 나선 그녀는 약속 시간에 맞추어 도착해 있는 택시를 탔다.

도심을 빠져나간 택시는 신호등을 받아 서서히 우회전을

하고는 낮익은 산길의 초입에 들어서고 있었다. 벌거벗은 나무들 사이 드문드문 흙색이 눈에 들왔다. 문득, 지구의 피부인 흙색에 새삼 섬뜩한 생각이 들었다. 죽음과 동시에 흙에 섞여 살아 온 흔적을 쉽게 지울 수 있도록, 언제든 받아 줄 준비가 되어있다는 무언의 약속처럼 사람의 피부색과 같은 색상으로 창조되었다는 사실을 뒤늦게 깨닫는 순간 불안한 생각이 스쳤다. 집착은 불안을 생성한다는 사실을 절감하면서 무수히 많은 낙엽들이 쌓인 저지대를 지나 가파른 길을 오르고 있었다. 하얗게 눈꽃을 피운 맑은 나무들을 두고 가는 게 아쉬웠다. 밝은 대낮, 산 하나에서 변화하는 계절들의 풍경을 스쳐 지나면서 과거를 반추하고 있었다. 계획에 없던 많은 죄를 지었지만 후회하지 않기로 했다. 살아가는 방법을 가르쳐 준 건 그들이 먼저다. 떳떳치 않은 그들이 먼저 신고할 일은 없을 테니 이제부터는 마음대로 살 거라며 고개를 들어 하늘을 올려다봤다. 복수할 기회를 준 건 기가 센 이곳의 은덕이라는 생각에 하늘에서 눈을 떼지 못했다. 굽이굽이 속력을 내며 오르는 자동차의 흔들림에 서슬 퍼런 하늘의 하얀 구름떼들이 얇게 펼쳐진 살얼음처럼 출렁였다. 산길을 돌고 돌자니 커다란 덩어리인 산의 다른 면들을 조각조각 나누어 바라보면서, 불과 몇 달 전만해도 죽기로 하고 떠나왔던 자신을 품어준 것이 우연 같지만은 않았다. 서울로 돌아가는 즉시 제시카라는 이름의 미국 여권은 파기하겠지만 숨을 쉬는 동안은 이곳의 기억이 영원히 따라 다닐 것만 같았다. 갖가지 통증과 수면제와 병원을 잊게 해 준 곳을 어찌 잊으랴, 그때, 자동차가 평지에 다다르기 위해서인지 크게 출렁였다. 흔들린 고개를 들고 정면을 보자, 저 앞에 관리사무소의 푯말이 보였다.

산장의 계약 기간은 며칠의 여유가 남아 있었으나 환불을 위해 아무런 조처도 하지 않을 것이다. 계약기간 만료 전에 이미 한국에 도착해 있을 것만으로도 미련은 없다. 따스한 잠을 자고, 따뜻한 밥을 먹고 있을 테니, 먼 길 떠나면서 야박하고 싶지 않았다. 며칠 남지 않은 서른다섯 번째 생일에는 밀린 미역국으로 과식을 하고. 절대 눈물 흘리지 않기, 문제를 만나면 나이만큼 호흡하고, 사람 멀리하고, 솔직하지 말고, 질문에 대꾸하지 말고, 특별한 상황 만들지 말고, 해마다 한 단계씩 내려가듯이, 머리 길이도 절반이상 자르고. 걸음 둘레도 줄이고, 바람이 다가오면…… 그런데 왜 나였을까, 그 순간 집안의 가훈인 금언을 이름으로 쓴다는 금 씨 말이 번개처럼 떠올랐다. 입사 초기 해외출장에서 자신의 입은 왜 그런 말을 했는지, 아무 말 않고도 피해가는 방법은 있었을 텐데. 근데 왜 나였을까? Why me? Why, Why, Why? 서른다섯 가지의

리스트가 벅차 Why로 채워가던 중, 이 모든 건 태어났기 때문에 견뎌야하는 몫이었다면, 이젠 내려다보는 구름처럼 살 거야, 하는 순간 차가 멈춘 곳은 바로 숙소 앞이었다. 그녀는 잦은 단골이 되어버린 택시 기사에게 허겁지겁 내일 아침 변경된 시간을 알려주고는 차에서 내렸다. 끝내, 내일은 가는 곳이 국제선비행장이라는 것을 말하지 않았다.

마무리 작업 후 챙겨온 숄더백을 방안에 내려놓자마자, 그녀는 낯익은 길을 따라 나섰다. 산에서 내려오는 방한복 차림의 등산객들이 드문드문 눈에 뜨였다. 하얀 산을 배경으로 내려오는 이들의 표정이 하나같이 맑아보였다. 가까이 마주치는 이들 중에는 언 얼굴로 눈인사나 미소를 짓는 이도 있었다. 답례로 미소를 짓는데 갑자기 눈가가 뜨거워졌다. 다행히도 영하의 냉기 때문에 눈물이 흐르지는 않았다. 아무도 부러운 건 아니었는데, 이 시간에 서둘러 하산할 줄 아는 사람들이라면 자연도, 인생도, 얼마나 험난한가를 이미 알고 있는 거라고. 그래서 눈물이 난 것 같았다. 얕은 물속에서 헤엄치는 실력으로 바다의 역사를 보태쓸 것처럼 잘난 척하던, 자만하던 과거가 부끄러웠다, 셀 수 없는 실수들에 눈감아 버리기로, 모든 기억을 지워버리려 하자, 그러고도 살아있는 발걸음이 벅차서인지 시야가 흐려져 눈을 비볐다. 걷기 힘들 정도로 발가락이 시려 오던 길로 돌아섰다.

비록 발은 시렸지만, 왜 편안한 걸까 싶을 정도로 평온했다. 아무 것에도 기대지 않고 살 수 있겠느냐고, 스스로에게 자문하면서 얼은 발로 조심스럽게 걸어내려 갔다. 산장의 메인 홀을 지날 때 피아노 반주와 노랫소리가 예사롭지 않게 들려왔다. 유리문 안을 들여다봤다. 일행들에 둘러싸인 등산복 차림의 한 여인이 피아노를 치며 노래를 부르고 있었다.

"~께~ 볼~ 라노~ 넬라 판타지아~"

이끌리듯 홀 안으로 들어간 그녀는 걸음을 멈추었다. 깊고 높은 음절이 마치 레이니어에 휴가차 온 가수가 부르는 건 아닌가하고 착각될 정도였다. 몇 해 전, 제프의 비서였던 캐서린과 함께 무대 가까이서 보았던 사라 브라이트만과 안드레아 보첼리가 부르던 아름다운 선율과 감동적인 분위기가 명확히 떠오르고 있었다. 곡이 끝나자 박수와 함께 모두들 앙코르를 간청했다. 곡이 이어졌다. '타임 투 세이 굿바이~'를 한 소절마다 아끼듯 음미하며 귀 기울이던 그녀는 결국 묵묵히 참아왔던 슬픈 눈물을 쏟아내고야 말았다. 이 순간의 이 곡조가 가슴을 후벼 팠다. 얼었던 몸 전신이 핑계 삼아 눈물 되어 흐르고 있었다. 미동도 하지 않고 서 있는 바닥으로 얼룩져갔다. 어린 시절이 떠오르고 엄마, 아빠가 떠오르고 어렸던 동생들이 차례로 겹겹이 떠올랐다. 복수랍시고 큰 것을 얻기는 했지만 하나도 기쁘지 않았다. 이토록 허망할 줄이야. 보상받을 수 없는 가족의 사랑과 험한 세월에 대한 회한으로 눈물이 앞을 가리고 있었다. 거울로나마 다시는 자신의 얼굴을 마주볼 수 없을 것 같았다. 마귀 얼굴이 된 기분이었다. 그러다가, 모든 것이 지금 흐르는 곡처럼, 굿바이~ 굿바이~ 타임 투 세이 굿바이라고, 조금씩 안정을 되찾을 수 있었다.

잠을 제대로 못잔 대신 아침식사라도 잘해야겠다는 생각에 두텁게 챙겨 입고는 산장에서 가장 활기차고 따뜻한 곳인 식당으로 향했다. 이곳에 머무는 동안, 오늘 아침처럼 칼로리 높은 메뉴를 선택하기는 드문 횟수였다. 디저트로는 싱싱한 포도와 치즈케이크에 녹차까지 마시느라 느긋한 시간을 가졌다. 색깔과 맛을 제대로 음미한 것도 오랜만이었다. 산장에서 혼자 살아가는 것에 익숙해진 그녀는 한국에 돌아간 뒤에도 이런 곳에 살면 좋겠다는 생각을 하면서 아쉬운 듯 식당을 나섰다.

방으로 돌아온 그녀는 어젯밤 대충 챙긴 짐 가방을 다시 풀고는 곳곳에 숨겨 두었던 것들을 꺼내 가방마다 분산해 넣기 시작했다. 금거래소 주인으로부터 사 모았던 수집용 실버코인 백여 개도 나누어 넣었다. 금 단추를 단 옷도 짐 속에 섞어 넣었다. 짐을 다 꾸리고는 식당에 가느라 아침 일찍 챙겨 입었던 옷들을 하나씩 벗었다. 팬티만 남긴 맨살 위에 제일 먼저 길이가 다른 금목걸이 두 개를 차례로 걸었다. 양쪽 쇄골에 무게감이 느껴졌다. 그 다음으로 가슴에 고대의 쌍 접시 모양의 금 브라를 했다. 그 위에 평상시의 브라로 단단히 감쌌다, 허리에는 굵은 사슬 모양을 두 바퀴 돌리자 고리에 걸렸다. 이번엔 둥근 뱀 모양으로 디자인한 두 개의 황금이 양쪽 허벅지를 감으면서 올라가다가 사타구니를 조이면서 멈췄다. 양쪽 발목과 팔목에도 넓게 감고는 꼼꼼히 옷을 챙겨 입었다. 양말까지 신고나자 산을 오를 때 신던 털 달린 신을 선택했다. 금 접시 안의 유두가 하늘을 향하도록 몸을 똑바로 세운 그녀는 온몸으로 무게를 느끼며 가볍고 느슨한 롱 패딩 코트를 걸쳤다. 아쉬운 듯 주변을 둘러보다가 테이블위에 청소부를 위한 팁과 방문 열쇠를 얹어놓았다. 그때, 귀에 익은 단골택시의 엔진 소리와 함께 쇠사슬에 끌리는 바퀴 소리가 가까이 다가왔다. 그녀는 방문을 열기 전 바로 옆에 놓아 둔 쓰레기통을 내려다보았다. 아직은 유효기간이 남아 있는 처방용약들을 어젯밤 모두 정리해 버린 것이다. 이걸 치울 청소부가 빈 통이 아닌 묵직한 연고와 알약들을 확인하는 순간 무슨 생각을 할까 싶으면서 캐리어 등 짐을 모두 문밖으로 내몰았다.

밖은 언제부터인지 눈이 내리고 있었다. 설산과 하늘이 구별이 안 될 만큼 온통 하얀 세상이었다. 모든 걸 이겨낸 자신만을 위한 고요하고 비밀스런, 신이 내린 축제 같아 무거운 미소를 머금는 순간, 어쩌면 모든 것은 하나이니 선을 그어 구별짓지 말라는 중대한 가르침이라 느껴져 눈물이 울컥했다.

마침내 여권과 탑승권을 손에 들고 출국장을 무사히 통과했다. 기내용 캐리어에 몸을 의지하듯 조심스럽고 무거운 발걸음이 면세구역을 지나치고 게이트 구역으로 향하고 있었다. 유명 커피 전문점 앞에는 탑승시간이 여유로운 듯, 사람들이 몇 줄로 무리지어 서 있는 옆을 무사히 지났다. 커피 향을 느낄 때가 아니었다. 맨몸에 휘감은 황금장신구가 버거운 그녀는 빨리 게이트 앞에 앉아 쉬고 싶을 뿐이었다. 몇 발짝 더 걸어가다가 눈앞에 게이트 번호를 확인한 그녀는 십여 년 만의 귀국을 실감하며 안도감에 긴 숨을 쉬었다.

Epilogue

그녀가 방금 전 지나쳐온 커피 전문점 앞에는 그 위에 설치된 커다란 TV화면을 축으로 캐리어를 끌고 가던 사람들이 점점 더 모여들고 있었다. 화면 속의 앵커와 리포터의 긴장된 목소리는 라스베이거스의 두 호텔이 중앙에 위치한 수영장의 황금여신상을 사이에 두고 거대한 두 건물이 쏠리면서 벽돌과 유리창 파편들이 멀리까지 날리는 긴박한 상황인 붕괴현장을 다급한 목소리로 보도하고 있었다.

한편 라스베이거스에서 도넛 가게를 하고 있는 임 여사는 세속을 떠난 듯 조용히 살고 있는 친구 박 여사에게 전화를 걸어 흥분한 어조로 말했다.

"얘, 빨리 TV뉴스 틀어 봐. 너희 호텔이 무너져 내리고 있어. 수영장의 그 조각상이……"

핸드폰을 든 채 가게에서 뛰어나와 현장을 향하는 박 여사의 음성이 사방에서 달려오는 앰뷸런스들과 소방차들의 사이렌 소리에 묻히고 있었다.

헬리콥터가 뜨고 보도진과 관광객들이 몰려들면서 세계 뉴스 검색 1위를 차지하는 순간이었다.

*

저의 세 권의 장편을, 특히 이번 〈금괴〉에 애정을 듬뿍 담아 정성껏 만들어주신 문학의식사의 안혜숙 선생님과 편집부의 임정호 님께 감사하고 싶고 책이 출간될 때마다 격려해주신 지인들과 선생님들께 깊이 감사드리고 싶습니다.

2020년 10월 최유혜

최유혜 장편소설

금괴

초판 1쇄	2020년 10월 9일
지은이	최유혜
펴낸이	안혜숙
편집 디자인	임정호
펴낸곳	문학의식사
등록	1992년 8월 8일
등록번호	785-03-01116
주소	우편번호 23028 인천시 강화군 강화읍 국화리 840-1 삼원 아트빌 402호 우편번호 04555 서울 중구 수표로6길 25(충무로3가 25-12) 501호(서울 사무소)
전화	02.582.3696
이메일	hwaseo582@hanmail.net

값 12,000 원
ISBN 979-11-90121-18-7